ALMANACH DES EXILS

STÉPHANIE FILION
ISABELLE DÉCARIE

ALMANACH DES EXILS

[FŒJ]
ÉDITIONS
MARCHAND
DE FEUILLES

Marchand de feuilles
C.P. 4, Succursale Place-d'Armes
Montréal (Québec)
H2Y 3E9
Canada

www.marchanddefeuilles.com

Mise en pages et couverture : Marie-Josée Georges
Illustration de la couverture : Emmanuel Polanco, www.colagene.com
Illustrations intérieures : Emmanuel Polanco
Révision : Annie Goulet
Diffusion : Hachette Canada
Distribution : Socadis

Les Éditions Marchand de feuilles remercient le Conseil des Arts du Canada ainsi que la Sodec pour leur soutien financier.

Conseil des Arts du Canada — Canada Council for the Arts
Société de développement des entreprises culturelles Québec

Catalogage avant publication de Bibliothèque et Archives nationales du Québec et Bibliothèque et Archives Canada

Filion, Stéphanie, 1975-
Almanach des exils
ISBN 978-2-922944-57-0
I. Décarie, Isabelle, 1969- II. Titre.

PS8611.I464A75 2009 C843'.6 C2009-941148-2
PS9611.I464A75 2009

Dépôt légal : 2009
Bibliothèque nationale du Québec
Bibliothèque nationale du Canada

Comme nous marchions, le petit homme grignotait un cake tout en discutant de la rosée [...] et il racontait comment les fées, selon lui, avaient arrosé l'herbe et les fleurs avec leurs petites cruches. Puis il me harcela pour que je lui dise de quel côté de la route, à mon avis, l'herbe recouverte de rosée paraissait la plus jolie. Ainsi, ce babil continuel à mes côtés me donnait l'impression qu'un ruisseau m'accompagnait tout le long du chemin.

NATHANIEL HAWTHORNE
Vingt jours avec Julian et Petit Lapin, selon papa,
Carnets américains 1835-1853

12 JUIN

Almanach [almana] **n. m.** — 1391 ; lat. médiév. *almanachus*, arabe *al-manakh*, probabl. du syriaque, rad. *ma-* « lunes, mois » ♦ 1. Calendrier accompagné d'observations astronomiques, de prévisions météorologiques, de conseils pratiques relatifs aux travaux à faire selon la saison. V. **agenda, éphéméride.** ♦ 2. Annuaire, publication ayant vaguement pour base le calendrier. (Petit Robert)

Voici ce que je propose : que nous fassions ensemble un almanach qui rendrait compte des saisons, des travaux et des fêtes de nos pays respectifs. Ce serait le côté traditionnel de l'almanach, et à cela viendraient évidemment s'ajouter des notes plus personnelles sur nos enfants et nos humeurs ; il y aurait des faits divers, si cela nous chante. Enfin, ce serait un objet qui aurait pour base les caractéristiques de l'almanach (et, là encore, il faudrait vérifier quelles sont ces bases exactement), mais qui pourrait être un peu différent, cela reste encore à préciser. On verrait bien ce qui nous sépare et nous lie à la fois. Le temps qui passe, la saison des pavots, les dents qui percent, le ciel de São Paulo, celui de Montréal.

Depuis ton départ pour le Brésil, il y a six ans, je n'ai de cesse de chercher la façon de retrouver ce quotidien si intimement tissé que nous partagions. Je me demande souvent combien de temps l'amitié peut survivre dans l'absence. Chaque année qui passe me rassure, Isabelle, mais chaque année loin de toi creuse en moi de nouveaux doutes sur l'année à venir. C'est pourquoi j'aimerais passer ces quatre prochaines saisons près de toi, ici, dans les mots de cet almanach.

Qu'en penses-tu ?

Stéphanie

PREMIÈRE SAISON

21 JUIN — 22 SEPTEMBRE

21 JUIN 2007 ~ STÉPHANIE

Quatorze heures dix-sept

Ça commence déjà avec dix minutes de retard. Le solstice était prévu à Montréal pour quatorze heures sept, je l'ai raté de dix minutes. L'été s'amorce, avec ses promesses de chaleur et d'activités. Il fait plutôt frais aujourd'hui, vingt-quatre degrés.

Nous entamons, toi et moi, ce projet que je t'ai proposé de façon spontanée. Nous allons nous offrir notre quotidien sur papier, comme les petits bateaux que font les enfants dans de grandes feuilles rectangulaires.

Philippe et moi allons mieux. Nous avons dîné chez Cuisine et Dépendance pour fêter notre réinsertion chez les couples vivants. J'ai mangé une salade de roquette et du risotto aux pétoncles et aux moules.

Ce soir, nous sortons avec les enfants pour faire un pique-nique du solstice au parc Lafontaine.

J'apporte des fruits frais de saison : melons, fraises du Québec – les premières –, bleuets, abricots et cerises.

22 JUIN

Fin des classes aujourd'hui. Mélange d'excitation et de tristesse : il est dur pour Mathilde de se séparer de son professeur.

Dans la cour, on fait un décompte à voix haute : quarante, trente-neuf, trente-huit, trente-sept… Je ne sais pas qui, des élèves ou des professeurs, crient le plus fort.

Mathilde et moi allons faire des courses sur Saint-Laurent pour le week-end. On voit la lune au bout de la rue Napoléon. Nous achetons un bel assortiment de charcuteries et du fromage en tranches pour les sandwiches.

En se couchant, Georges regarde par la fenêtre et aperçoit la lune. Il me dit : « Est-ce que tu as vu la lune ? »

23 JUIN

Ce matin, départ vers le chalet de Phil Mackenzie. Dans la voiture, je lis l'*Almanach Hachette 1926* et je ris beaucoup des publicités.

Juste avant Mansonville, au magasin général qu'on appelle La Fusée à cause de sa fusée blanche sur le toit, nous nous arrêtons pour acheter des fraises.

Elles proviennent de L'Ange-Gardien. J'y vois un bon présage. La dame met les trois casseaux dans un sac de papier brun, avec le pot de crème à côté. Dans la voiture, je tends les petits fruits aux passagers et au chauffeur. L'odeur des fraises monte du sac posé sur mes cuisses : ça commence à ressembler à l'été.

À Mansonville, le temps est frais – vingt degrés – et le ciel est couvert. Je cueille un trèfle à quatre feuilles, comme lorsque j'étais jeune au chalet de mes grands-parents paternels, au lac Vézeau. Il y en avait une talle, on en trouvait tout le temps.

Dans la bibliothèque de Phil, je déniche un ouvrage sur les fleurs sauvages, *Wild Flowers of Eastern Canada,* écrit et illustré par sa mère, Katherine Mackenzie :

> *The rarest and most prized of all the wild flowers are the orchids, distinguished by their slipper-like petals. Not only does one never, never pick a wild orchid, but one does not tell where or when an orchid has been found in case somebody goes and picks it. Once in a while one comes across an unexpected mass of them, and then one feels privileged indeed.*

Pour la première fois, il y a une semaine, alors que je courais dans les sous-bois derrière la maison de campagne de mon père, je suis tombée sur des sabots de la vierge. Elles étaient blanches, jaunes, délicates et généreuses. J'étais pétrifiée devant la beauté rare de cette rencontre. J'avais une envie folle de m'en faire un bouquet, d'en déterrer un plant, de m'approprier leur éphémère éclat. J'ai poursuivi mon chemin.

24 JUIN

Saint-Jean-Baptiste

Il fait frais au lever, dix degrés, c'est parfait pour la course de dix kilomètres du lac Brome.

Je suis très fière des enfants, qui ont aussi couru un kilomètre et qui ont terminé la course, même le petit Georges, que j'ai dû sortir deux fois du champ en bordure de route où il s'était caché.

Au magasin de l'usine, nous achetons du canard et des rillettes, pour le souper de mercredi, où tu seras des nôtres.

En soirée, nous faisons un feu de camp au chalet. Les garçons allument ensuite des feux d'artifice qui sont spectaculaires, avec la lune au fond du décor. La pétarade fait peur à Georges, qui, tout en pleurs, s'écrie que ça va « arracher la lune ». Quand la fumée se dissipe, le mince croissant de lune est toujours là.

« La Lune ment tout le temps » : lorsque la lune croît, elle forme un *D* et, lorsqu'elle décroît, elle forme un *C*. Ceci est valide seulement pour nous, dans l'hémisphère Nord.

25 JUIN

Départ de Mansonville.

Sur le chemin du retour vers Montréal, nous faisons un crochet vers l'abbaye de Saint-Benoît-du-Lac, où nous trouvons un joli dizainier que nous offrirons à Karine lorsque nous la visiterons dans sa communauté la semaine prochaine. Dans les corridors de l'abbaye menant à la chapelle, un ange est peint. Georges, très sûr de lui, affirme que c'est la maison de la fée des dents.

J'achète du fromage fait sur place, toujours pour le souper de mercredi où tu arriveras enfin à Montréal. Nous récitons une courte prière pour la mère de Philippe dans la chapelle extérieure. Mathilde semble toute à ses dévotions. Je ne sais même pas où elle a appris cela, puisque jamais nous ne parlons de Dieu ni de prière dans la maison. Mais il n'y a rien comme un petit bain pour mettre tout le monde dans l'ambiance.

J'écris tout cela dans la voiture, le temps est couvert et humide. Je pense que le bouquet de boutons-d'or que j'ai cueilli à Mansonville sera déjà fané lorsque nous arriverons à la maison.

* * *

21 JUIN ~ **ISABELLE**

« Dans ces impressions insignifiantes et sans désir de sens, je raconte indifféremment mon autobiographie sans faits, mon histoire sans vie. Ce sont mes *Confessions*, et, si je n'y dis rien, c'est que je n'ai rien à dire. »

FERNANDO PESSOA,
Le Livre de l'intranquillité

Je me prépare à quitter São Paulo avec Mauricio et ma fille Violeta pour passer quelques semaines à Montréal en vacances. C'est l'hiver qui commence aujourd'hui. Il fait gris et froid. Le matin, c'est toujours le beau temps, un soleil éclatant et, tout à coup, l'après-midi, le ciel se voile, c'est la grisaille, puis la nuit tombe très vite et il fait froid. Nous allumons un feu de bois dans la grande cheminée du salon. Je berce Violeta au son du crépitement du bois sec amassé pendant tout l'été. Le mois de juin marque ici le début des fêtes du froid et du solstice d'hiver ; c'est ce qu'on appelle les *Festas Juninas*, qui ont été introduites par les Portugais pendant la période coloniale. Nous célébrons la vie rurale en mangeant des nourritures riches et en buvant des boissons chaudes (le *quentão* – littéralement le « grand chaud » – est ma préférée : c'est une mixture à base de *cachaça* avec du gingembre frais et du miel). Tout passe par la nourriture ; il y a autant de traditions culinaires que de régions. Est-ce pour ça que j'aime tant vivre ici? De coutume, à cette époque de l'année, les enfants se déguisent en paysans. J'ai du mal à imaginer que, ce soir, ce sera la nuit la plus courte pour nous, et la plus longue pour toi. Tu te prépares à l'été, tu cherches tes bikinis dans les armoires, les jupes et les blouses fraîches, tu défais les cartons à la recherche de tes sandales. Et moi, je m'enroule dans une écharpe pour faire mes valises. À l'envers de l'été, à l'endroit de l'hiver, qui a raison?

26 JUIN

Nous arrivons à Montréal. Mes parents, ma sœur, son fiancé ainsi que leur bébé viennent nous chercher à l'aéroport. C'est un beau moment de retrouvailles, mais je me souviens très vite pourquoi j'habite si loin. Je supporte mal les questions, les commentaires ; je sais déjà que l'été sera long. Et pourtant, je ne sais pas vivre autrement, je ne sais exister différemment sinon dans ce perpétuel décalage où j'aspire à être ailleurs. À la Cité, où nous allons habiter pendant ces deux mois de vacances, nous récupérons nos clés, mais notre appartement A 2408 n'est pas aussi agréable que le précédent, celui que j'avais loué au mois d'avril dernier. Pourtant, je me sens déjà chez moi. La vue est superbe : avenue du Parc vers le nord. J'aime toujours arriver à Montréal, j'y retrouve très vite mes repères. D'ailleurs, c'est tout ce que je fais depuis que j'ai six ans : arriver à Montréal. Pour me sentir plus vite chez moi dans un appartement meublé ou une chambre d'hôtel, j'ai imaginé cette liste que je nomme :

AMÉNAGEMENT DU TERRITOIRE

- Défaire ses valises et utiliser tous les tiroirs, même si c'est pour deux jours.
- Vaporiser son parfum dans toutes les pièces.
- Poser des livres et des revues sur la table basse du salon et sur la table de chevet.
- Mettre ses chaussures dans l'entrée
- Sortir ses affaires de toilette et les poser sur les étagères de la salle de bains.
- Défaire le lit.
- Faire glisser les rideaux et les ajuster à son goût.
- Faire couler de l'eau dans la cuisine et la salle de bains.
- Mettre quelque chose (restes du voyage, par exemple) qui nous appartient dans le minibar ou le frigo.
- Mettre ses chaussons ou ses Havaianas au pied du lit.
- Faire l'amour le plus vite possible dans toutes les pièces.

27 JUIN

Nous sommes allés dîner chez toi, c'était chaleureux ; j'ai toujours ce sentiment d'être en famille, mais dans ce cas, c'est la famille choisie, triée sur le volet, la famille idéale. Moment de bonheur intense, nous rions ; bonheur simple d'un début d'été sous les arbres si verts. Le repas est succulent, j'aime ces deux recettes que tu nous as préparées.

Je ne sais pas si je vais tenir le cap, si je vais trouver le bon ton pour ce que tu me demandes, écrire ma vie pour que nous nous rapprochions. Le fragment est un art difficile qui nous met la fin sous les yeux, une fin qui recommence sans cesse à chaque paragraphe. Pourtant, il faudrait plutôt penser l'infini des débuts ; oui, c'est plutôt ça que tu m'offres, je te connais, tu aimes les commencements, les naissances. Je vais le penser comme ça, l'infini de nos vies qui s'étirent sur le continent américain.

28 JUIN

Aujourd'hui, nuageux avec éclaircies, maximum vingt-quatre.

Violeta s'est couchée très tard hier soir, après notre petite sauterie chez toi. Pour le mal de tête : beaucoup d'eau, et de l'air frais. Pour calmer les bébés après une courte nuit : beaucoup d'amour, du pain frais et du lait. Tous ces aliments préférés sont les bienvenus parce qu'ils apaisent les enfants agités.

29 JUIN

Nous avons fait la route vers Georgeville, nous allons chez mes parents. Nous nous baignons dans une piscine froide et buvons du vin frais au jardin. Le dîner est enjoué, sympathique. Le jardin est déjà bien fleuri, mais les chevreuils ne cessent de manger les fleurs de maman. Elle doit vaporiser du sang de coyote sur les plates-bandes : ça sent affreusement mauvais, ça coûte cher, mais c'est plutôt efficace. Je suis tout de même mal à l'aise, je n'aime pas redevenir la fille de ma mère, me faire rabrouer parce que je ne sais pas comment mettre les assiettes dans le lave-vaisselle. Mais depuis que je suis moi-même mère, je ferme les yeux sur ses manies.

30 JUIN

C'est le jour de la parade du Premier Juillet à Georgeville. Violeta est de mauvaise humeur ; serait-elle une péquiste dans l'âme ? Nous mangeons des hot-dogs et de la barbe à papa dans le petit parc où je suis tombée d'une balançoire pendant l'été 1975. J'aime montrer à Violeta cet endroit où j'ai été si heureuse, enfant. Je lui pointe aussi la maison dans laquelle je rêve de vivre quand je serai vieille et seule. J'ai cette image de moi depuis toujours, depuis que je suis toute petite : je suis la folle du village.

En rentrant du barbecue et de la parade, nous rencontrons par hasard mon ancien dentiste qui a beaucoup maigri et vieilli. Violeta lui donne des céréales mâchouillées et il les accepte sans broncher comme seul un homme qui est père sait le faire. Cela me touche. Mauricio ne se sent pas bien en fin de journée, et Violeta ne veut pas dormir. Fiasco total quand je décide finalement de la relever et de l'amener à table avec nous. Elle ne s'endort plus du tout et me tiendra éveillée jusqu'à vingt-trois heures. Ne jamais lever un enfant qui ne parvient pas à dormir.

1er JUILLET

La nuit a été difficile : Mauricio a été malade ; je me suis occupée de lui une bonne partie de la nuit. Ma sœur s'est réveillée aussi, à cause du bruit. Tout le monde est debout vers deux heures du matin : les jeunes parents en ont profité pour nourrir le bébé. Dans la journée, nous sommes allés voir la boulangerie de Monique et Justine. Violeta y a mangé sa première madeleine. J'étais secrètement émue, je ressentais cette émotion des premières fois que l'on vit avec un jeune enfant. Tu vois, tout revient toujours à la nourriture avec moi : nourritures mythiques, ingérées, mal digérées, nourritures terrestres et célestes, nourritures meurtrières aussi.

2 JUILLET

Je t'ai appelée sur ton téléphone portable, sans succès. J'ai aussi essayé de parler à Éric, pour lui souhaiter bon voyage. Il part en Angleterre ; alors qu'il y a tous ces attentats ratés, je lui dis d'être prudent. Finalement, je te parle plus tard dans la journée et tu m'annonces que Mathilde a la scarlatine. Ma mère et ma sœur s'exclament toutes les deux : « Mais ça existe encore ? » Les vacances au chalet sont douces-amères pour moi, je ne sais jamais sur quel pied danser, je m'y sens à la fois fatiguée et revigorée. Je ne sais pas ce qui m'assaille dans certains lieux comme la campagne, un sentiment de lassitude immense.

* * *

26 JUIN ~ **STÉPHANIE**

Tu es arrivée le jour le plus chaud de l'été. Montréal fondait à trente-huit degrés. J'ai pensé à toi. Tu sembles avoir toujours du fil à retordre avec la température. Quand tu es venue en mars, il a plu un mois entier, avec des neiges inattendues, des giboulées. Maintenant, il fait beau, si beau. J'ai hâte que tu voies mon jardin. Mon plant de lavande profite bien et, grimpant sur le poteau qui soutient le balcon, deux clématites enroulent leurs vrilles l'une dans l'autre. On peine à reconnaître le feuillage de chacune. Leurs fleurs sont toutes deux mauves, mais l'une, plus sombre, pourpre, semble aspirer la lumière, tandis que l'autre, qui a plus de bleu dans sa teinte, reflète les éclats du soleil, comme le ferait une gorge de pigeon ou les plumes d'un paon.

Chaque fois que j'écris *mauve,* je pense à nos cahiers. Je fais le souhait que ce projet que nous entamons soit à l'image de ces fleurs qui grimpent l'une avec l'autre, l'une dans l'autre. Sors tes vrilles, suis-moi, ne regarde pas en bas, derrière, enroule-toi avec moi dans le grand feuillage de cette première saison.

27 JUIN

Il fait encore plus chaud aujourd'hui qu'hier. Devant l'école, les grilles sont ouvertes et les voitures sont garées dans la cour. Je pense : « voilà, c'est bien l'été. »

Je t'ai parlé tout à l'heure, tu viens à la maison.

Le ciel est couvert, on pressent l'orage. Ma fille et la jeune étudiante qui la garde pour la journée viennent me rejoindre dans les bureaux du restaurant Holder où je travaille. Mathilde fleure bon la tiédeur et l'été. Quand elle passe près de moi, je sens sa chaleur, la chaleur de la ville qui s'est déposée sur son petit corps. Moi, j'ai passé la journée à l'air conditionné, coupée de ce qui se joue à l'extérieur.

Je suis dans la voiture, pour aller chercher Georges à la garderie ; nous achèterons du saumon, de la rhubarbe et des fraises pour faire des tartes. Après, tu arriveras.

28 JUIN

Hier, après votre départ, nous avons oublié de ranger la terrasse. Nous avons tout laissé tel quel. Il a plu cette nuit, très fort, et ce matin nous nous sommes levés pour tout retrouver détrempé : l'oiseau Zozo dans sa cage, les tabourets et napperons, les miettes de pain et, surtout, la chaise berçante. Ma belle chaise berçante en bois dans laquelle j'ai bercé et allaité mes enfants, cette chaise que j'avais donnée à ta sœur, puis reprise, car je devenais folle de m'en être séparée, comme je devenais folle de ne plus avoir d'enfants. L'eau a décoloré le bois et gonflé les coussins bleus.

Quand Philippe m'a appelée, j'étais terrée au sous-sol, à lire les cahiers mauves que tu m'avais offerts la veille. Je lisais encore nue, car je me levais. J'ai dormi au sous-sol pour fuir la chaleur, c'est très rare que nous fassions chambre à part, je crois que la dernière fois remonte à ma grossesse.

J'ai donc pris les coussins, je les ai apportés au sous-sol. Je les ai enveloppés de serviettes et, toujours nue, toujours lisant (rien ne peut me détourner de ma lecture), j'ai foulé de mes pieds les coussins pour en extraire le plus d'eau possible. J'ai essayé de sauver ma chaise, cette chaise qui m'a vue jeune mère, qui m'a vue affolée et apaisée.

29 JUIN

Vacances.

Départ pour le chalet loué aujourd'hui ! Enfin des vacances pour nous aussi. Lorsque nous passons faire les courses à la pharmacie, Mathilde me dit : « C'est ici que je veux me faire percer les oreilles. » Je suis si fière qu'elle me le demande enfin. Elle choisit des pierres bleues et ne pleure pas, mais se tient les dents bien serrées. J'ai l'impression que c'est une initiation féminine. C'est comme si, tout à coup, elle avait quitté la petite enfance pour devenir une fille. Tout ça avec de fausses pierres bleues.

30 JUIN

Pleine lune.

Il fait frais, personne ne se baigne. Nous jouons au paquet voleur avec les enfants et, la nuit venue, Phil et moi écoutons les derniers épisodes des *Sopranos* sur le portable, collés dans le lit de notre chambre.

J'ai fait des biscuits à l'avoine et aux canneberges avec les enfants. Je n'ai pas envie d'écrire ni de courir, juste de dormir et de manger.

Hier, on voyait la lune entre les grands pins blancs. Elle était basse, lourde et orange. Prête à être cueillie. Ce soir, elle n'est nulle part.

2 JUILLET

On devait aller aux fraises aujourd'hui, mais Mathilde est malade depuis le réveil. Scarlatine.

La mère de Philippe est mourante, il doit partir à son chevet à Ottawa, où tous ses enfants sont réunis pour la veiller. Tout cela me semble un peu irréel, alors que je suis ici, dans la maisonnette de campagne, seule avec deux enfants regorgeant de vie.

Il pleut, il orage aussi. Pendant une accalmie, nous nous lançons dans une partie de minigolf, où nous nous amusons énormément. Nous soupons de yaourt, de cerises, de compote, de pain et de cretons, puis belle balade à vélo. Depuis deux jours, Mathilde pédale sans ses petites roues.

Depuis quelques semaines, j'essaie de faire dans ma tête l'inventaire des choses mauves qui m'entourent.

Ma camisole violet d'évêque à bretelles croisées, une ombre à paupières *Beautiful Iris* provenant de notre marchand de couleurs préféré (je sais que toi, tu as *Parfait Amour)*, les tongs Havaianas violet et or que tu m'as envoyées du Brésil, des boucles d'oreille, boules d'améthystes, offertes par ma tante Anne lorsque j'avais quatorze ans et que je conserve précieusement, un jupon de tulle lilas que je n'ai porté qu'une seule fois, une couverture parme, crochetée même pas à la main, même pas jolie, mais que je traîne partout depuis que je l'ai achetée pour partir en appartement à dix-neuf ans : je l'ai apportée au chalet.

Puis, il y a ma fille, qui porte comme second prénom Lila. Ta fille à toi, Violeta.

* * *

3 JUILLET ~ **ISABELLE**

Nous prenons la route tôt le matin pour arriver à Montréal pour le déjeuner. Mauricio aperçoit la marmotte de la maison avant de partir. Elle nous portera sans doute bonheur. Je suis toujours tes conseils en voiture et en avion : des jouets neufs, un par heure, ou encore des objets avec lesquels l'enfant n'a pas joué récemment. Et puis le biberon de lait, ce grand miracle de douceur, de paix, de bonheur pour les bébés.

4 JUILLET

Ce soir, Mauricio et moi allons voir Bob Dylan au Festival de jazz. Je suis anxieuse parce que ma sœur et son copain viennent garder Violeta. Ils arrivent vers dix-sept heures trente pour lui donner son dîner et le bain. Mon beau-frère fait voler ma fille dans les airs comme un bébé super-héros, et ça se passe très bien. Dylan est bon et Mauricio s'émeut de le voir chanter de façon si généreuse. Emmanuel et Alexandra nous quittent et nous laissent leur fille Victoria pour la nuit, comme convenu. Je me rends compte que c'est beaucoup plus facile de s'occuper d'un nouveau-né que d'un bébé d'un an et demi. J'avais déjà oublié. Mauricio me fait remarquer que l'être humain fonctionne bien : nous avons en effet tout oublié des nuits difficiles du début car nous voulons déjà un autre enfant. Il pense que c'est l'évolution qui est bien réglée pour que les humains continuent à se reproduire ; moi, je pense que c'est notre inconscient qui refoule le labeur de la naissance.

5 JUILLET

Aujourd'hui, la maman de Philippe est morte. Je laisse l'entrée de mon carnet blanche en guise de recueillement.

6 JUILLET

Matinée tranquille. Violeta se lève tôt ces jours-ci, c'est agréable. La gardienne arrive à treize heures trente ; Mauricio et moi allons déjeuner au Shed (nous ne sommes pas inspirés). Je me sens bien vieille tout à coup, moi qui fréquentais cet établissement à la fin des années 1980. Nathalie et moi y dînions souvent avant d'aller prendre un verre au Lola puis danser au Business. Aujourd'hui, c'est aussi le début du Concert *Live Earth,* qui me rappelle le *Band Aid* de ma jeunesse. De l'Afrique au climat, est-ce une métaphore pour ce que le temps nous oblige à faire ? S'occuper des autres dans la vingtaine, puis de soi dans la trentaine ?

7 JUILLET

Quelle date, le sept du sept de l'année zéro sept. Ce doit être un jour d'extrême chance. Je fais un vœu.

Je pense à la vieillesse et je me rends compte que le bébé est un véritable élixir de jouvence. Il vous oblige à muscler vos bras, vous fait courir, vous fait faire des singeries : je le recommande à quiconque a envie de rajeunir. Je dis ça, bien sûr, pour ne pas penser au pire de ce qu'avoir un enfant implique : imaginer sa mort en permanence. Est-ce que tu te souviens quand je n'étais pas encore mère et que tu m'avais dit que je ne pouvais pas comprendre ce que c'était que cette peur de perdre sa chair ? Maintenant que je suis mère, je pense encore comme je pensais avant : cette mort de l'enfant reste dans l'imaginaire, elle doit le rester et c'est pourquoi nous pouvions toutes deux l'imaginer à l'époque, toi en étant mère, moi en ne l'étant pas. Je trouve que je vieillis. Nous sommes dans les dates avec notre travail minutieux du temps qui passe, nous ne pouvons nous empêcher de le sentir passer, le temps. Ce sont, ces mois-ci, les toutes premières traces d'une réflexion sur la vieillesse ; j'ai peur surtout d'avoir eu ma fille trop tard, d'avoir tardé à commencer ma famille. Et pourquoi surtout ? J'ai honte d'avoir perdu mon temps.

* * *

9 JUILLET ~ STÉPHANIE

Il pleut aujourd'hui. Une semaine est passée pendant laquelle la mère de Philippe est morte et nous l'avons enterrée. Quand nous l'avons mise en terre, la sœur de Philippe a demandé à tous de réciter un *Je vous salue, Marie*, sa prière préférée. Nous avons tous éclaté en sanglots en égrenant ce dernier hommage.

Il a plu beaucoup, un temps couvert, triste. Je suis allée aux fraises avec les enfants, remplir un large panier. J'ai visité Karine dans sa communauté religieuse : on aurait dit une colonie de vacances d'enfants sages, très accueillants. Nous avons mangé des fraises fraîches, ensemble, dans le stationnement.

Avec les fraises, faire des confitures, de la glace, un gâteau des anges avec de la crème fouettée. Quand je suis au plus mal, je cuisine beaucoup.

La semaine m'a épuisée, mais je suis de retour, ici avec toi, dans ce carnet qui nous lie.

Je suis allée avec les enfants acheter du maïs. Nous avons aussi pris du concombre et des petites fèves jaunes. C'est un couple dans la soixantaine qui vend ses produits maraîchers. L'homme avait aux doigts de la main gauche de grosses chevalières qui, me semblait-il, étonnaient pour un cultivateur. La dame m'a lancé : « Il pleut beaucoup, ça va faire rougir les framboises. »

MON TRÉSOR

Assemblés sur la plage des Cantons cet après-midi (la plage est déserte, car le ciel est lourd et nous menace de sa pluie) :

- Trois bouts de bois lavés par l'eau et le sable. L'un ressemble à une couleuvre, l'autre à un nez de sorcière, et le troisième, bien plat, à une étiquette qu'un voyageur accroche à son bagage pour l'identifier.
- Trois plumes de colvert mâle (de ce bleu-vert indéfinissable).
- Une fleur jaune de nénuphar encore close.
- Une algue échevelée dont la forme évoque une plume.
- Perle de cette nature morte, un minuscule coléoptère, de la même couleur fuyante que la plume du canard, bleu métallique argenté, bleu d'étoile filante. Il lui manque une aile, nous l'avons laissé se sauver.

10 JUILLET

J'ai vu un paon au zoo aujourd'hui. La couleur de son cou m'enchante, m'obsède et illumine tout. On parle de sa queue toujours, mais son cou reflète mille feux dans le chatoiement de son bleu.

11 JUILLET

Balade à vélo près des fossés de roseaux où les asclépiades sucrent l'air de leur parfum. Leurs fleurs en ombelle sont si lourdes qu'elles font ployer le plant entier. Les monarques peuvent bien être fous d'elles. Quand j'étais petite, il en poussait beaucoup devant la ferme de mon grand-père, dans les fossés près de la grand-route. Je me souviens qu'à la fin de l'été, avec mes cousins, on y jouait et on ouvrait les petits cochons pour en faire sortir la ouate soyeuse et brillante.

J'ai fait un bouquet de trèfles blancs. Leur odeur est si douce. J'aime bien les fleurs simples qu'on peut cueillir sans soucis.

12 JUILLET

C'est la même couleur que l'œil des mouches et le corps des libellules : gorge de paon. Selon un mythe chinois, le seul regard d'un paon peut suffire à féconder une femme.

En courant ce matin, j'ai eu cette idée : il faudrait un parfum qui évoque l'été en campagne au Québec. Celui d'aujourd'hui, je le nommerais *Juillet* : roses sauvages, asclépiades, trèfles blancs. On pourra ensuite faire *Août* : foin coupé et terre chaude. *Septembre* : papier frais, crayons taillés.

Avant d'aller à Georgeville au chalet de tes parents, nous nous arrêtons au kiosque extérieur pour acheter des fraises. Surprise ! il y a des framboises, ramassées ce matin, les premières de la saison. Je t'apporte ces fruits comme une offrande ; je suis tellement heureuse que tu m'accueilles dans ta famille, cette famille qui toujours te ravit à moi. Je suis exigeante, et jalouse de tout ce qui te tient à distance de notre amitié lors de tes visites à Montréal. Les framboises sont bien rouges grâce à la pluie tombée durant nos vacances.

13 JUILLET

Il y a toujours entre un et trois vendredis 13 par année.

Nous quittons le chalet ce matin. Dernier arrêt au kiosque. Il y a des bleuets, frais de ce matin. Un rien m'excite, je prends deux casseaux de bleuets, deux de framboises, et un panier de fraises. Dans la voiture, les enfants et moi mangeons les petits fruits à pleine poignée, nous en avons les mains tachées.

Nous partons du chalet en plein soleil, mais nous rencontrons un orage en nous dirigeant vers Montréal. Je t'écris de la voiture, du cœur de la tourmente. Le ciel est zébré d'éclairs, les nuages nous enveloppent comme des fantômes gris. L'eau des camions qui nous dépassent fouette la vitre à nous faire peur.

Je me souviens d'un orage lorsque j'étais petite. Nous étions toute la famille en voiture lorsqu'il s'est abattu sur nous. Je crois que c'était la nuit. Mon père a dû s'arrêter sur l'accotement car on ne voyait rien devant, le rideau de pluie était opaque. J'étais bien impressionnée qu'il soit ainsi défait par une pluie, qu'il s'avère vaincu. Je croyais alors que mon père était tout-puissant et qu'il pouvait tout faire.

Il est midi trente, les enfants dorment en arrière, bercés par le va-et-vient des essuie-glaces. J'ai hâte de rentrer à la maison.

14 JUILLET

Je m'occupe un peu du jardin. La lavande tire à sa fin, comme les clématites. On m'a volé ma très belle rose parfumée pendant les vacances, la tige est coupée nette. Le jardin est un peu triste en cette saison, j'ai vraiment un jardin de printemps. Le chat Pacha est couché sur le balcon. Peut-être attend-il comme moi la floraison de l'anémone du Japon.

15 JUILLET

Je le trouve exigeant, finalement, ce travail de tous les jours, rapporter les changements de la nature autour de moi.

Les feuilles du pommetier de la voisine joaillière ont déjà commencé à jaunir, ça plane comme une menace de l'automne dans ce mois de juillet qui ne cesse de pleuvoir sur nous.

Un écureuil a pris notre parasol pour un arbre ce matin. Nous sommes sortis, tous quatre dehors, pour le regarder, pour lui dire : « Tu t'es trompé, va-t'en ! » Il ne comprenait rien, il continuait de nous dévisager comme si c'était nous les fous, comme s'il était dans le frêne du fond de la cour.

Je n'ai pas envie que ça soit la fin des vacances tout à coup.

* * *

8 JUILLET ~ **ISABELLE**

Anniversaire de Leila, ma belle-mère.

Mauricio nous quitte aujourd'hui, il retourne à São Paulo. Je suis malade, j'ai attrapé un vilain virus, je ne sais pas comment je vais m'en sortir toute seule avec le bébé. En fait, c'est que je ne veux pas m'en sortir toute seule, je veux que Mauricio reste et qu'il passe toutes les vacances avec nous. Je déprime subitement dans mon trois pièces miteux de la Cité. Dire que j'habite dans un très grand appartement à São Paulo, où j'ai de l'aide au quotidien ! Parfois, je me demande pourquoi je viens m'enterrer vivante au Québec pendant l'été, où les amis travaillent, sont partis en vacances, où mes parents vieillissants supportent de moins en moins d'avoir du monde autour d'eux. Chaque année, c'est la même chose, je me réjouis de séjourner à Montréal, mais j'en reviens exténuée par les disputes, les horaires chargés, les demandes incessantes de tout un chacun. Mais j'ai toujours vécu comme ça, un pied ici, un pied ailleurs. Je vais devoir m'y faire, un jour.

12 JUILLET

Vous êtes venus vous baigner chez mes parents à la campagne, ce fut très agréable, il a finalement fait beau, nous avons parlé de Karine et du partage, de la notion de communauté. Ma mère ne veut pas vous voir, alors elle passe la journée à Magog. Quand elle revient, je me sauve à mon tour avec vous et nous allons dîner au bord du lac. Nos enfants s'amusent sur le quai où j'ai tant joué, près des eaux dans lesquelles j'ai appris à nager pendant ce fameux été 1975. Ma mère n'a jamais voulu être un modèle pour nous, et c'est pourquoi je dois chercher ailleurs un exemple de vivre-ensemble que j'admire. Je le trouve sans peine chez ma belle-mère, une femme qui reçoit volontiers sa famille, qui cuisine encore beaucoup, qui a toujours été adorée par les amis de ses fils.

13 JUILLET

Ce que je n'aime pas écrire, en fait, c'est la matière inerte de mes journées. Comment concilier l'envie de continuer ce projet avec toi et la résistance que je ressens ? Ou cette résistance vient-elle d'ailleurs, de notre amitié ? Pourquoi sommes-nous des amies d'écriture avant tout ? Nos rencontres sont souvent gauches, maladroites. Y comprends-tu quelque chose ?

Violeta apprend à marcher, nous sentons bien que ce sera pour bientôt. Ce matin, au lit avec elle, je fais le vœu, le serment, je lui promets d'être heureuse pour elle, de lui montrer ce que ça peut être, le bonheur ; je lui promets de ne pas être une mère malheureuse, dépressive ; c'est terrible pour un enfant de grandir avec une mère comme ça. Le Brésil me manque délicieusement ces jours-ci. Là, tout n'est que douceur, simplicité, amitié et... fuite en avant aussi, je le sais. C'est tout ce que je sais faire, de toute façon. Fuir. La fuite. « Enfermement » est le mot que tu choisis pour décrire tes angoisses, et moi, je pense à la fuite. L'enfermement et la fuite.

* * *

16 JUILLET ~ **STÉPHANIE**

Retour au travail. Je suis heureuse de soigner mon apparence ce matin : vernis, fard, boucles d'oreille *vintage* à pince de grand-mère, talons hauts noirs, cheveux frisés au fer, puis tirés vers l'arrière. Nouveau chandail asymétrique à une seule manche, couleur jus de raisin.

Tout l'attirail du paraître, de la séduction. Tout cela, c'est moi aussi, les jours où j'en ai envie, comme aujourd'hui.

17 JUILLET

Ce matin, je vais courir tôt, à six heures quinze. Je passe, comme souvent, devant la Cité. Tu dois dormir.

Je sais que tu es là, tout près, dans la même ville que moi, endormie dans ta chambre avec vue. Cette pensée de ta proximité me rassure.

Devant le 3666, Lorne Crescent, il y a des renoncules jaunes dans une urne et les iris fanés ont été coupés.

18 JUILLET

Dans l'ascenseur du bureau, l'homme qui ressemble à Borges est entré. Il est toujours élégamment vêtu d'un complet foncé et porte une mallette noire. Il parle français avec un léger accent espagnol. Il est droit et sec de corps, mais toujours souriant et poli.

Sa paupière gauche tombe un peu (chez Borges, c'était plutôt la droite). Chaque fois que je le croise, je suis certaine qu'il est son descendant. Que je suis la seule à l'avoir remarqué et que ce lien secret nous unit.

Alors, cette fois, je me lance :

— Vous savez que vous ressemblez terriblement à l'auteur argentin Borges ?

Il sourit. Calmement, il réplique :

— Non, je ne le savais pas.

— Mais vous le connaissez.

— Non, je ne le connais pas.

Je commence à me sentir mal, je me demande si c'était une bonne idée, cette conversation. J'aurais dû m'en tenir au temps qu'il fait. Après tout, Borges a fini sa vie vieux, aveugle, le visage défait. Et si l'homme était insulté en voyant une photo de l'auteur ?

Je cherche à me justifier, tout en fixant les voyants lumineux du panneau. Troisième étage. Deuxième étage :

— C'est un de mes auteurs préférés, vous savez.

Nous arrivons au rez-de-chaussée. Les portes s'ouvrent, et je sors de l'ascenseur rapidement. D'avoir ainsi parlé, j'ai brisé à jamais le lien secret qui nous unissait.

19 JUILLET

Nuage et pluie toute la journée.

Le restaurant est bondé, car les gens ne peuvent aller sur les terrasses.

Vers quinze heures, la pâtissière nous a fait goûter un nouveau dessert qu'elle pense mettre au menu : cerises pochées au balsamique, glace à la crème brûlée et tuile aux amandes. Par-dessus tout ça, une cerise fraîche.

20 JUILLET

J'étais contente d'aller voir le nouveau film de Leconte, *Mon meilleur ami,* avec toi. Tout était imparfait, je crois que c'est ce qui m'a plu : la pluie, mon retard, le salon de thé trop tranquille, la sortie précipitée sans avoir rien bu et, finalement, s'asseoir dans la cinquième rangée et changer de siège trois fois ! Mais c'était du temps volé, en plein après-midi, au travail, à l'enfant, à la vie qui s'active au-dehors. Moments imparfaits pour une amitié imparfaite.

Tu es partie en taxi, moi, j'ai monté la côte à pied jusqu'à la maison. Saint-Denis et Ontario étaient vides et propres : beau ménage de l'averse. Les scènes du festival Juste pour rire étaient désertes, l'équipement recouvert de bâches. J'aime Montréal quand elle se vide.

J'ai les orteils ratatinés par la pluie, je vais laisser sécher mes Havaianas et faire le souper pour mes amours qui arrivent bientôt.

BAIN CHAUD APRÈS UNE MARCHE SOUS LA PLUIE

- Beaucoup d'eau très chaude ;
- Deux tasses de lait ;
- Quelques gouttes d'huile de lavande ;
- De gros morceaux de zeste de citron ;
- Une bougie, et, sur la porte, une serrure.

21 JUILLET

Ce matin, pour la première fois cette année, j'ai entendu la cigale chanter dans la cour arrière.

22 JUILLET

Nous fêtons Georges aujourd'hui et la température est magnifique : vingt-trois degrés ce matin, et un soleil fort et décidé.

Hier, j'ai acheté un panier de pêches de l'Ontario et nous les avons déjà toutes mangées. Je me souviens que la saison des pêches concorde avec l'anniversaire de mon petit Gio, car j'en avais dévoré un plein panier après sa naissance. Maintenant, nous les mangeons à deux.

Les glaïeuls que j'ai achetés à la fruiterie hier ont commencé à déployer leurs pétales sur leur tige encore raide et droite. J'ai choisi des fleurs mauves, rouges et crème.

Nous avons reçu par la poste une carte postale livrée à la mauvaise adresse. Elle venait d'un pays slave. En la retournant pour lire le texte, j'ai vu, en haut, à gauche, un paon noir et blanc.

* * *

14 JUILLET ~ **ISABELLE**

Je fête seule aujourd'hui mes six ans de mariage avec Mauricio. Nous célébrons nos noces de chypre ; le chypre, c'est un parfum à base de bergamote et de santal. Je m'en enduis mentalement en attendant de revoir Mauricio à la fin de l'été.

15 JUILLET

C'est le cœur de l'été. Les deux cousines Violeta et Victoria jouent à cache-cache derrière les voilages en soie dans la chambre à coucher.

16 JUILLET

Águas passadas não movem moinhos.
« Les eaux du passé ne font plus tourner les moulins. »
Dicton brésilien.

Alexandra va emménager avec son fiancé et quitte donc l'appartement de la rue Saint-Hubert. Je ne m'aperçois pas encore que ce lieu où j'ai vécu pendant dix ans, où j'ai connu Mauricio, qui habitait au troisième étage, ne sera plus dans ma vie. De la même façon que tu aimes les premières fois, j'ai toujours eu très peur des dernières fois, surtout des dernières fois qu'on ne vit pas comme telles : la dernière fois qu'on fait l'amour avec un amant qui nous quitte sans crier gare, la dernière fois qu'on parle à une personne qui meurt accidentellement. Je ne perçois pas encore la force du raz-de-marée que ce déménagement va créer en moi.

Il fait beau aujourd'hui, c'est un dernier jour heureux. Je m'occupe de Vica pendant que ses parents s'organisent dans leur nouvel appartement, tout à côté, rue Christophe-Colomb. Dans la journée, mon père vient nous chercher et nous allons chez ma grand-mère maternelle. Avec ses quatre-vingt-dix ans, elle repousse la mort en s'habillant. Je suis persuadée qu'elle échappe à sa fin parce qu'elle est encore élégante : dans ses cheveux couleur champagne, elle a savamment piqué une fleur de tissu ; elle porte une jolie robe chemisier bleue, cintrée à la taille. Malgré sa beauté, sa présence d'esprit aussi, je reste frappée par son incapacité à vivre le moment présent et à profiter de Violeta. Pendant que nous sommes là, elle fait le ménage, fume des cigarettes sur le balcon, emballe un vase pour ma sœur dans une boîte de papiers mouchoirs.

Violeta, pour la première fois depuis que Mauricio est parti, dit « papa » en entrant dans la chambre à coucher.

17 JUILLET

Ce soir, nous sommes allés, toi, moi, les amis et les enfants, dîner dans un bistro. Nous faisons un échange de calepins afin de prendre des notes pour l'almanach. Les amis à la table se demandent bien ce que nous faisons, ils s'interrogent sur ce trafic de carnets.

18 JUILLET

Dans la piscine, sur l'avenue du Parc, de nombreuses femmes hispanophones se baignent avec leurs enfants. Les maris restent sur le bord, en dessous des parasols de fortune. Le temps est à l'orage, le béton a emmagasiné la chaleur de la journée. Je me sens presque de retour chez moi sous l'équateur, je me sens proche de ces mamans aux accents du Sud, à la peau olivâtre ; dépaysée, déracinée, chez moi et chez l'autre en même temps, dans un décalage de pays et de saisons, dans un univers parallèle où je ne sais pas exactement comment « être », toujours décalée, dans ma langue d'abord, dans mon accent ensuite, toujours déjà autre, toujours déjà ailleurs. Pour tout dire, je me sens seule, aujourd'hui, à Montréal. Je suis tout à côté de toi, mais je me sens si loin de notre amitié.

19 JUILLET

À la buanderie de mon immeuble, je converse avec une jeune Japonaise qui est mariée à un Mexicain. Nos enfants jouent ensemble pendant quelques minutes. Martin et Éric viennent dîner vers vingt et une heure, l'heure heureuse, douce et bleue où ma fille dort enfin.

22 JUILLET

Quand c'est le moment de la *piñata*, les enfants te regardent avec sérieux, ils ne sont pas sûrs de tout comprendre, de savoir exactement ce que tu veux dire. Oui, il va pleuvoir des friandises et des jouets de cette voiture confectionnée avec du papier mâché. Ils sont anxieux, ils attendent le miracle. Nous fêtons ton fils au parc. Violeta participe peu, elle est parmi les plus jeunes. Je me sens un peu à part, je fais la connaissance de certaines de tes amies pour la première fois. Je suis intimidée, je ne sais pas quoi dire, comment parler, de quoi parler, je me sens à côté de la vie, aujourd'hui. Je suis ailleurs, je ne suis pas dans ce monde parfait, dans ce parc parfait, avec tous ces enfants parfaits. Je me demande ce que j'ai à me sentir si différente.

* * *

23 JUILLET ~ **STÉPHANIE**

Le Continental flambe.

Le soleil s'en va vers le couchant et, dans le ciel, une fumée lourde, pourpre et sale fait écran entre le ciel et moi. Un écran sur lequel le soleil lance ses derniers rayons orangés. Il est vingt heures et le ciel lui-même semble être en feu.

Je pense à toi, à nous et au Conti qui n'est plus.

24 JUILLET

Encore une belle journée.

Mon jardin a un air négligé. Il est envahi par les mauvaises herbes : verge d'or, oxalis, plantain.

Seul plan en fleur présentement : sur sa haute tige, une échinacée rose. Elle a dû migrer du jardin de la voisine. Est-ce possible ? Ou alors, je l'ai plantée là et je l'ai déjà oubliée. J'aime certaines fleurs de façon déraisonnable (pavot, lilas, pivoine), mais les autres, je m'aperçois à peine de leur présence.

Je suis une jardinière du printemps, enthousiaste en début de saison. Puis, l'oubli et la négligence prennent le dessus. Jusqu'au prochain printemps.

En fait, je me rends bien compte que je suis une femme des débuts, je n'aime que les débuts : le matin, les premiers émois de l'amour, l'apéro, les nouveau-nés et les projets qu'on entame. Je suis exaltée, tout est (encore) possible.

25 JUILLET

Anniversaire de Georges.

En marchant vers le travail ce matin, je pense : « Quel soleil incroyable ! » Il y a quatre ans, j'accouchais et il faisait aussi beau, aussi chaud. Je me souviens du départ précipité de la maison vers cinq heures du matin. J'étais déjà à la poussée. Le ciel était dégagé. J'ai eu une contraction dans la rue avant de mettre le pied dans la vieille voiture. La voisine, à peine réveillée mais réquisitionnée pour garder Mathilde, m'encourageait en me frottant le dos.

Aujourd'hui, dans le métro, j'observe une mère avec son poupon dans son porte-bébé. L'enfant dort sur sa poitrine, abandonné. Elle parle avec son fils plus âgé, de sept ou huit ans. Elle est à la fois maternelle, aimante et détendue.

Les mères trop fusionnelles m'agacent, celles qui sont trop détachées me font peur. J'essaie moi-même tant bien que mal de naviguer entre les deux.

Il y a quatre ans, le 25 juillet, il faisait soleil comme aujourd'hui quand je suis rentrée à la maison vers les seize heures avec mon fils. Nous nous sommes tous assis sur le balcon de devant, et j'ai salué les passants et voisins en leur présentant mon fils, mon fils d'une grande beauté. Georges.

Il est insensé, l'amour d'une mère pour son fils.

27 JUILLET

Il est vingt heures et il fait encore chaud. La canicule s'est infiltrée partout dans la maison. Nous sortons donc avec les enfants pour faire une promenade qui nous mène à la boutique de livres en solde. Au bout de la rue Henri-Julien, quand on regarde vers le nord, le ciel est rose autour du clocher vert-de-gris de l'église Saint-Jean-Baptiste. Il fera beau demain.

Cinq bouquins plus tard, nous rentrons. Georges cherche toujours la lune. Il la trouve entre deux pignons. Elle sera pleine dimanche. Je suis toujours à scruter le ciel pour y trouver la lune avant qu'elle soit pleine, c'est mon penchant pour l'anticipation. J'ai peur de la manquer, ou que les nuages la dissimulent au jour dit. Ce soir, elle joue à cache-cache, elle disparaît et réapparaît.

La jeune voisine de vingt ans joue un ragtime à quatre mains avec sa copine sur le piano de ses parents. La musique enjouée sort par la fenêtre entrouverte. Les enfants se mettent à danser sur le trottoir et deux cyclistes s'arrêtent pour écouter. Petite fête de nuit improvisée sur le trottoir d'été.

28 JUILLET

Depuis deux jours, mon anémone du Japon est en fleur. Le plan, immense, a pris pendant juin et juillet toute la place dans l'avant de mon jardin. Je le laisse faire, car ses fleurs sont si belles. L'anémone me fait penser à mon amie Yuri. Sa fleur délicate et fragile est composée de cinq pétales rose délavé, d'un cœur vert tendre et, autour de celui-ci, de centaines d'étamines jaune soleil, touffues comme des passementeries. Un jaune vibrant au milieu des couleurs douces, presque passées. La fleur repose sur une tige toute fine, mais ferme comme du bois vert. Cette année, je les ai comptées, j'en ai plus de cent sur mon plant.

29 JUILLET

Pleine lune.

Il y a du soleil toute la journée, une brise.

RECOMMANDATIONS POUR
LES JOURNÉES D'ÉTÉ À MONTRÉAL

- Boire du thé à la menthe avec des pâtisseries à base de miel ou de petits fruits comme des baklavas ou des tartelettes.
- Se vaporiser le visage avec de l'eau de rose qu'on a laissée au réfrigérateur.
- Se baigner et aussi faire de l'aquarelle (toute activité avec de l'eau est conseillée.

· Faire du vélo pour avoir du vent sur le visage et manger ensuite une glace.
· Pour souper, déguster du poulet aux herbes avec des amis.
· Recette : ouvrir un poulet entier en crapaudine. Farcir la volaille entre la peau et la chair d'une variété d'herbes de votre balcon, de quatre gousses d'ail et du zeste d'un citron. Badigeonner la peau d'un mélange de miel, d'huile d'olive, du jus d'un demi-citron et de beaucoup de gros sel. Mettre le demi-citron restant sous le poulet et enfourner.

* * *

23 JUILLET ~ **ISABELLE**

Le ciel est encore bleu à dix-neuf heures, il fait beau et chaud, il fait encore jour. C'est le plein été. Tu viens te baigner à la Cité et nous rions de tout le monde dans la piscine en forme de bar. En quittant le cinq à sept chez Martin et Éric, je vois une grande colonne de fumée qui semble provenir de la rue Saint-Denis. Le restaurant Le Continental brûle en fin de journée, cette journée même où l'appartement de la rue Saint-Hubert affiche *Loué*. C'est un signe, un double signe que le passé, mon passé qui s'est littéralement déroulé pendant près de dix ans entre mon appartement et Le Continental, est terminé. Il faut avancer, ne pas regarder en arrière surtout, ne pas se brûler la rétine à observer de trop près les flammes vives qui dévorent le soleil de dix-neuf heures. Double signe que je n'habite plus ici, que je n'appartiens plus à ce quartier. Il n'y a plus d'abonné à ce numéro.

24 JUILLET

Je déjeune avec Ginette, qui me donne en cadeau une image superbe pour décrire l'écriture du quotidien : « C'est comme pour un origami : il faut savoir où plier, et replier, pour que la forme apparaisse en gardant toute la ciselure des miniatures. » Je chéris cette image comme un talisman pour trouver la force de continuer à écrire. Et puis c'est une pratique du papier que tu connais, que tu as enseignée à ta fille. L'image-talisman me rapproche d'un pli de plus de toi.

25 JUILLET

Pendant que nous mangeons sur une terrasse, Violeta chasse les oiseaux, auxquels elle s'adresse en portugais. Cela fait rire quelques passants. C'est au tour de Flore de venir se baigner dans la piscine monstrueuse de la Cité. La vie nous fait faire des boucles : Flore habitait ici justement quand je l'ai connue, au début des années 1990. Je me souviens tout particulièrement d'une soirée chez elle où Daniel m'avait accompagnée.

J'ai dîné chez toi dans la soirée et nous avons encore fêté ton fils, dont j'aime tant le prénom.

27 JUILLET

Je lave de la vaisselle et je défais des cartons chez Alexandra pendant que la gardienne emmène Violeta au parc. Mauricio m'appelle de São Paulo pour me dire qu'il y a un dégât d'eau chez le voisin, qui viendrait de notre jardin suspendu. Le jardinier doit déterrer toutes les fleurs et les arbustes, le citronnier aussi, pour que le plombier puisse réparer la fuite. Je suis atterrée, je peux à peine imaginer ce qui va arriver à mes plantes, même si elles sont en dormance en ce moment. Le bougainvillier est à son maximum ces temps-ci parce qu'il fait froid. Mauricio m'envoie des photos du carnage, et on espère que les plantes vont survivre le temps des réparations. Mon citronnier parviendra-t-il à donner des fruits cette année?

28 JUILLET

Tu prends Violeta pendant quelques heures cet après-midi pour que je puisse souffler un peu. Quand je reviens, la porte de l'entrée est ouverte chez toi et je vous vois à l'arrière, sur la terrasse. J'aperçois Violeta, heureuse sur les genoux de Céleste. J'aime cette image que je vous vole ; vous ne savez pas que je vous regarde, là-bas, tout au bout du couloir, dans votre monde, avec les enfants qui font des découpages, les tasses de thé qui cernent les magazines de mode, le temps ralenti d'un samedi d'été ; c'est un cliché, c'est une photo, je la prends avec mon œil qui vous épie, clic. Je grave cette image fabuleuse de ma fille qui a une vie sans moi.

* * *

1er AOÛT ~ STÉPHANIE

Soirée chaude.

Pour nous aérer, Phil et moi allons manger sur la terrasse haut perchée du Réservoir. Un chat noir, fraîchement rasé comme Pacha lorsqu'il revient de chez la toiletteuse, se promène nonchalamment sur la balustrade, sans peur aucune de tomber. Je me demande pourquoi les chats ne craignent pas les chutes.

Attablés, nous observons les piétons sur le boulevard Saint-Laurent, le ciel d'été, et nous commentons la grande murale de graffiti sur le mur de brique de l'immeuble en face, qui abrite l'optométriste et le cinéma L'Amour. Le serveur dépose enfin devant nous nos assiettes : pétoncles avec choux-fleurs sautés et salade de cresson avec onglet.

Le nouveau chef du Holder nous expliquait d'ailleurs aujourd'hui ce qui faisait toute la saveur de l'onglet. Sans gêne aucune, il s'est mis à quatre pattes dans notre petit bureau pour imiter le bœuf. Avec son uniforme de cuisinier taché et ses sabots de plastique, il était tout à fait convaincant. Il nous a ainsi indiqué, à même son flanc, l'emplacement de l'onglet, en ajoutant que ce muscle tient les reins à la cage thoracique, ce qui explique son goût si ferreux, plus proche des abats que de la bavette.

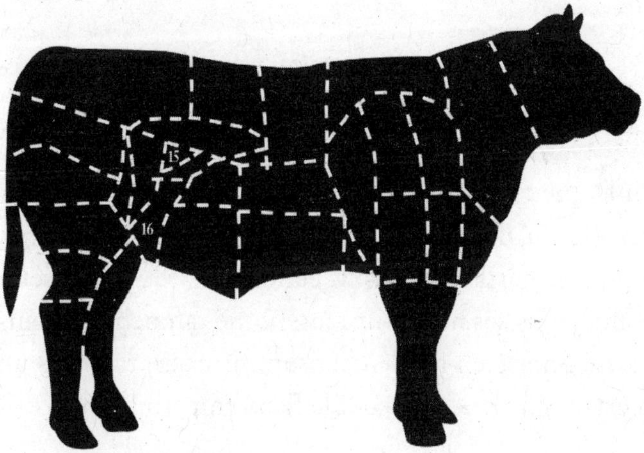

15 : onglet.
16 : bavette.

2 AOÛT

Cinquante et un jours avant l'automne : c'est difficile à imaginer.

Plus chaude journée de l'été.

Préparatifs pour demain : je pars en retraite avec Mélanie au manoir d'Youville, sur l'île Saint-Bernard.

Je charge trop mon sac, comme d'habitude. Pinceaux, aquarelle, calepin, revues, livres d'interprétation de la nature, vin, noix, lunette d'approche, quelques vêtements. Voilà, je suis prête !

3 AOÛT

« Soleil d'août brûlant le matin n'a pas d'agréable fin. » Dicton paysan.

Huit heures trente : en sortant du métro, les hommes ont déjà de la sueur sur le dos de leur chemise.

Dans le wagon, pour combattre la touffeur, j'ai mis une chanson fraîche dans mes oreilles : *Mettez vot' parka*, de Gilles Vigneault. Tout ce vent qui vient, tous ces barils de whisky, cette brise, cette eau, cette onde, tous ces mots ont réussi à me rafraîchir. Et puis cette phrase en fin de chanson me cause toujours un certain émoi : « Qui cueille fleur en perd le fruit. »

Châteauguay

Vingt-deux heures. La journée si chaude s'est terminée par un orage que nous avons observé à travers les larges fenêtres de la salle de séjour du manoir. Comme des enfants qui regardent des feux d'artifice, nous poussions des *oh!* et des *ah!* devant les longues zébrures qui déchiraient le ciel au-dessus du lac Saint-Louis.

Je me suis endormie au bruit de la pluie et du vent dans les saules sous ma fenêtre.

4 AOÛT

Journée magnifique et parfaite.

Mélanie, avec qui je suis allée à l'école, me fait remarquer que ce manoir que j'apprécie tant, où j'aime tant venir me ressourcer, a des airs de famille avec notre école secondaire, ancien collège des frères du Saint-Sacrement.

Je lui montre la pièce minuscule pour faire les appels téléphoniques. De la grandeur d'un placard, il n'y tient qu'un pupitre, une chaise et l'appareil fixé au mur. Une porte se referme hermétiquement, pour nous laisser, comme au confessionnal, le secret de notre conversation. Tout de suite, Mélanie me rappelle qu'on avait les mêmes au collège. Puis elle remarque les similitudes : les ailes des pavillons, avec leurs longs couloirs, la grosse cloche d'incendie ronde et rouge au mur, l'odeur des portes de bois, du plancher verni, de l'humidité et de la peinture à l'huile des vieux immeubles bien entretenus.

Peut-être est-ce vrai que je retrouve ici cette jeunesse nostalgique, le temps des amours au creux des corridors, des billets savamment pliés et échangés entre les cours, la liberté de cette adolescence où je n'avais qu'à m'occuper de mes désirs.

5 AOÛT

Levée tôt, je fais une séance de yoga centrée sur l'équilibre sous le grand saule devant le majestueux lac

Saint-Louis. Ensuite, déjeuner frugal, puis je cours six kilomètres, soit le tour de l'île Saint-Bernard. Dans l'érablière à caryers, les chevreuils et leurs faons fuient en entendant le bruit de mes pas : les crac des branches brisées dans leur fuite me font peur. Deux par deux, des pics flamboyants avec leur croupion doré quittent le sol et s'envolent dans les arbres, en sécurité. Quelques hérons prennent leur envolée, leurs ailes immenses comme de grands draps qui claquent au vent. Une marmotte (nous les avons toutes génériquement baptisées Simone), trop occupée à mâcher du trèfle le long du sentier où je cours, n'entend pas mon arrivée. Je suis très près d'elle et, à la prochaine enjambée, je vais l'écraser. Je fais un bruit avec ma bouche, un léger clappement de langue. Simone sursaute de tout son corps, de tout son poil brun, et elle se rue, fort maladroitement, vers les longues herbes qui bordent le sentier. Je ris toute seule.

À midi, la lune était haute dans un ciel bleu et pur. Comment quitter un endroit pareil, dis-le-moi ?

* * *

31 JUILLET ~ **ISABELLE**

Disparition de Cédrika Provencher.

Pleine lune avant-hier soir : Violeta n'a pas bien dormi, debout de vingt-trois heures à quatre heures du matin. Est-ce que la lune a une incidence sur nos comportements comme la coyance populaire le suppose ? Est-ce moi qui transmets à Violeta mon inquiétude, cette angoisse immédiate que je ressens avec cette histoire de disparition ? Marjo chante *Bohémienne* à la radio, je me sens comme ça ces jours-ci, une bohémienne qui trimballe sa fille d'est en ouest.

4 AOÛT

Quand je regarde ma fille déjeuner sur les genoux de mon père, je revois mon grand-père Lucien, cet homme à la fois jovial et sévère. Il était un marchand-voyageur qui rentrait déjeuner tous les jours à la maison, à Notre-Dame-de-Grâce. Il faisait la sieste en après-midi avant de retourner travailler. Sa vie était une suite de petits événements réglés comme du papier à musique, routinière et sans surprises. Ses joies se résumaient à une cigarette après les repas, à une épouse fidèle et effacée, à ses enfants, puis à ses petits-enfants, à des hivers passés à Old Orchard, à des étés en ville ; rien de plus simple que l'histoire de cette famille catholique, canadienne-française, de l'ouest de l'île de Montréal. Est-ce vraiment de là que je viens ?

* * *

6 AOÛT ~ **STÉPHANIE**

De retour à Montréal.

À la tombée de la nuit, les engoulevents font un raffut singulier dehors : petits cris aigus et vol désordonné dans tous les sens.

Nous n'avons jamais eu autant de guêpes et d'engoulevents que cet été : je me demande s'il y a un lien entre les deux. Dorénavant, je pose un œil différent sur chaque moment de la journée, sur chaque changement de température : chaque oiseau qui passe emporte mon esprit vers toi, me lie à toi. Comme si, m'ancrant en mon territoire, en mes souvenirs, je m'amarrais à toi. Quelqu'un qui aurait trouvé la foi ne parlerait pas différemment, voilà ce qui m'effraie parfois.

7 AOÛT

Les tournesols sont hauts près du parc Jeanne-Mance. En passant devant, ce matin, je caresse leurs pétales et leur cœur. Un peu de pollen reste encore sur mes doigts.

Parce que mon anniversaire est en septembre, j'ai souvent reçu des tournesols en bouquet. Je n'aime pas leurs fleurs, grandes et sans parfum. Elles n'arrivent pas à trouver leur place dans un vase. Elles sont trop grosses, trop offertes, trop dociles à suivre le soleil. À ce manque de pudeur, je préfère le secret des clochettes du muguet ou les replis à froufrous des pivoines. Mais ce matin, alors qu'elles sont debout face à moi, je suis heureuse d'avoir ce tête-à-tête avec elles.

8 AOÛT

Je voudrais te confier un secret, un moment qui m'a fait frémir cet été. Je repense sans cesse à cet événement, il m'obsède. Ce jour-là, ce jour auquel je pense, un homme est venu à la maison. C'est le père d'un ami de mon fils. Il est serbe.

Les garçons faisaient des casse-tête au sous-sol, alors que moi, j'étais à l'étage. Lorsque la sonnette a retenti, j'ai été légèrement surprise. Il était venu plus tôt que prévu. J'ai descendu l'escalier et j'ai vu par les carreaux de la porte qu'il était accroupi sur le balcon. Il semblait s'entretenir avec mon chat, qui était étendu dehors pour profiter du soleil de juin. J'ai ouvert la porte, il a retiré ses verres fumés et m'a souri.

C'est à ce moment qu'il s'est levé. Debout, il semblait plus grand que tout.

Son corps d'homme, on ne pouvait l'ignorer : visage carré, cheveux noirs, bras larges et cuisses bien amples. Tout était en muscles, comme un bloc. Il n'était pas découpé comme ceux qui s'entraînent sur des machines. Je me suis demandé dans quel domaine il travaillait. Quel usage il faisait d'une pareille force.

Il portait un pantalon corsaire beige et une chemise à manches courtes claire, des sandales aux pieds. Sa peau était mate, les grains bien serrés. Il est entré dans la maison, avec ce sourire très simple qu'il a. Je ne comprenais pas bien ce qu'il disait, mais son sourire m'a rassurée très rapidement. Toujours en souriant, il m'a tendu la main. J'ai pris sa main pour la lui serrer et c'est alors qu'un trouble m'a envahie. Je ne sais pas ce qui m'a prise, mais me suis rapprochée de son corps, et je l'ai embrassé sur les joues.

Sa peau était douce et très parfumée, il devait sortir de la douche. Il s'était rasé et aspergé d'eau de Cologne. J'ai pensé : il a dû faire l'amour avec sa femme avant de venir ici, profiter de l'absence de leur fils pour faire une sieste. Ensuite, il s'est lavé de toute sa sueur, et maintenant le voilà, c'est pour ça qu'il ne cesse de sourire.

J'étais agitée, j'avais chaud. Je lui ai dit : « Je vais aller chercher votre fils. » Sur les entrefaites, Georges est monté au rez-de-chaussée et s'est lancé dans les bras de l'homme. Ce dernier s'est accroupi, comme il l'avait fait pour le chat, et a commencé à jouer avec mon fils, à le chatouiller et à l'embrasser. Mon garçon était enchanté et faisait toutes sortes d'acrobaties dans ses bras. L'homme prononçait le prénom de mon fils à la yougoslave, ou il utilisait le diminutif serbe. « Joki ! Joki ! » répétait-il, en allongeant la première syllabe. Nous étions tous dans l'entrée lorsque mon mari et ma fille sont rentrés du théâtre. Je voyais mon mari par la fenêtre qui garait la voiture et ma fille qui montait les marches de l'entrée en sautillant.

Les hommes ont discuté en riant de sujets d'hommes : les voitures et le prix de l'essence. Ils échangeaient en anglais et je ne suivais pas bien la conversation. L'homme et son fils sont partis. J'avais toujours chaud, j'ai retiré ma veste et me suis étendue sur le canapé. Mon fils m'a rejointe au salon. Je lui ai dit : « Georges, viens sur moi. »

Il s'est couché à mes côtés, et sur ses joues et dans ses cheveux je pouvais encore sentir le parfum du Serbe.

10 AOÛT

« À Saint-Antoine grande froidure ; à Saint-Laurent grands chauds ne durent. » Dicton paysan.

Belle journée, on annonce chaud pour le week-end. Je suis enchantée de partir pour le lac Papineau pour la troisième année d'affilée. J'ai si hâte de voir l'affiche de bois *Langley Cottage* qui indique que nous sommes arrivés au chalet.

Je suis fatiguée, épuisée, je ne crois plus en mes projets, ce qui m'attriste beaucoup. Je compte sur la magie du lac Papineau pour me redonner la force et l'apaisement dont j'ai tant besoin.

* * *

6 AOÛT ~ **ISABELLE**

Anniversaire de Nathalie.

Je suis de retour à la campagne chez mes parents. Ma sœur Catherine arrive d'Halifax avec son fils

Max de deux ans et demi. Il pleut sans arrêt mais le temps est à la fête, aux retrouvailles. Je passe ma main au ralenti dans les boucles mielleuses de Max. Il me regarde avec ses yeux océan et me demande gentiment d'arrêter.

7 AOÛT

Ma plus jeune sœur, Alexandra, arrive avec sa fille et Emmanuel. Nous faisons quelques courses le matin, puis c'est la baignade dans l'après-midi et la sieste.

Je te l'ai déjà dit, quand j'entre dans le monde de la famille, celui de mes parents, ce monde reconstitué de l'enfance, je parviens mal à écrire ou même à m'imprégner de la vie pour ensuite en retranscrire des bribes ici. Je suis dans l'arrêt de ma voix, dans l'aphasie totale, comme si c'était honteux d'écrire. Oui, je le ressens souvent comme ça, cette honte de l'écriture face à la famille. Mauricio s'en plaint, il me demande pourquoi je suis si secrète avec mes projets. L'écriture comme honte. L'écriture comme gardienne d'un secret honteux.

8 AOÛT

J'ai rêvé cette nuit que je devais organiser une fête chez mes parents pour l'anniversaire d'une amie. Elle voulait que je monte les tables dehors, assez loin de la maison, dans la forêt. Le lieu en question n'existe pas, mais je le vois encore clairement ce matin : c'est un sentier recouvert de paille où il serait impossible de faire tenir des tables et des chaises. Je suis découragée par la tâche. Plus le temps passe dans l'après-midi de la fête, moins je suis prête. Quand les premiers invités arrivent, je suis encore en pyjama et je n'ai rien commencé. L'amie arrive à son tour et me demande comment je vais réussir à organiser le dîner avec toutes ces choses empilées dans la maison. Je sers les premiers hors-d'œuvre dans le fouillis de ma mère : les invités piétinent des vêtements, des revues, des sacs remplis de vieilles éponges.

10 AOÛT

Jason, le mari de ma sœur Catherine, arrive en voiture avec leur gardienne, une jeune Française qui habite chez eux depuis presque un an. Ma mère ne supporte pas l'envahissement. La tension monte d'un cran : la bonne entente des débuts commence à se détériorer.

14 AOÛT

J'avoue ne pas savoir exactement comment ça a commencé, mais une chose est sûre : ma mère n'est pas bien, elle ne veut plus voir personne. Elle ne supporte pas la jeune gardienne, qu'elle accuse de vouloir séduire mon beau-frère. L'atmosphère est lourde et la mésentente gagne mes sœurs. Alex fait un esclandre, nous reproche en vrac toutes sortes de choses, elle focalise sa colère sur Catherine, et surtout sur son fils, pourtant si jeune ; elle se barricade dans sa chambre pour la nuit puis quitte les lieux à l'aurore. Cette colère qu'elle ressent depuis longtemps a profité de sa fatigue de jeune maman pour nous exploser au visage. L'été et les vacances sont finis. Je reproche à ma mère de ne pas avoir su prendre sur elle, de ne pas avoir su être la mère dont Alex avait besoin à ce moment critique de sa vie. Ma mère est restée une enfant mal-aimée. Elle me dit des choses que je ne veux pas entendre, elle me dit des horreurs que mes sœurs n'osent même pas imaginer. Je ne sais plus comment la faire taire. Je suis accablée par la tristesse.

* * *

II AOÛT ~ **STÉPHANIE**

Nuit des perséides.

Arrivée au lac Papineau. Vers dix-huit heures trente, le huard lance son cri plaintif. Ses trémolos, ses ululements, on ne les entend qu'au lac Papineau, où ils ponctuent nos soirées et nos nuits. Ici, les libellules sont grosses comme des oiseaux-mouches. Par la fenêtre au-dessus de l'évier de la cuisine, je peux regarder à ma guise les pommettes rosir comme de jeunes filles timides.

Je t'écris alors que tous sont plus bas sur le terrain, affairés à allumer le feu de camp. J'apporte le dessert dans un grand bol : bleuets, fraises et framboises nageant dans la crème champêtre et le sirop d'érable. Les vieux couverts d'argenterie font des chocs désagréables dans ma bouche.

Ce soir, on devrait voir des étoiles filantes et, comme le ciel est dégagé et que demain est une nuit sans lune, nous sommes très excités par le spectacle promis.

Après ces quelques semaines d'épuisement, je me sens déjà mieux ici.

12 AOÛT

« Lune nouvelle en beau temps, pluie avant sept jours. » Dicton paysan.

J'ai découvert les *log books* du Langley Cottage au lac Papineau. Ils ont été méticuleusement rédigés par Elliott Langley – le père de Barbara Gilbert, qui nous loue le chalet présentement – depuis le premier jour où il est devenu propriétaire de l'endroit. À cette époque, le lac Papineau s'appelait encore lac Commandant et le château Montebello, le Seigniory Club. Ça commence comme une histoire d'amour entre un homme et sa maison :

The first time I saw the cottage was Sunday, 14th January 1968.

Betty and I were at the Seigniory Club for curling with Jack and Kay Greer. The owner, A. Ross Webster, mailed the key to me on the possibility we could inspect the cottage.

There was a lot of snow, and it had been bitterly cold. Betty, Kay, Jack and I left the Club by car, driving via Calumet and Kilmar over snow covered roads to lac Commandant.

A road had been planned down the lake on which we walked until opposite the cottage. It must have been below 0° for it was 0° when we left Montebello.

We looked at the cottage. Took pictures. I met Ross Webster in Montreal a few days later and arranged the purchase.

Il n'y a rien de poétique dans ces livres. Ces registres ne sont qu'une suite très masculine – comme le serait le livre de bord d'un capitaine de bateau – des entrées et des sorties des visiteurs, de la température de l'eau et de l'air, de l'ensoleillement. Le journal des données est parfois entrecoupé de passages plus narratifs ou d'une entrée écrite d'une autre main : épouse, enfant, on ne sait trop qui tient la plume, on ne peut que le deviner à travers les propos et la calligraphie.

À la fin de l'été, avant le retour à la résidence principale, un résumé des dépenses est fait pour les menus travaux sur le chalet ainsi que le nombre de jours pendant lesquels celui-ci a été occupé par chacun des membres de la famille Langley.

À partir de l'an 2000, l'écriture change, le chalet est mis régulièrement en location et plusieurs étrangers (hommes, femmes, enfants) y vont d'un résumé de leur séjour. Moi-même y ai écrit à deux reprises, ne sachant pas que je participais ainsi à une longue tradition.

J'aime l'idée d'un registre qui garde la mémoire d'un lieu, où se mêlent almanach, journal intime, arbre généalogique, livre des comptes, bulletin météo. Ces livres uniques me semblent plus précieux que toutes les éditions rares, et pourtant ils sont laissés là, dans le buffet de la salle à manger, à portée de main de tout visiteur un peu curieux.

13 AOÛT

Le ciel était dégagé en début de journée, mais il s'est progressivement ennuagé.

Hier soir, Phil et moi, nous nous sommes étendus dans l'herbe sur un sac de couchage et nous avons regardé les soubresauts du ciel sous les éclairs de chaleur au loin.

Ma mère, Mathilde et moi avons aironné en canot jusqu'à la baie en face, qui est bordée de nénuphars blancs au cœur jaune. Nous étions bien malhabiles et ça nous a pris un temps fou pour y arriver. Mathilde a repéré un grand héron, que nous avons observé un certain temps avant qu'il s'envole en poussant un long cri.

Phil a acheté un permis de pêche et des vers au dépanneur de Boileau, mais nous n'avons pas encore eu le temps d'aller pêcher.

Mathilde a été invitée à un *ice cream party* chez Auntie Mary, la vieille voisine d'à côté. J'ai ainsi pu rencontrer tous les personnages (ou plutôt leurs descendants) du *log book* de monsieur Langley : les Meyer, à qui appartenait tout le domaine de ce côté du lac, les Fransham. Mathilde s'est liée d'amitié avec la petite Rachel, fille de Gail Fransham. Quand j'ai parlé à celle-ci des *log books*, elle a voulu les voir. Ensemble, nous avons feuilleté les livres et elle s'est retrouvée dans une entrée de 1982 où, à la suite de la mort de son grand-père Jack, Elliott Langley l'a amenée pêcher pour la consoler. Ce fut en vain, car elle pleurait sans cesse, me dit-elle, en ruminant que ce n'était pas ainsi avec son grand-père.

14 AOÛT

Aujourd'hui, Philippe a découvert les joies de la pêche. Il faisait plus frais et, en matinée, nous avons tous embarqué dans la chaloupe pour une pêche en famille. Sans succès ! Mais à la fin de la journée, après toutes les activités quotidiennes des vacances (préparer les repas, laver la vaisselle, lire, écrire, bricoler *Les Cœurs volants*, le livre d'anniversaire pour Violeta, attraper quelques grenouilles, les relâcher), Philippe s'est remis à la pêche au bout du gros rocher qui nous sert de quai. Pendant des heures, il a attrapé patiemment une bonne dizaine de perchaudes. Les enfants à ses côtés l'aidaient ou lui nuisaient, criaient, couraient et commentaient les prises.

De voir mon homme pêcher, j'étais envahie d'un drôle de sentiment, mélange d'admiration et de fierté, comme lorsque je regarde mon fils de quatre ans pisser debout contre un arbre. J'ai eu l'impression brute que toutes ces choses étrangères à moi suivaient leur cours, et cela m'a rassurée.

15 AOÛT

« La vierge du quinze août arrange ou défait tout. » Dicton.

La chaloupe était accostée au quai et retenue par un très beau nœud, long comme une tresse indienne, et qui, une fois que l'on sort le bout de la dernière boucle, se défait comme des dominos qui tombent. J'étais pleine d'admiration pour le savoir-faire derrière ce nœud savant. Lorsqu'en avant-midi Georges a voulu aller chez les petits voisins, je l'ai accompagné. Là, les quatre enfants étaient sur le quai et j'ai vu un garçon d'une douzaine d'années faire ce nœud pour amarrer le bateau à moteur. Cela semblait d'une grande facilité, comme lorsque ma mère faisait des tresses françaises dans mes longs cheveux. Je l'ai observé et, de retour au chalet, je me suis entraînée sur la belle corde bleu paon de la chaloupe. J'étais très fière de réussir et j'ai enseigné à Mathilde comment le faire. Sans relâche, nous nouions et dénouions la corde, pour notre plus grand plaisir.

Chaînette anglaise :

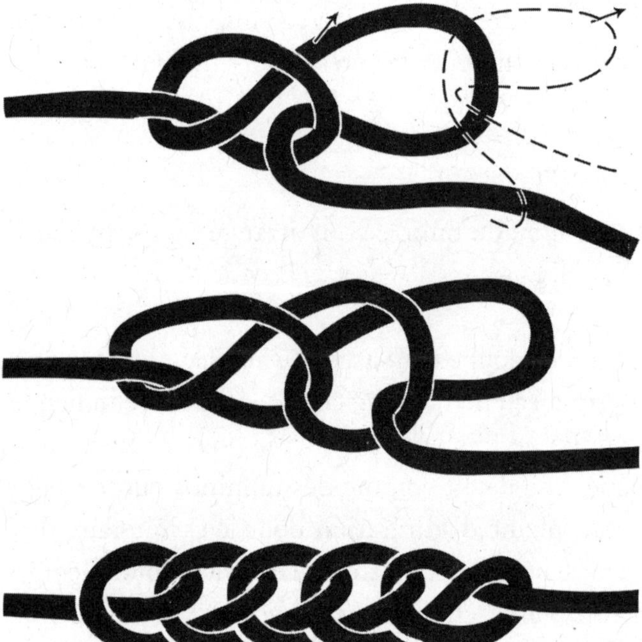

16 AOÛT

Temps couvert, averse et éclaircies.

Lors d'une balade, j'ai découvert un joli cimetière au carrefour de deux routes de terre. Carré, à peine plus grand que la superficie d'une maison, entouré des quatre côtés par de belles épinettes noires. Au total, une quarantaine de tombes, entretenues de façon inégale. Ici des fleurs en plastique, là des statuettes de plâtre. Le lieu n'est pas coquet, mais intime, avec son odeur d'aiguilles. Son emplacement derrière la maison au coin du carrefour lui donne un air familial.

J'aime beaucoup les petits cimetières de campagne, ceux que l'on peut embrasser d'un seul regard. Trop de tombeaux m'étourdissent, c'est plus de vies que mon esprit peut imaginer.

Je pense souvent aux endroits où j'aimerais être enterrée : près de la tombe de mon grand-père, derrière l'église où j'ai été baptisée, à Saint-Canut ; dans le cimetière des sœurs grises surplombant le lac Saint-Louis sur l'île Saint-Bernard, où les tombes blanches sont toutes alignées avec ordre et simplicité ; et puis maintenant ici, dans ce cimetière sans nom entre Boileau et Namur, dans la Petite-Nation.

Vingt heures. À la fin du jour, alors que le ciel est encore bleuté, nous avons observé, dans le fin croissant de la lune, la mer des crises.

Je me demande qui a inventé une pareille toponymie : mer des humeurs, mer des vapeurs, mer du nectar, lac des songes, lumière cendrée.

MERS LUNAIRES

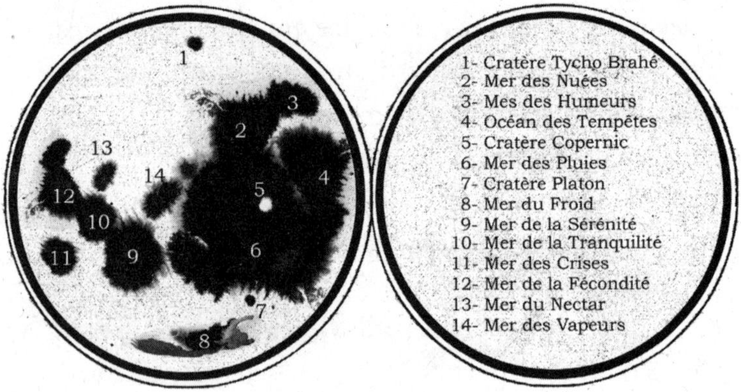

* * *

16 AOÛT ~ **ISABELLE**

Violeta et moi rentrons à Montréal, à la Cité. Je ne sais plus de quoi seront faites les deux semaines qui nous restent à vivre ici. Mauricio revient demain. Je suis une loque. Ma famille me tue.

17 AOÛT

Violeta a seize mois aujourd'hui. Arrivée de Mauricio.

19 AOÛT

Anniversaire d'Éric.

Je suis en mille morceaux, mais je tiens mes engagements. Nous retournons à Georgeville, où nous allons aux retrouvailles des amis de l'Auberge. Pendant l'été 1975 dont je t'ai parlé, mes parents et trois autres couples ont loué l'auberge Rose de Georgeville, où nous avons passé les vacances. Nous déjeunons près du quai, nos enfants s'amusent ensemble, nous parlons comme si c'était hier, les enfants sont maintenant des adultes, les adultes des grands-parents, le temps qui est passé m'assomme. Même si la journée est passablement agréable, personne n'a plus rien en commun. La fin de la journée s'égaie alors que je trouve dans l'herbe, derrière le magasin général, un bracelet d'enfant fait de perles blanches que je serre dans ma main.

21 AOÛT

Nous dînons dans un bistro, Mauricio et moi, pour fêter notre anniversaire de mariage. Plus tard, tu me dis que tu voulais nous commander des desserts par téléphone, mais que ça n'a pas marché. Cela me touche tant et me trouble aussi de penser que tu voulais être là avec nous, t'immiscer entre nous pour nous féliciter.

Mauricio prend une photo de moi ce soir-là, je suis dans le coin de la banquette, il y a un halo au-dessus de ma tête, la lumière rosée se reflète doucement dans les miroirs, on dirait une photo des années 1930. Je me trouve belle pendant un instant.

23 AOÛT

C'est l'anniversaire de ta belle Mathilde, qui a sept ans aujourd'hui. Je vous fais un déjeuner d'anniversaire qui semble ne pas vous plaire. Je t'offre une pochette que je trouve magnifique et que tu n'aimes pas. Je me sens comme une vieille tante qui essaie de faire plaisir à ses neveux sans jamais y arriver.

25 AOÛT

Nous dînons chez toi et tu coupes la frange de Violeta alors que tu as un peu bu. J'ai peur que tu lui rentres le ciseau dans les yeux. C'est la toute première fois qu'elle se fait couper les cheveux. Je garde précieusement les mèches dans un petit sac plastique transparent.

26 AOÛT

Nous paressons pendant la matinée, je suis si heureuse d'être de nouveau avec Mauricio pour que nous nous occupions de notre fille ensemble. Nous allons bruncher avec deux de ses amis qu'il a connus dans le temps de Softimage. Nous allons au marché Jean-Talon. Il fait presque frais.

Nous rentrons à São Paulo ce soir. Je suis épuisée par mon été montréalais. Mais je ne veux pas te quitter, j'aime « élever » nos enfants avec toi, leur donner le bain en même temps, les faire jouer dans ta chambre, regarder des magazines et des livres, lire et rire sous les couvertures, dans les draps froissés de ton lit défait ; c'est toujours un moment troublant, nous sommes avec les enfants à l'endroit de ton désir.

* * *

18 AOÛT ~ **STÉPHANIE**

« Rosée du matin, tout va bien. »
Dicton.

Départ du lac Papineau. Nous faisons un dernier arrêt à la ferme Élie, où Monique la fermière nous vend ses légumes frais.

J'aime descendre les marches qui mènent à son sous-sol. Elle ouvre la porte de la pièce sans fenêtre tout au fond. Là se trouvent concombres, tomates jaunes et rouges, poivrons d'un vert doux. Sur les étagères, des conserves de toutes sortes qu'elle confectionne durant l'été : cornichons à l'aneth ou sucrés (*bread and butter*), fèves jaunes, ketchup rouge et vert. Il ne nous reste qu'à choisir ce que l'on désire, puis elle pèse les tomates dans une vieille balance en fonte, elle compte les concombres, écrit tout à l'encre bleue d'une belle écriture penchée sur son bloc de papier et nous annonce le total. Enfin, nous retournons à la voiture avec nos sacs, heureux de ramener un peu de campagne à Montréal. Voilà, cette fois, les vacances sont terminées.

21 AOÛT

Tu m'as écrit pour me dire que tu n'avais pas continué l'almanach, que tu le feras quand tu seras de retour au Brésil, « dans tes quartiers ». Je me suis tout à coup sentie bien seule avec mon carnet, qui porte l'image de deux tiges coupées. Je pense parfois qu'il y avait un lien magique et inexpliqué entre l'image et le fil des évènements, comme si ce lien pouvait être à la fois solide et se défaire sans peine, à l'instar de cette chaînette anglaise que je nouais, au lac.

Le précédent carnet, avec son anémone mauve, semble avoir généré dans son sillage bleuté tout un microcosme de paon, algue, cou de pigeon et éclat de violet.

Avec les tiges coupées, je me suis dit : c'est la distance que je dois prendre avec mes enfants, qui vieillissent tous deux d'une année durant l'écriture de ce carnet. J'ai aussi cru que c'était en lien avec toi, qui devras repartir pour le Brésil lorsque j'arriverai à la fin des pages, si le rythme de l'écriture se maintient. Mais je ne sais plus, je ne sais plus de quoi je devrai me couper maintenant.

23 AOÛT

Anniversaire de Mathilde.

Il y a sept ans aujourd'hui, je devenais mère. Si l'on admet que nos cellules se régénèrent tous les sept ans, il ne reste absolument rien dans mon corps de cette jeune fille que j'étais à ce moment-là.

Il y a quelques mois, en cherchant une chanson, je suis tombée un peu par hasard sur *Dans Paris*, un chant traditionnel que je fredonnais à Mathilde lorsqu'elle était au sein, petit bout de fille de cinq livres avec une touffe de cheveux foncés. Je connaissais cette chanson car mes parents en avaient la version de Garolou, endisquée en 1980, où le chanteur susurre les paroles d'une voix de crooner sur des accords dépassés. La chanson va comme suit :

Dans Paris y a une brune plus belle que le jour
Sont trois bourgeois de la ville qui lui font la cour
Qui lui font la cour
Qui lui font la cour

Je ne peux écrire ces paroles sans pleurer. Dans mes pleurs se superposent la musique de mon enfance, le lait de mes seins, la soie des cheveux de bébé de ma fille. Je ne sais même plus pourquoi, pour qui je pleure en écoutant cette chanson.

25 AOÛT

« Qui est plus dangereux, le loup ou le nours ? » Question mille fois posée par mon grand-père Paul lorsque j'étais petite.

J'ai fait un rêve terrifiant la nuit dernière, seule la certitude de ma mort imminente m'a sortie de ce cauchemar et m'a réveillée.

Je marchais sur le sentier de l'île Saint-Bernard, dans la partie ouest, après l'érablière. J'ai entendu un bruit et me suis retournée, pour voir sortir des herbes hautes un ours. Mon cœur s'est mis à battre à tout rompre, un *rush* d'adrénaline est monté de mon ventre : je savais qu'un ours était très dangereux, plus qu'un loup, et pire, qu'une ourse pouvait tuer si on se trouvait près de ses oursons. J'étais face à la bête : le *nours* dont mon grand-père m'avait tant parlé. Il m'avait pourtant mise en garde. Malgré l'immense peur (l'épouvante !) qui m'a envahie, je n'ai pas paniqué et, en un quart de seconde, je me suis retournée pour courir dans l'autre sens. C'est là que mon cœur s'est arrêté pour de bon : un bébé ours était de l'autre côté, j'étais prise entre les deux, j'allais mourir, j'allais mourir lacérée par une ourse. Il n'y avait pas d'échappatoire, nulle part où me sauver.

Je me suis réveillée.

26 AOÛT

Ce matin, je suis prise d'une frénésie de rangement. Je m'attaque à l'entrée, où sur la console se retrouvent pêle-mêle des dessins d'enfants, des livres de jardinage, des lettres qu'on ne veut pas ouvrir, des lunettes fumées et des clés dans un panier de rotin. Des clés variées, je ne sais même plus à qui elles appartiennent.

Je lance tout dans la poubelle grande ouverte : porte-clés aux masques de théâtre que j'ai longtemps utilisé et sur lequel il y a les clés de la maison d'enfance de Saint-Eustache ; vieilles clés de cadenas et autres babioles, menues pierres et coquillages ramassés par les enfants. Je jette tout dans la poubelle déjà pleine de détritus ; c'est si sale que je n'aurai pas le cœur d'aller les rechercher.

Dans mon grand ménage, un seul pincement au cœur : en lançant à la poubelle la clé du 4228, rue Saint-Hubert, ton appartement montréalais, clé attachée à un large ruban couleur capucine que je gardais depuis presque dix ans.

27 AOÛT

Je longe le square Saint-Louis en allant vers le métro. Lundi dernier, ici, ça sentait la pelouse fraîchement tondue. On entend l'eau qui gicle de la fontaine. Par terre, il y a une feuille d'érable argenté, comme une main très découpée, rouge avec encore quelques veines vertes. Je passe mon chemin puis je reviens, la mets dans mon nouveau carnet. L'automne est là et tu repars aujourd'hui.

* * *

28 AOÛT ~ **ISABELLE**

São Paulo, le retour, la maison après neuf semaines d'absence, le jardin, le chat, le ciel bleu pollué du matin, strié de perroquets verts, le téléphone des voisins qui sonne interminablement dans le vide :

je retrouve les sons et les odeurs de mon quotidien sous le tropique du Capricorne.

La mère et la tante de Mauricio viennent nous voir à la maison pour nous embrasser.

30 AOÛT

Le temps est couvert et pluvieux, frais même. Il fait quatorze degrés. L'indice de pollution pour la journée est élevé. Dans la matinée, Mauricio et moi allons visiter une garderie pour Violeta. Inquiétude et joie tout à la fois. Le jardin a été refait à cause d'un dégât d'eau provenant de chez le voisin : il est affreux. Le jardin en plein hiver à moitié mort.

31 AOÛT

Le matin, réveil tôt puis vaccin pour Violeta. Le soleil sort enfin, temps plus chaud, plus heureux du coup, le jardin s'en trouve plus vivant aussi, évidemment. Nous sommes dans les derniers jours de l'hiver, comme toi, derniers jours de l'été. Les vêtements de saison sont déjà sortis dans les boutiques, c'est toujours bizarre de voir la mode à l'envers du temps.

1er SEPTEMBRE

Le soleil est au rendez-vous tôt ce matin, un peu de brume. Ciel bleu, un peu pollué (traînées grisâtres), dix-neuf degrés. Derniers jours avec les amis de Mauricio, qui vont partir vivre à Bahreïn. Adriana s'est fait opérer d'un cancer de la thyroïde, elle a une cicatrice impressionnante à la gorge, elle bouge à peine sa tête, on dirait un grand trait tiré qui lui coupe la parole, une couture mal faite qu'on trouve sur les poupées de chiffon.

J'ai rêvé d'un fantôme, une femme transparente qui se jetait du balcon de ma chambre pour aller s'écraser sur une pelouse inconnue.

2 SEPTEMBRE

Temps chaud, nuageux. Les hirondelles volent bas. Violeta est chez ma belle-mère. Nous irons la chercher à l'heure du déjeuner. Ce matin, Mauricio et moi en avons profité pour aller marcher et prendre un café à la librairie Vila. Les livres d'enfants y sont disposés en rond, sur les rebords du cratère qui a été pensé pour laisser passer la lumière du jour à travers les trois étages.

Le soir, quand nous quittons la maison de la mère de Mauricio, le temps a tourné, il fait très froid. Quand nous arrivons, c'est l'orage.

Je parviens à peine à écrire, tu le vois, je suis blanche, anesthésiée, sans émotion après un été chargé de tensions et de disputes.

3 SEPTEMBRE

Max, le fils de ma sœur, a trois ans aujourd'hui. Trois ans le trois. Je vois deux petits perroquets verts sur le toit voisin. Dans l'après-midi, on passe d'un temps chaud à l'orage : il fait nuit à quinze heures, puis c'est la grêle. Temps typique d'un printemps qui arrive.

Je recommence à tout noter de mes cycles en vue du prochain bébé.

* * *

28 AOÛT ~ **STÉPHANIE**

Pleine lune.

Vingt-cinq minutes top chrono.

C'était la rentrée scolaire ce matin, Mathilde était très joyeuse de retrouver ses copines dans la cour d'école nouvellement aménagée. Elles comparaient leur sac et leur boîte à lunch. Je suis partie après le mot du nouveau directeur qui, grimpé sur une chaise, nous a crié la bienvenue. Il a l'air d'un directeur : il est sérieux, propre, autoritaire. Un seul détail vient jeter un doute sur la droite perfection de son allure. Une cicatrice serpente autour de son œil droit, donnant ainsi l'impression qu'il vient de sauter du lit et qu'il garde les traces du sommeil sur son visage.

J'ai commencé à courir au sortir de la cour, en tournant à gauche sur Laval jusqu'au square Saint-Louis. Dans mes oreilles jouait *Italian Cafe*, de la musique des années 1950 et 1960, ainsi que quelques interprétations plus contemporaines. Quand j'ai tourné le coin de la rue Prince-Arthur, pendant un instant, j'étais en Italie en 1954 : la rue piétonnière, la fontaine, les deux chiens attachés qui se chamaillaient gentiment et les odeurs d'ail, tout prenait sa place pendant que Fred Buscaglione susurrait *Juke box*. J'ai traversé Saint-Laurent et ses réparations bruyantes, dépassé le dépanneur Lindell, et attendu que la lumière tourne au vert au coin de Parc et Prince-Arthur en sautillant sur place au rythme de la musique. J'ai continué tout droit, je n'avais plus mal aux genoux, enfin, mon corps était bien réchauffé. Au coin d'Aylmer, devant le Marché Campus, dépanneur décati aux briques rouges mille fois repeintes, une odeur de pétoncle frais m'est montée au nez. C'était l'odeur blanche des pétoncles dont on sait que l'on pourrait les manger crus.

J'ai tourné vers le nord sur Aylmer, puis à droite sur Lorne Crescent, pour faire le bout de rue qui mène au numéro 3666. Je voulais revoir la disposition des fenêtres et les plants d'iris. Satisfaite, je suis revenue rue Lorne, que j'ai descendue jusqu'à Milton, puis j'ai remonté Aylmer en pensant à une idée pour une courte nouvelle : le cœur sort de la poitrine d'une jeune fille et ne veut plus se remettre en place, comme des jambes de poupée avec lesquelles on a trop joué et dont le mécanisme est à jamais usé.

J'ai poursuivi ma course vers l'est. Toujours devant le Marché Campus, cette odeur forte et fraîche de pétoncle. Je suis tranquillement revenue vers Parc en passant devant la Cité. Je traverse et j'arpente ton territoire. Je tourne encore autour de toi, malgré ton absence. Sur la partie piétonnière de Prince-Arthur, mon regard a croisé celui d'un garçon avec qui je suis allée au cégep. J'ai soutenu son regard, il a soutenu le mien, mais ni l'un ni l'autre n'a fait de signe de reconnaissance. Il y a des fantômes du passé comme ça, qui passent dans nos vies sans sourciller. Au coin de Laval et des Pins, devant chez Laloux, j'ai regardé ma montre et je me suis aperçue que la musique avait cessé de jouer sans que je m'en rende compte. Vingt-cinq minutes.

29 AOÛT

Amour en cage.

Rue Drolet, vers le square Saint-Louis (toujours, que veux-tu, c'est le chemin vers le métro et mon travail), j'ai vu, tapies sous leur feuillage, des lanternes chinoises (*physalis alkekengi*). Comme son nom l'indique, le plant porte un fruit encagé dans un calice en forme de lanterne d'un beau rouge orangé. Les petites lanternes semblent fragiles comme du papier.

Devant l'ITHQ, un jeune cuisinier fume une cigarette. Pantalon pied-de-poule, veste blanche, cheveux écrasés par son filet. J'ai pensé à mon frère, cuisinier en Alberta. Il se mariera cet hiver dans les Rocheuses. Comme il est loin.

2 SEPTEMBRE

J'ai fait un drôle de rêve cette nuit. Je marchais sur le trottoir de ma rue. En passant devant les maisons voisines, je voyais que tous avaient retiré leur boîte à fleurs de leur balcon. C'était vide et propre. « Déjà ? » me suis-je dit. Ma voisine immédiate, celle qui est joaillière, m'a alors dit : « C'est la fête du Travail, il faut rentrer les fleurs. » J'ai poursuivi jusque chez moi, où j'ai vu tous mes bacs à fleurs dans leur opulence et leur dégénérescence de fin d'été. Je me suis dit : « Tant pis pour les conventions, moi, je les laisse dehors encore un peu. »

3 SEPTEMBRE

Fête du Travail.

Ce matin, nous sommes allés au marché Jean-Talon. En rentrant, j'ai fait une sauce tomate, ail, basilic. C'était la première fois que je préparais ainsi une sauce à base de tomates fraîches. En ébouillantant mes tomates pour en enlever la peau, je les piquais de la pointe de mon couteau, du même mouvement que j'ai vu ma mère exécuter cent fois lorsque j'étais petite et qu'elle cuisinait sa sauce tomate. J'ai été étonnée de mon geste.

4 SEPTEMBRE

Noces de soie.

Chaque année, nous l'oublions, mais cette année j'y ai pensé. Philippe et moi fêtons nos noces de soie, douze ans d'amours tumultueuses. J'ai appelé la nouvelle petite gardienne pour qu'elle aille au parc avec les enfants après souper, afin que nous ayons un moment tranquille ensemble. Je lui ai bien dit : « Ne rentrez pas avant vingt heures ! » Quand Philippe et moi sommes redescendus à la cuisine à dix-neuf heures quarante-cinq, je me suis aperçue avec étonnement qu'il faisait nuit à cette heure. Les enfants et la gardienne sont rentrés à vingt heures, comme convenu ; il faisait noir et froid, mais tout le monde était content de l'aventure.

5 SEPTEMBRE

Il faisait si frais ce matin, j'ai eu peur de prendre un coup de froid lorsque je suis allée conduire Mathilde à l'école vers sept heures cinquante. Il y a longtemps qu'on n'entend plus la cigale ni les engoulevents.

À la librairie cet après-midi, j'examinais le rayon poésie car je tenais à me procurer un nouvel exemplaire de *L'Homme rapaillé* (j'ai découpé le mien pour un collage dans le livre d'anniversaire de ta fille) quand tout à coup mon cœur s'est emballé. Mes yeux étaient tombés sur un gros coffret noir, avec une photo noir et blanc de Vigneault, au titre suivant : *Les Almanachs*. On aurait dit un mot impudique, un secret étalé au grand jour. Ce mot-là est pour toi et moi. J'ai eu envie d'acheter le coffret, juste pour qu'il ne reste pas ainsi sur le présentoir, offert à la vue de tous.

* * *

4 SEPTEMBRE ~ **ISABELLE**

Ce matin, temps splendide. Nous allons chez Gabriel, le pédiatre, cet après-midi. Mauricio nous y accompagne. Nous parlons de tout et de rien avec le médecin, j'en oublie de lui poser des questions importantes pour Violeta, comme sa routine à l'envers et jamais la même, le manque d'appétit soudain. J'ai préféré l'écouter parler de ses propres enfants. J'en aurais long à écrire sur les pédiatres. Souviens-toi, le tout premier que j'avais consulté à la naissance de ma fille m'a rendu plus folle que je ne l'étais déjà, même les amis autour de moi m'ont avoué plus tard qu'ils ne me reconnaissaient pas après l'accouchement et que je délirais sans cesse à propos de mon allaitement raté et de mon pédiatre vieille garde. Mais ils ne se rendaient pas compte de l'extrême détresse dans laquelle j'avais été plongée, tentant de suivre à la lettre le livre que tu m'avais donné et que toutes les accouchées québécoises reçoivent, ce manuel où la mère est traitée comme une enfant attardée.

5 SEPTEMBRE

Anniversaire de mariage de mes parents (1964).

Je déjeune avec Léticia et elle me dit qu'elle n'a jamais ressenti d'affection pour son père qu'elle déteste. J'ai du mal à la croire comme j'ai du mal à avaler tout ce qu'elle me dit. Elle a tendance à exagérer les faits. Nous sommes dans un bistro qu'elle a choisi, un peu trop chic pour moi. Son père et sa mère, aujourd'hui divorcés, sont de natures fondamentalement différentes. Sa mère est une intellectuelle plutôt libérale et lui est un homme d'affaires conservateur. Léticia est le résultat de cette dichotomie singulière, de cette éducation bicéphale. Je lui dis que je suis en deuil, que depuis cet été je dois faire le deuil de la mère que je n'ai jamais eue. Elle m'écoute à peine, fait un signe de la tête, fait semblant d'acquiescer ; elle observe plutôt avec minutie les femmes qui entrent dans le restaurant. Elles cachent toutes derrière de larges lunettes noires des yeux trop maquillés ou les vestiges de leur dernière chirurgie esthétique. Je me sens ridicule soudain devant ma salade qui se fane.

* * *

8 SEPTEMBRE ~ **STÉPHANIE**

La casse-cou.

Il fait vingt-sept degrés à neuf heures trente et j'ai des coups de chaleur juste à déambuler dans la maison. J'appréhende le demi-marathon demain s'il fait si chaud : la chaleur est mon pire ennemi.

Après une très bonne nuit de sommeil, je me suis réveillée à six heures trente en me félicitant d'avoir si bien dormi. Je me suis recouchée et j'ai alors fait un très mauvais rêve.

Je suis au bureau et parle au téléphone. Tout à coup, je vois passer devant ma fenêtre du huitième étage deux coureurs qui joggent sur le rebord. Nonchalants, joueurs, ils se suivent ou se dépassent en riant. J'ai toujours le récepteur coincé entre l'oreille et l'épaule et raconte mon étonnement à mon interlocuteur. On est au huitième étage ! Une jeune fille passe devant moi, avec un casque (et un parachute au dos ?) et tombe. Je me rue pour regarder par la fenêtre. Elle est là, sur un petit toit en contrebas. Lorsque je lui demande si elle va bien, elle pointe du doigt son cou : je comprends qu'il est cassé. Je me mets à courir pour aller chercher de l'aide. Je descends à toute allure une pente à la campagne ; je sais qu'en bas il y aura de l'aide. Ça ne va pas assez vite, je compose 911 sur mon cellulaire. Il n'y a pas de signal. Je me réveille.

9 SEPTEMBRE

La course.

Dernièrement, j'ai dû faire l'exercice de nommer les endroits préférés dans ma ville : restaurant, boutique, salon de coiffure, mais aussi chanson préférée, film préféré écrit sur Montréal. Et il y avait cette question : « *Your town wouldn't suffer one bit from the loss of…* » Spontanément, j'ai pensé au Stade olympique, synonyme pour moi d'endettement, d'inefficacité technique, de désertion des équipes sportives… bref, la risée de Montréal, symbole d'une gloire vite passée.

Aujourd'hui, avec Maude, je suis partie du pont Jacques-Cartier, où il faisait frais (dix degrés avec le vent), puis j'ai couru dans les rues du Village, monté la côte Berri avec le soutien de mes amies venues m'encourager, eu une crampe terrible pendant un kilomètre près du métro Rosemont. Mais je n'ai pas marché, même dans ces faux-plats qui vous scient les jambes, sur Saint-Joseph, sur Pie IX. Quatre kilomètres avant l'arrivée, j'ai croqué un bonbon fort, petit poisson à la cannelle, et le sucre fondait dans mon palais et descendait jusqu'à mes jambes. Après avoir longé le Jardin botanique, j'ai tourné à droite, concentrée pour terminer, pour ne pas m'effondrer et pour aller plus vite encore, pour exploiter mes dernières forces dans cet ultime kilomètre qui m'amenait au fil d'arrivée. Pour entrer dans le Stade olympique, il faut passer par une grande porte, au-dessus de laquelle une immense affiche indique *Porte Marathon*. Je dois avouer qu'à ce point j'étais émue d'emprunter cette entrée, de passer par là où des milliers de coureurs étaient passés depuis 1976, dans la sueur et l'effort, dans l'extase de fin de course; aussi, disons-le, émue d'entrer dans le Stade olympique et de franchir le fil d'arrivée sous les encouragements des spectateurs, surtout ici de mes petits spectateurs, avec leur affiche et leurs cris: « Vas-y, maman! »

Donc, je retire mes paroles et, depuis aujourd'hui, 9 septembre 2007, j'aime le Stade olympique de Montréal de tout mon cœur.

* * *

6 SEPTEMBRE ~ **ISABELLE**

Temps ensoleillé, ciel bleu.

Je vais au marché hebdomadaire qui a lieu dans ma rue avec Violeta, puis nous déjeunerons à la maison. Léticia et Mariano viennent dîner. Au menu: poulet à la ricotta, salade de mangues et de tomates, laitue type chêne et noix de Grenoble grillées, petits pots de chocolat.

7 SEPTEMBRE

L'indépendance du Brésil aujourd'hui nous fêtons, c'est férié. Nous partons pour la campagne avec la mère et la tante de Mauricio. Le temps est splendide. En chemin, nous sentons les orangers qui embaument l'air, c'est le début de l'été. J'ai réussi à prendre quelques notes, j'écris ceci:

En traversant de nuit la campagne d'un pays chaud, j'ai été attaquée par l'odeur insistante du jasmin, par l'arôme blanchâtre d'une fleur, par la fragrance assommante de la frangipane. Je ne voyais rien, je ne distinguais rien et pourtant, là, de chaque côté des vitres baissées de la voiture, l'odeur vivait, s'exhalait, s'épanchait, faisait tout pour se rendre visible, pour me tirer, m'attirer, pour me faire sortir et me ravir. Les grillons nocturnes modelaient l'espace et me chantaient le chemin à prendre. On voulait m'envoûter. Et moi, soûlée, le nez aux aguets pour ne rien perdre, l'oreille dressée, hypnotisée, j'imaginais des rangées et des rangées d'arbustes en fleurs, des champs à perte de vue d'une nature que je ne connaissais pas et dont je ne pouvais même pas soupçonner les pourtours. Et puis au matin, le paysage du soir s'est ensoleillé : il y avait bien là des rangées et des rangées d'arbustes, mais les fleurs avaient été remplacées pendant la nuit par des oranges spectaculaires qui tintaient leur or acide au soleil levant.

8 SEPTEMBRE

Temps superbe, ciel bleu, chaud.

Marcelo et Flavia nous ont rejoints à la campagne. Nous passons l'après-midi à lire, installés dans les hamacs.

À la kermesse où nous sommes allés hier soir, Violeta a cassé une cuillère en plastique dans sa bouche, et nous avons pensé un moment qu'elle en avait avalé un morceau pointu. Ce fut la panique, elle s'est mise à hurler alors que je lui fourrais les doigts dans la gorge. J'ai imaginé le pire : foie percé, estomac lacéré. Finalement, nous avons trouvé le morceau en question par terre. Cela ne l'a pas empêchée de vouloir jouer aux quilles de table. Elle y a gagné un porte-clés.

* * *

10 SEPTEMBRE ~ **STÉPHANIE**

Mon anniversaire.

Je suis courbatue et je peine à marcher. J'ai trente-deux ans aujourd'hui et je suis fière de moi. J'aime bien que ce soit mon anniversaire, tout le monde m'embrasse et j'ai l'impression que je brille de l'intérieur, comme une mouche à feu.

Je n'ai pas reçu de cadeaux pour mon anniversaire, puisque j'ai demandé à tous de l'argent pour mon voyage à Paris, où nous nous retrouverons, toi et moi, cet automne. Mes parents et Philippe ont été très généreux. Samedi, j'ai passé la journée à Morin-Heights avec mon père. À la pépinière près de chez lui, j'ai acheté un gros chrysanthème d'automne orangé, et des bulbes de fritillaires. Nous sommes allés aux puces, mais il n'y avait pas grand-chose, sinon de jolies boucles d'oreille à pince bleues – on aurait dit des bonbons surs – et une petite image de la Vierge portant des lys blancs, que j'ai mise dans mon portefeuille.

11 SEPTEMBRE

Je suis allée reconduire Mathilde à l'école ce matin, en boitant légèrement, le tablier de travers. Mon pied gauche se rétablit durement de la course, je crois que quelques ongles vont tomber. Au retour, alors que je marchais sur le trottoir, j'ai entendu un fracas de griffes et d'écorces dans le grand érable devant la maison. J'ai levé les yeux vers les branches les plus hautes et un écureuil en est tombé. Une chute d'environ deux étages. Il a atterri sur le béton dans un bruit sourd, puis s'est enfui en direction de la rue, se cachant sous les voitures stationnées. Je suis rentrée dans la maison.

13 SEPTEMBRE

J'ai congé aujourd'hui, alors je suis allée faire les courses chez Adonis. Peut-être parce que c'est la première journée du ramadan, l'épicerie est très tranquille, ce qui est assez inhabituel. J'ai fait beaucoup d'achats, car demain nous recevons à la maison une dizaine de personnes pour mon anniversaire. Tu le sais, car tu as été invitée. J'aime bien t'inviter même lorsque je sais que tu ne viendras pas. Je veux que tu saches que tu es toujours la bienvenue dans ma maison, même si tu es au loin. On ne se fait pas tout à fait à ton absence, à Montréal, chaque fois, c'est à recommencer.

J'ai mis dans mon panier du fromage halloumi, des légumes marinés, des pitas, des olives, des côtelettes d'agneau, des côtes de veau, un ananas, des mangues. Il y avait des goyaves très parfumées, je n'en avais jamais vu, ça ressemblait à une poire mûre. J'en ai pris une. Après avoir payé mes achats, j'ai gardé sur moi la goyave. Dans l'auto, la respirant une dernière fois, je me suis dit : « Comme je suis chanceuse, quel fruit rare et magnifique ! » J'ai croqué dans la chair crème. Elle était molle, âcre, et parfumée comme du savon à lessive. C'était dégoûtant.

14 SEPTEMBRE

Ce soir, c'est la fête sur l'avenue Laval. Autour de Philippe et moi, huit amis réunis. Encore une fois, tu es absente de la tablée.

AU MENU

Pistaches et olives libanaises

Halloumi grillé avec marinade
aux câpres et à la lime

Coquilles Saint-Jacques au safran

❊

Assiettes de grillades (agneau, poulet,
shish taouk, bavette marinée),
salade keralane, salade de tomates
des champs et légumes marinés

❊

Gâteau aux pommes et aux dattes
de ma grand-mère Rose

Ce fut très agréable. Comme les enfants étaient chez la gardienne, il y avait une impression générale de retour dans le temps, à l'époque des beaux soupers rue Rachel ou rue Mentana. Si loin déjà ! Nous avons mis le disque *live* de Vanessa Paradis et ensuite celui de Mylène Farmer, ça m'a fait penser à toi.

J'étais très émue quand Yuri m'a offert le petit Moleskine qu'elle avait bricolé, *Les Promenades parisiennes,* où tous les invités, présents ou absents, y allaient de leurs suggestions pour mon voyage à Paris.

❊ ❊ ❊

9 SEPTEMBRE ~ **ISABELLE**

Ciel bleu, temps chaud et beau. Aujourd'hui, tu cours ton demi-marathon. Je pense à toi qui es à des milliers de kilomètres. Je t'envie cette puissance physique.

10 SEPTEMBRE

C'est ton anniversaire. Je t'appelle et te rate deux fois.

Je suis heureuse de te voir bientôt à Paris. Nous rentrons à São Paulo. Journée de bagages.

12 SEPTEMBRE

Le jardinier revient finalement voir l'état du jardin, je lui dis ma façon de penser, que je n'aime pas les décisions prises pendant mon absence. Il ne dit rien sauf que je ne dois pas oublier de l'arroser, ce jardin, sinon rien n'y fleurira. J'y vois une métaphore pour mon propre corps et mon désir d'enfant.

13 SEPTEMBRE

Ce matin, nous allons au marché comme tous les jeudis, je n'achète rien car je ne suis pas inspirée. Dans l'après-midi, Violeta et moi allons chez Alexandra, une amie mexicaine-française qui nous reçoit pour le café. Violeta tombe sur la tête et deux mamans se précipitent pour me donner de l'arnica à laisser fondre sous la langue.

* * *

15 SEPTEMBRE ~ STÉPHANIE

Je suis allée conduire Mathilde chez sa copine Mia. Dans l'escalier intérieur, une imposante collection de vierges : statue, image ou étrange portrait en trois dimensions, d'autres bombés avec des coquillages tout autour. Le tout était présenté de façon profane et presque terrifiante. Il y avait une des affiches dont le slogan était (je cite de mémoire) : *Virgin Mary loves mommies.*

Lorsque j'ai mentionné toute mon admiration au père de Mia, il m'a dit que c'était sa copine qui collectionnait ces icônes. Il s'est alors rangé, et derrière lui est apparue au salon la statue d'un Christ étendu, dans une pose alanguie qui évoquait davantage la décadence que la douleur.

16 SEPTEMBRE

Hôpital pour enfants d'Ottawa.

Le choc, d'abord, de voir un corps si petit dans un lit d'hôpital, la jambe dans une attelle, des fils partout qui lui rentrent, qui lui sortent du corps ; là une pince pour le pouls, ici de l'oxygène et partout sa douleur.

La jambe brisée, la clavicule brisée, la mâchoire brisée, le foie déchiré, les poumons perforés, la peau du visage toute boursouflée. Un fou lui est passé sur le corps deux fois en voiture alors qu'il marchait vers le parc. Damien, le premier arrière-petit-enfant, le premier de cette génération dans cette famille, celui qui a donné tant de bonheur à la mère de Philippe. C'est dur d'être ainsi témoin de la douleur d'un gamin. Mes enfants lui ont fait des dessins, des cadeaux pour l'encourager, mais ils sont restés à l'extérieur de la chambre. Ils avaient peur d'entrer.

Sur la peau de son ventre, il y a encore des traces de pneus, est-ce possible ? Je suis restée avec lui un instant pendant que tous étaient sortis, lui caressant la jambe droite, seul bout de corps épargné. Au-dessus de son lit, quelqu'un a épinglé une image de la Vierge. C'est arrivé le 10 septembre, le jour de mon anniversaire.

17 SEPTEMBRE

Ce soir, alors que les enfants se couchent, je fais mon ménage de saison. J'envoie les robes d'été et les tenues légères dans l'autre garde-robe. Je sors les pulls des grands coffres et Philippe, comme tous les ans, trouve qu'ils puent la naphtaline. J'en profite pour me débarrasser de vêtements vieux et usés. En jetant un sac à main noir en toile de type postier, je retrouve à l'intérieur beaucoup d'objets : une lime à ongles, une bague de billes faite par Mathilde, porte-bonheur que j'avais étrenné à mon premier jour de travail au resto, un relevé de paie et une pochette de suède vieux rose dans lequel je retrouve, pêle-mêle, des reçus, des cartes de fidélité de chez Gallimard et une carte de l'hôpital Saint-Luc. Je retrouve également le livre *Écrire* de Duras.

En ouvrant le bouquin, je tombe sur ce passage : « Je crois que sans ce doute premier du geste vers l'écriture, il n'y a pas de solitude. Personne n'a jamais écrit à deux voix. On a pu chanter à deux voix, faire de la musique à deux voix aussi, et du tennis, mais écrire, non. Jamais. » Pourrons-nous faire autre chose que creuser nos deux solitudes en mettant nos quotidiens côte à côte ? Contre quoi nous battons-nous, Isabelle ? Pourrons-nous, à nous deux, faire mentir ce « Jamais ? »

18 SEPTEMBRE

Splendide journée avec soleil d'automne. On annonce beau toute la semaine, tout le monde parle de l'été des Indiens, mais il est un peu tôt, et il n'y a pas encore eu de gel.

19 SEPTEMBRE

Vingt-six degrés, soleil, chaleur.

Je me suis procuré mes billets d'avion pour Paris ; je suis très excitée de notre rendez-vous parisien qui durera quelques jours, sans enfants et sans maris pour interrompre notre plaisir de nous retrouver. On dirait que je vais rejoindre mon amant à l'étranger, mais non, c'est toi, c'est toi que je retrouverai, avec autant, sinon plus de ravissement.

20 SEPTEMBRE

Je suis retournée courir aujourd'hui, pour la première fois depuis ma grande course du 9 septembre. Des douleurs au pied droit m'avaient forcée à prendre du repos. C'était très agréable d'aller sur la montagne avec Jean-Marc, qui est rentré de Marie-Galante il y a quelques jours seulement. Il m'a rapporté deux jolis cadeaux d'anniversaire : une éponge de mer de couleur beurre et le coquillage d'un lambi. Quand je l'ai pris dans mes mains, un peu de sable en est tombé. L'intérieur est doux et rose comme un sexe de femme. Et lorsqu'on l'approche de notre oreille, bien sûr, on entend la mer.

21 SEPTEMBRE

La nuit dernière, la chaleur m'a réveillée.

Ce matin, je suis allée conduire Mathilde à son cours de dessin dans le Mile End. J'ai fait l'épicerie avenue du Parc. Nous nous sommes ensuite arrêtées chez Navarino pour un chausson aux pommes et, comme il nous restait encore une heure à tuer avant la fête d'amies de Mathilde, nous sommes allées au parc Outremont, parc feutré d'arbres encore verts.

Je lis présentement une plaquette d'un auteur coréen, Yi Kyunyŏng, *L'Autre Côté d'un souvenir obscur*. J'ai avancé un peu dans ma lecture devant la fontaine aux chérubins. Mathilde a fait toute seule le tour de l'étang à la recherche de trésors. Elle m'a rapporté un caillou rose allongé, de la mousse verte, un morceau d'écorce et une feuille jaune. Le vent faisait bouger la lumière douce de septembre. Un groupe de gens pratiquant le tai-chi se mouvait dans une même lenteur.

Ce parc était plein de femmes enceintes et de gamins qui apprenaient à marcher.

* * *

22 SEPTEMBRE ~ **ISABELLE**

Temps sec et beau, nous avons besoin d'humidité.

Je suis fascinée par ce pays qui est le mien maintenant, où il y a tant de légendes, mais aussi autant de rythmes musicaux répertoriés que de cuisines régionales. Et au Canada ? Qu'avons-nous ? Qu'avez-vous ? Quand viendras-tu me voir ici ? Pourquoi tardes-tu tant ? Comment peux-tu vivre sans rien connaître de mon appartement, de mon bureau ? Comment peux-tu m'imaginer en train de t'écrire ? M'imagines-tu ?

DEUXIÈME SAISON

23 SEPTEMBRE — 22 DÉCEMBRE

23 SEPTEMBRE ~ STÉPHANIE

Cinq heures cinquante-deux. Arrivée de l'automne.

Voilà une saison en entier qui vient de passer depuis le début de cet almanach qui nous lie, long fil qui traverse les Amériques de Montréal à São Paulo (je le vois plutôt comme une corde à linge, chaque page tel un vêtement volant au vent). J'aime les liens, corde à bateau ou corde à linge. Voilà qui me rappelle quelque chose : l'autre jour, je suis allée à la boutique de boutons et de rubans pour Violeta, j'y ai acheté un beau ruban de velours couleur lilas afin d'emballer et de lui offrir ce livre perdu et enfin retrouvé pour elle. Je te l'apporterai à Paris.

Aujourd'hui, nous sommes allés aux pommes avec Pierre, Joëlle et leurs trois enfants. Il faisait ensoleillé, venteux, la terre séchée volait dans le ciel. Le long du chemin, les vinaigriers tournaient au rouge, les champs de maïs au jaune, et les pommiers étaient lourds de leurs fruits. Nous sommes passés dans ma ville natale,

Saint-Eustache. Je ne suis pas passée devant la maison de mon enfance, je n'en ai pas trouvé la force. Nous avons simplement traversé la ville en voiture, en suivant la rue Saint-Laurent. J'ai ressenti ce que, je crois, tous ressentent en remettant les pieds dans le quartier qu'ils ont quitté depuis longtemps. Les souvenirs qui affleurent, mais qu'on ne peut, qu'on ne veut saisir. Philippe a dit aux enfants : « C'est ici que maman a grandi. »

Je me suis alors aperçue que mes enfants ne savaient rien de moi.

24 SEPTEMBRE

Cela faisait déjà plusieurs matins que je tendais l'oreille. C'est toujours pour moi un moment de grande excitation de les attendre, et une encore plus grande de les entendre. Alors que je brossais mes cheveux à la salle de bains après le déjeuner, j'ai entendu leurs cris distinctifs, croassement de la caravane exotique qui passe à toute allure. J'ai descendu les marches en criant : « Les outardes, les outardes ! » Et je suis sortie pour voir la fin de la volée qui partait vers le sud, le sud toujours. Les garçons en haut se demandaient bien quelle mouche avait pu me piquer. Je leur ai répliqué : « Les outardes s'en vont ! » Philippe m'a répondu : « Déjà ? »

Moi, j'ai pensé : « Enfin. »

25 SEPTEMBRE

Je te raconte encore un rêve.

J'emménageais dans une nouvelle maison. J'étais très heureuse, parce que c'était une aubaine pour une maison si spacieuse. Plus que tout, c'était la maison de mes rêves, de mon rêve. Lorsque je suis entrée, je me suis dit : « Mais oui, j'ai rêvé de cette maison, je m'en souviens, elle était ainsi, très grande et lumineuse. » J'ai retrouvé l'endroit où devait aller mon bureau, devant la fenêtre. C'est la première chose dont je me suis souciée, en entrant dans cette maison : savoir où je travaillerais, poser mes choses, installer ma table devant la très grande fenêtre. Il y avait des flaques de lumière qui tombaient sur le large rebord qui me servait de bureau. La peinture était écaillée, je me suis fait la réflexion que je devrais la repeindre bientôt. Étrangement, mon bureau communiquait avec la cuisine. J'avais un immense sentiment… d'espace, c'était comme une nouvelle vie qui commençait.

26 SEPTEMBRE

Pleine lune.

Nous n'avons plus de voiture, nous sommes allés la reporter chez le concessionnaire. Les temps sont durs, nous vivrons plus simplement.

Philippe était absent ce soir et j'étais dans notre chambre avec les enfants. La nuit était déjà tombée lorsque nous avons entendu de nouveau les outardes. Sortir pour les voir aurait été vain. J'ai dit aux enfants : « Écoutez. »

Leurs cris se rapprochaient à chaque battement d'ailes. Nous pouvions les voir dans notre tête alors que nous étions tous les trois assis en silence sur le couvre-lit bleu, à tendre l'oreille pour les entendre passer. Le cri est monté en un lent crescendo, elles sont passées au-dessus de la maison, puis il s'est atténué alors qu'elles volaient loin de nous, vers le sud, vers chez vous. Les vois-tu, les entends-tu, toi aussi, au-dessus de ta maison lorsque tu es dans le lit avec Violeta ?

* * *

23 SEPTEMBRE ~ **ISABELLE**

La sécheresse dure toujours, nous avons eu trente-quatre degrés aujourd'hui, c'est rare pour São Paulo.

Nous sommes allés nous réfugier dans une librairie tous les trois, nous y avons acheté un DVD des *Teletubbies* pour Violeta, seule émission pour enfant qu'elle accepte de regarder. J'ai arrosé le jardin pendant que Mauricio donnait son bain à Violeta, les fleurs commencent à reprendre du mieux. Dans le calme de ce dimanche soir, sec et chaud, où tout le monde est sans doute encore à la campagne ou à la plage, j'entends un bem-te-vi qui chante à l'horizon, tout près de l'immeuble aux traits mauresques, aux fenêtres en forme d'ogive, en face de chez moi. Cet oiseau s'appelle ainsi parce que son chant semble dire : « Je t'ai bien vu », et pourtant, chaque fois que j'y prête attention, c'est plutôt : « Qui es-tu ? Qui es-tu ? Qui es-tu ? » que j'entends, une question qui m'est inlassablement adressée.

24 SEPTEMBRE

Anniversaire de ma mère, soixante-six ans.

Ce matin : très chaud, lourd, j'espère qu'il y aura enfin l'orage.

En regardant la vidéo achetée hier – qui est une série d'images pour enfants, un petit film, à vrai dire, sur les joies du patin à roulettes, mise en scène par deux jeunes filles (l'une est blonde avec des lunettes épaisses et l'autre est asiatique avec de longs doigts fins) – en regardant ces deux enfants essayer désespérément de faire du patin à roulettes dans un stationnement gris automnal, j'ai reconnu dans le décor une librairie de New York. Je me suis remise à penser à cette dizaine de jours passés avec Mauricio dans la minuscule chambre de l'hôtel situé derrière l'affiche de l'Essex House, avec ses lettres rouge feu qui restaient allumées toute la nuit. Je voudrais tant pouvoir partager cette ville avec toi, que nous y allions ensemble.

Mais pour l'heure, c'est à Paris que nous nous retrouverons cet automne, c'est à Paris que nous nous reverrons bientôt pour fêter la sortie du livre d'Éric. Ce voyage m'angoisse déjà autant qu'il m'excite ; j'ai peur que ça devienne une longue course échevelée pour savoir qui aura fait les plus belles découvertes, qui aura acheté le plus de choses, qui aura vu les gens les plus intéressants. Tu es parfois intense, tu le sais, et je n'ai pas le cœur à ça ces temps-ci. Je ne supporte plus la compétition.

Cet après-midi, alors que je me rends à la gymnastique, je passe devant le restaurant D.O.M. ; je vois deux sous-chefs au téléphone portable et j'aime l'idée d'habiter dans la rue où se trouve l'un des cinquante meilleurs restaurants au monde. Le chef, Alex Atala, est souvent au marché du jeudi, dans la rue, toujours au téléphone, il est beau et sympathique. Humble aussi. J'imagine le titre d'un roman : *La Vie inventée d'Alex Atala*.

25 SEPTEMBRE

Ce matin, il fait froid, environ quatorze degrés, nous sommes passés de trente-cinq à quatorze degrés ; en vingt-quatre heures. J'ai fait un plat de mon enfance, les tomates farcies de Françoise Bernard, pour le déjeuner. Tout le monde en a mangé. Je me souviens qu'une amie de ma sœur, quand nous étions jeunes et que nous vivions encore au Vésinet, avait des soucis avec son alimentation, elle refusait toute forme de nourriture de manière systématique, sauf ces fameuses tomates farcies.

Voici la recette, tirée des *Recettes faciles de Françoise Bernard*, Hachette.

Tomates farcies à la viande

Il faut (pour 4) :

Tomates, 4 grosses

Mie de pain rassis, 50 g

Lait, 1/2 verre

Viande hachée, 150 à 200 g

Oignon, 1

Ail, 1 gousse

Œuf, 1

Beurre ou margarine, 25 g

Chapelure (ou biscotte écrasée), 50 g

Persil

Sel, poivre

1. Découpez un couvercle dans chaque tomate du côté opposé à la tige. Videz les tomates avec une cuiller à café, en veillant à ne pas trouer la peau. Gardez le jus. Salez-les et retournez-les sur un plat pour mieux les égoutter.

2. Mouillez la mie de pain avec un 1/2 verre de lait chaud. Hachez le persil, l'oignon et l'ail. Allumez le bas du four.

3. Pressez la mie de pain. Malaxez-la bien dans une terrine avec la viande hachée, l'œuf, le hachis de persil, d'oignon et d'ail, le sel, le poivre, un peu de jus de tomate pour humidifier si c'est nécessaire. Tassez cette farce dans les tomates.

4. Beurrez un plat à feu. Déposez les tomates dedans. Parsemez-les de chapelure et de noix de beurre ou de margarine. Faites cuire à four moyen pendant 30 minutes. Replacez les couvercles sur chaque tomate et laissez cuire 10 minutes de plus.

* * *

27 SEPTEMBRE ~ STÉPHANIE

Les cloches de l'église Saint-Jean-Baptiste, au coin de Rachel et de Henri-Julien, dictent de bien des façons la vie des enfants dans le quartier. Lorsqu'elles retentissent, à dix-huit heures, le parc rue Drolet et les ruelles avoisinantes se vident car tous les enfants le savent : c'est l'heure de souper. Les mères sont d'autant plus heureuses qu'elles n'ont pas à se battre avec leur marmaille : c'est une convention qu'aucun enfant n'oserait contester.

Pour une raison que j'ignore, ce soir, la cloche a sonné à dix-neuf heures vingt-quatre (lentement, avec morgue), puis à dix-neuf heures trente-neuf (plus enjouée), puis finalement à vingt heures (de façon complètement anarchique).

À ce moment-là, alors que la nuit était bien entamée, mon fils est venu me voir, tout sourire, et m'a dit avec certitude : « Maman, c'est l'heure de manger ! »

30 SEPTEMBRE

« Lorsque septembre est doux,
L'hiver ne se montre pas en courroux. »
Dicton.

Belle journée, lumière fragile. J'ai cueilli au balcon ma dernière fleur de la passion.

Bientôt viendront les ouvriers pour réparer les lucarnes et le toit, et mon jardin, je le sais, sera saccagé par leurs échafaudages et les débris des rénovations. Il faut que je plante les bulbes avant qu'ils viennent, ils seront à l'abri sous la terre tout l'hiver.

1er OCTOBRE

Anniversaire de mon père.

Pour la première fois ce matin, j'ai mis un foulard et des mitaines en tricot à Georges alors qu'il partait avec Philippe vers la garderie. C'est tout de même un bon vingt minutes de marche.

Je suis fatiguée et enrhumée, on dirait que j'ai pleuré toute la nuit. Du balcon, Georges a repéré la lune, haute dans le ciel du matin, et a dit : « Je vois pas grand-maman Cécile dans la lune. Est où ? » Je lui ai répondu qu'elle était très, très loin, au-delà de la lune, et qu'on ne la voyait qu'avec le cœur. Il a alors demandé si elle était plus loin que la planète Mars, si c'est là qu'elle était, sur la planète Mars.

Que dit-on aux enfants depuis qu'il n'y a plus de ciel ni de Dieu ?

2 OCTOBRE

Au matin, surprise sur le balcon ! On m'a volé mon beau chrysanthème orangé et, à la place, on a déposé un chrysanthème jaune pâle, délavé. De petites fleurs. Un petit pot.

Le chat dormait au coin du balcon, le dos contre le fer forgé. Je l'ai un peu engueulé : « Vieux matou, tu n'es même pas capable de monter la garde comme du monde. »

3 OCTOBRE

Il fait frais au matin, mais toujours chaud le jour. C'est un automne magnifique, sec et ensoleillé.

Cette nuit, Georges nous a fait une crise de faux croup. J'ai pensé à toi, à ce long ruban de mères debout dans la nuit, à ta fille qui t'a fait la même crise il y a peu de temps.

J'ai fait ce qu'il faut faire, mais on dirait que tout est plus difficile la nuit, tout nous pèse plus, surtout l'inquiétude. J'ai ouvert sa fenêtre pour lui donner de l'air frais et humide, je l'ai bercé, je l'ai rassuré, j'ai mis des compresses d'eau chaude sur sa gorge pour que les aboiements cessent enfin.

Au matin, il avait une drôle de voix éraillée. Je l'ai gardé pour la journée à la maison. Nous avons marché jusqu'à la librairie ensemble, et il faisait si chaud que nous cherchions l'ombre.

Je t'ai appelée au Brésil et nous avons discuté au téléphone dans l'après-midi. Tu m'as dit, en parlant de nos deux enfants : « Ils sont vraiment faits pour s'aimer, ces deux-là ! » Comme si un lien secret, de toux, de nuit, de gorge, les unissait d'amour d'un continent à l'autre.

4 OCTOBRE

Je suis terriblement anxieuse au sujet du souper d'anniversaire de mon père ce soir. Je vais rencontrer sa nouvelle amie, ma future belle-mère. Elle. Je n'arrive pas à faire le deuil d'une famille unie, je m'accroche à ce qu'il me reste : un peu de hargne envers cette femme étrangère.

Je suis ton conseil de faire un peu d'exercice pour me détendre et je décide de rentrer du boulot en courant. Je zigzague un peu dans le Vieux-Montréal, puis je monte Saint-Urbain. Au coin de Prince-Arthur (où nous avons pris un instant pour nous asseoir, seules, sur un banc d'autobus la veille de ton départ cet été, tu t'en souviens ?), j'ai revu ce graffiti, tracé en lettres noires et rondes, que tu avais alors trouvé très beau : *You are loved.*

5 OCTOBRE

Sur la terrasse, nous buvons du vin et mangeons des pâtes à rien (*aglio e olio*, avec un peu de jambon et de poivre rose). J'ai invité Yuri car c'est sûrement la dernière belle soirée de l'été que nous pourrons passer dehors. Mathilde a balayé toutes les feuilles de la cour arrière, elle a travaillé fort. Céleste est venue faire son tour, nous avons ouvert une autre bouteille de blanc. Les cloches de l'église ont encore sonné de façon mystérieuse. J'ai affirmé que j'irais m'enquérir de la signification de ces carillons intempestifs auprès du sonneur.

Belle promesse, belle promesse.

7 OCTOBRE

Souper de l'Action de grâce dans la famille de Philippe. C'est la première fête où tous se réunissent depuis la mort de la mère. Il y a une génération de moins dans la maison dorénavant.

Nous sommes passés voir le petit-neveu accidenté à l'hôpital pour enfants d'Ottawa, il va beaucoup mieux. Philippe a lu deux histoires aux garçons dans la salle familiale ensoleillée pendant que Mathilde dessinait. Le garçonnet restera encore deux semaines à l'hôpital, le temps que son système digestif, écrasé par la voiture, se refasse.

En rentrant à Montréal, ce soir-là, j'étais assise à l'arrière dans la voiture de la sœur aînée de Philippe, et je n'avais de cesse d'embrasser et de caresser mes enfants qui dormaient. Les petits diables avaient l'air d'être des anges sous la couverture du sommeil. J'ai beau grogner qu'ils m'ont volé ma vie et ma liberté, ils me sont plus précieux que la prunelle de mes yeux.

8 OCTOBRE

Action de grâce.

Savais-tu que ce n'est que depuis 1957 que l'Action de grâce est fixée au deuxième lundi du mois d'octobre ? Dans ma famille, on n'a jamais célébré cette fête. Peut-être est-ce plus populaire chez les anglophones ?

J'ai trop mangé de tarte aux pacanes hier, mais c'est si bon ! Je suis allée au cinéma avec Philippe cet après-midi et, en rentrant, juste en face de chez Laloux, je les ai encore entendues. J'ai vite appelé à la maison et j'ai ordonné aux enfants de courir jusqu'au bout du trottoir pour voir passer, dans le corridor de ciel entre deux immeubles, une des dernières volées d'outardes de l'automne. Les petits sont arrivés à temps pour voir le V s'éloigner, mais enfin, oui, ils ont vu les oies sauvages.

* * *

26 SEPTEMBRE ~ **ISABELLE**

Ce matin, temps frais, percées de soleil.

Je lis *Pour l'amitié* de Maurice Blanchot, et ces lignes ouvrent le livre :

La pensée de l'amitié : je crois qu'on sait quand l'amitié prend fin (même si elle dure encore), par un désaccord qu'un phénoménologue nommerait existentiel, un drame, un acte malheureux. Mais sait-on quand elle commence ? Il n'y a pas de coup de foudre de l'amitié, plutôt un peu à peu, un lent travail du temps. On était amis et on ne le savait pas.

Je ne sais pas si je suis d'accord : j'ai souvent le coup de foudre en amitié, comme aujourd'hui, quand j'ai fait la connaissance de Natasha dans une librairie avec son fils Orson. Nous avons commencé à parler, je me suis en fait tout d'abord adressée à elle, car elle parlait anglais à son fils et je lui ai demandé comment il s'appelait. Il porte un prénom plutôt rare, un prénom de cinéphiles, de cinéastes. Pourtant, il n'en est rien : Natasha était professeure de yoga avant d'arriver à São Paulo, et son mari travaille pour une compagnie de sécurité. Comme moi, elle est mariée à un Brésilien. Elle est assez grande, mais pas autant que toi (tu vois, dans cette simple remarque, tu deviens le modèle, le patron contre lequel je juge mes nouvelles amies ; je ne cherche pas à te remplacer, mais je cherche de nouvelles amies, ça oui), elle est brune, elle a de beaux cheveux épais, ondulés, des yeux bruns à l'air malin, un nez fin, et elle parle avec un accent britannique craquant. Elle est vraiment belle, elle est d'une beauté racée, naturelle. Nous bavardons assises sur des chaises en paille pour enfants, ce qui nous donne un air bizarre, nos jambes pliées sont très hautes et tout notre corps est bas. Nous tentons d'une main, l'une et l'autre, de retenir nos enfants, nous discutons sans relâche pendant près d'une heure, une heure de lutte constante avec Violeta et Orson, une heure où nous nous présentons l'une à l'autre. Qui es-tu ? Qu'as-tu fait de ta vie jusqu'à présent, jusqu'à ce moment où je te rencontre aujourd'hui ? Comme une carte de visite détaillée, il faut donner une image à la fois composite et compacte de soi.

Et nous deux ? Comment c'est arrivé ? T'en souviens-tu ? Étions-nous amies mais ne le savions pas ?

27 SEPTEMBRE

Violeta et moi sommes allées voir le chat blanc de la voisine du neuvième étage, Gabriela, un peu plus jeune que moi, en dépression depuis qu'elle a dix ans, et qui me pousse à faire du yoga avec elle. Violeta a bien aimé Leo, le persan blanc, qui pourtant s'est cabré quand elle a posé la main sur son pelage laiteux.

17 OCTOBRE

Voilà près d'un mois que je n'écris plus, un mois absent qui forme ici un saut incongru, terrible aussi, un blanc, un véritable gouffre entre toi et moi. Je brise le silence aujourd'hui en apprenant une nouvelle qui me jette dans un désarroi étonnant : l'écrivain dont j'avais découvert le récit intitulé *Autoportrait*, dans une petite librairie parisienne, s'est suicidé quatre jours après avoir rendu son dernier manuscrit à son éditeur, un autre récit au titre testamentaire, *Suicide*. Il s'est pendu chez lui. Je suis bouleversée parce que je n'aurai plus la chance de le lire et, surtout, j'en ai assez d'aimer des écrivains morts. Je ne sais pas pourquoi, mais c'est la première pensée qui me vient quand j'apprends cette disparition tragique. Comme si l'on m'avait volé quelque chose, comme si Édouard Levé (c'est son nom) m'avait volé le droit de lire et d'aimer enfin quelqu'un de vivant. Je sens que ces temps-ci il faut que « ça » vive (j'ai écrit trois fois « vice » avant de finalement réussir à taper « vive »), il faut que la vie prenne le dessus. Je reste morose toute la journée, je pense à lui et à son autoportrait qui m'avait éblouie.

* * *

10 OCTOBRE ~ **STÉPHANIE**

« Les chiens et les chats dorment sans mouvement : du beau temps. » Proverbe paysan.

C'est ma journée de congé et j'avais dit que j'irais porter le chat pour le faire euthanasier aujourd'hui. Il a un problème de comportement, il pisse et chie partout, c'est immonde. Que mon bureau sente la pisse de chat, ça passe encore, qu'il s'enligne sur notre lit, là, non. Mais voilà trois nuits qu'il dort à côté de moi dans le lit, en ronronnant de tout son poil de vieux matou. J'ai perdu tout courage.

Du coup, je suis plutôt allée à l'épicerie portugaise acheter du porc à ragoût. Dans la rue, les arbres venaient d'être émondés. Quand je suis rentrée, une déchiqueteuse avalait les dernières branches, ne laissant que des feuilles mortes sur le trottoir.

11 OCTOBRE

Il a fait nuit toute la journée, comme si le jour avait oublié de se lever.

J'ai fait un rêve qui change de mes rêves habituels de maison, mais peut-être pas tant que ça. C'est encore un rêve d'enfermement, d'habitation en quelque sorte, et de lumière, aussi, beaucoup, toujours cette lumière qui m'attire vers l'extérieur et qui me fascine.

Je m'étais retrouvée avec d'autres personnes, par un concours de circonstances plutôt ludique, dans une chambre de verre à demi remplie d'eau. Une lumière turquoise, comme une piscine dans la nuit, émanait de toutes parts. Nous nous cachions, ou alors nous étions les témoins discrets de ce qui se jouait à l'extérieur des murs de verre épais. Il y avait beaucoup de monde, c'était une fête, un carnaval, les gens étaient fous et déguisés, enfin, n'étaient pas eux-mêmes, étaient sans inhibitions. Un carnaval serait le bon mot, même si jamais je n'ai participé à ce type de festivité.

Le cube de verre était trop petit pour nous contenir ; pourtant, nous étions trois personnes et nous avions de l'eau jusqu'à la taille. Il y avait Jean-Michel, le barman au Holder, une autre fille et moi. Ce n'était pas inconfortable, au contraire, l'eau semblait nous porter. Nous étions en apesanteur. Il régnait à l'extérieur comme à l'intérieur une très forte charge érotique, non pas violente, mais très présente. Nous, les deux filles, étions nues, peut-être masquées d'un loup, et Jean-Michel nous regardait. Je me souviens très clairement que j'embrassais avec un désir chargé d'amour le sexe offert de l'autre fille qui flottait. Il y avait longtemps que je voulais l'embrasser, j'étais enfin satisfaite. J'étais comblée et encore plus excitée par la présence de Jean-Michel.

12 OCTOBRE

Avec les copines, nous sommes allées manger au nouveau resto des frères Holder, rue Notre-Dame. C'est beau comme une maison close, c'est rose, c'est noir, avec un escalier qui tourbillonne et d'où l'on rêve de se lancer. Il y a un long bar et, au bout de ce long bar, il y avait ce soir-là Jean-Michel. J'ai mangé la lotte au cari rouge, qui était goûteuse et piquante. J'ai bu beaucoup de vin blanc et j'ai fumé des cigarettes dehors, sous la belle enseigne de métal où c'est écrit, en lettres blanches : *Delmo.*

13 OCTOBRE

« Toutes ces choses qui me viennent,
toutes ces choses qui me quittent… »
VANESSA PARADIS, *Junior Suite.*

Il fait cinq degrés à notre réveil. Ce matin, j'ai rentré toutes les plantes que j'avais mises dehors pour l'été : les orchidées que je traîne depuis des années même si elles ne donnent plus de fleurs (je n'ai pas le courage de les jeter), le crassula, le gros shefflora, la petite azalée que Philippe m'a offerte pour la fête des Mères voilà deux ans.

Vers les dix heures, le chat a encore fait ses besoins sur le sofa. Ça y était : il allait partir aujourd'hui. J'ai dit aux enfants que Pacha était trop vieux, et qu'il fallait lui dire adieu. Il allait dans une maison pour les chats âgés. Les enfants lui ont à peine dit au revoir qu'ils parlaient déjà d'avoir un autre animal, un chien, un hamster. J'ai dit : « On verra au premier jour du printemps. »

Nous sommes partis, le chat et moi. Ce fut long. Il pleuvait, il y avait un trafic monstre rue Saint-Denis autour du marché Jean-Talon. La rue était barrée.

J'écoutais en boucle le nouvel album de Vanessa Paradis. C'était si long que j'ai un peu oublié où j'allais ainsi. Mais j'y suis arrivée, au bout de l'île, là où c'est triste. Le ciel était gris et sale, comme une mer malade, comme une mer mauvaise. De grands bras de fer déchiraient le paysage, les raffineries, les terrains vagues. Je me suis un peu perdue en chemin. C'était vraiment le bout de l'île, le bout de tout, et Vanessa nous récitait, au chat et à moi, la longue plainte de *Junior Suite*. J'ai fini par trouver l'endroit. À l'intérieur, l'odeur était épouvantable, et, pire encore, il y avait plein de gens heureux avec des chatons dans les bras. Ils venaient pour les adopter. Nous avons attendu notre tour. La dame a rempli un carton rouge et a coché la case « Euthanasie ». Elle m'a même demandé le nom du chat. C'était trop long, toutes ces procédures. J'aurais voulu que ce soit rapide. Quand j'ai sorti le chat de son transporteur pour le mettre dans leur cage, il s'est débattu, il ne voulait pas sortir. Un garçon derrière le comptoir a dit : « Il est fort. » J'ai payé et je suis partie en ravalant mes larmes et en me refusant à lui faire des adieux, en me convainquant que ce n'était qu'un chat.

Je n'ose même pas me départir de mes plantes quand elles sont encore vertes.

Quand le disque a recommencé pour la quatrième fois, je suis arrivée devant la maison de Mélanie, à qui j'avais emprunté la voiture. J'ai coupé le moteur, je lui ai remis les clés et je lui ai demandé de jeter le papier sur lequel j'avais imprimé l'itinéraire pour me rendre au bout de l'île.

15 OCTOBRE

Les feuilles crissent sous nos pas lorsque nous marchons sur les trottoirs. L'odeur des feuilles d'automne me rappelle mon enfance, le parterre en banlieue et ses deux grands érables. Il me semble que j'ai le souvenir de mon père qui faisait des tas de feuilles, et de mon frère et moi qui sautions dedans, de l'odeur forte et rassurante des feuilles séchées d'automne. Mais peut-être que je me souviens simplement de moi qui regarde ces photos. Je porte une veste de laine verte à gros boutons, tricotée par ma mère. Les feuilles s'y accrochent. Mon père est patient, alors que nous, les enfants, ne cessons de défaire le monticule de feuilles jaunes qu'il tente de mettre dans de larges sacs verts.

Pourtant, je la sens, l'odeur, l'odeur jaune des feuilles, l'odeur de tabac ; est-ce que je la sens à travers la photo ?

16 OCTOBRE

Je suis passée chez nos voisins, les Américains toujours absents, pour prendre leur courrier. La boîte aux lettres débordait. Habituellement, des amis à eux s'en chargent. En descendant les quatre marches qui mènent à l'appartement du bas (celui qu'ils gardent vide pour leur fils, et qu'ils nous ont gentiment passé l'an dernier durant les rénovations de notre maison, appartement que nous avions baptisé « la Grotte »), soudainement, ça m'est revenu, tout ça, l'automne dernier, mes crises d'angoisse, nos excès nocturnes, à Philippe et moi, la première fois que j'ai gardé ta fille, tout bébé encore, dans le petit appartement, les cigarettes que nous fumions, toi et moi, dehors, devant, avec un verre de vin à la main, avant que tu repartes pour le Brésil. Les feuilles partout, qui entraient dans la maison. C'était ça, l'automne dernier. Je l'avais oublié, même si pas un jour ne passe sans que je voie cette entrée. Il fallait que je descende les quatre marches, comme je l'ai fait tous les jours l'an dernier, de la fête du Travail à la fête de Noël, pour que le souvenir me revienne.

17 OCTOBRE

En allant conduire Mathilde à l'école ce matin, j'ai eu l'impression de prendre un bain de vapeurs froides. En sortant du métro, on ne voyait pas le bout de la rue McGill, ni le gros silo numéro cinq érigé de l'autre côté des écluses. Il fait froid et humide.

Tu viens de m'écrire pour me dire que ton citronnier a fleuri.

18 OCTOBRE

« Des pigeons claquant fortement des ailes en volant indiquent qu'il y aura du vent. » Proverbe paysan.

Il fait chaud de nouveau. Au-dessus des normales saisonnières, comme ils disent à la radio. Je suis entrée du bureau en courant. En passant par la rue du Saint-Sacrement, mon regard a croisé la vitrine d'une galerie d'art où reposaient quelques aquarelles de Bruce Roberts. J'ai alors repensé à son vernissage à l'hôtel Nelligan l'automne passé. L'expo s'intitulait *Pigeons*. Philippe et moi avions beaucoup aimé les grandes aquarelles et les sculptures de broche où il avait intégré des plumes et des objets hétéroclites que l'on trouve dans les parcs que visitent les pigeons. J'aime le trait rapide et racé de Roberts, comme si tout était fait d'un élan, sans réflexion, comme on se lance devant un train.

J'ai pris Saint-Urbain un temps, jusqu'à Saint-Antoine, puis à Saint-Laurent je suis montée vers le nord pour passer par le quartier chinois.

Sur le viaduc au-dessus de l'autoroute Ville-Marie, mon regard a été attiré par un objet qui bougeait sur l'asphalte de la rue.

Les ailes agitées par le vent, il y avait entre les voitures un pigeon mort.

19 OCTOBRE

Vingt-deux degrés, quelle chaleur : tout le monde se plaint de la moiteur toute la journée.

Ce soir, j'essaie de faire mes courses avant mon départ pour Paris : un sac à main, des espadrilles de ville. Il pleut assez fort, alors je mets mes hautes bottes d'eau et mon ciré jaune. J'adore marcher sous la pluie, surtout comme ce soir, seule, dans le noir, sous une pluie chaude d'automne. En entrant dans la grande librairie, je trouve l'éclairage aveuglant. Au fond du magasin, il y a Michel Rivard qui fredonne des mélodies que je ne connais pas. Comment ne pas aimer Michel Rivard ? De plus, il est né trois jours avant mon père, la même année. Je me fais cette réflexion en montant à l'étage et je me demande du même coup d'où me vient cette information. Je trouve le guide de Paris par arrondissements que je voulais. Alors que je redescends pour me diriger vers la caisse, le chansonnier termine son air et annonce qu'il procédera au tirage d'une guitare en épinette Adirondack faite à Montmagny. Je paie en discutant avec le caissier : nous espérons que le gagnant saura se servir d'une guitare. Je poursuis mon chemin. C'est le déluge coin Saint-Denis et Rachel, là même où cet été flambait le Conti. Il ne reste plus rien de l'immeuble, qui a été rasé. L'eau s'amoncelle, la bouche d'égout est obstruée par des feuilles mortes. Les voitures font des vagues en passant près de moi.

J'avance vers la maison, les bras bien chargés. Rue Duluth, les choses se gâtent : la marée est montée jusqu'au trottoir. En traversant pour gagner l'autre rive, j'ai de l'eau au-dessus des chevilles. Je suis enchantée de l'étanchéité de mes bottes. La ville a des airs de sauna, elle est moite et l'eau sourd de partout. J'ai terminé mes achats pour Paris, je suis très excitée.

* * *

25 OCTOBRE ~ **ISABELLE**

Anniversaire de ma filleule, Valentine, qui a dix ans aujourd'hui.

Je me prépare à te rejoindre, j'ai très hâte, mais je suis anxieuse aussi, je ne sais pas comment va se passer cette semaine à Paris, dans cette ville qui a déjà été la mienne, que je partage mal, où je retourne toujours avec beaucoup d'inquiétude, à cause de ce qu'elle représente pour moi.

Quand j'arrive à l'aéroport, on me dit que mon vol a été annulé, ou plutôt qu'il a été décalé de plusieurs heures ; je dois rentrer à la maison et revenir le lendemain. Je suis fatiguée, je n'en reviens pas de perdre une journée entière à Paris. Vous y serez déjà, sans moi. Mon sentiment d'exclusion, qui affleure toujours quand nous nous retrouvons toutes les deux dans un groupe, s'alimente de ces quelques heures qu'Air France me vole à vous. Mon angoisse s'amplifie et mon cœur, déjà lourd de quitter Violeta, se bombe davantage, prêt à se liquéfier.

26 OCTOBRE

Finalement, l'avion part comme prévu, mais avec une journée de retard, vers treize heures trente. Je suis enfin dans les airs, tout près de toi, encore quelques heures seulement. Le voyage se passe bien car c'est le premier depuis longtemps où je n'ai pas ma fille dans les bras pendant onze heures. En attendant l'avion, je parle avec un jeune ingénieur français qui habite en Chine, mais qui va passer quelques jours à Paris pour une réunion. Il me demande s'il peut prendre mes coordonnées car il veut peut-être aller vivre au Brésil. Je les lui donne en me demandant si je trompe Mauricio parce que je le trouve beau. Le voyage s'annonce léger.

* * *

20 OCTOBRE ~ **STÉPHANIE**

Encore un rêve de maison. C'est un mauvais rêve cette fois.

Nous devions déménager de la maison en catastrophe, car nous venions subitement de nous souvenir que nous l'avions louée pour un certain temps, afin de régler nos ennuis financiers. Dans mon rêve, c'était notre maison présente, la maison de l'avenue Laval.

Je vidais la pharmacie, mais c'était la pharmacie de la maison de mon enfance. J'y trouvais beaucoup de médicaments périmés, qui étaient des secrets d'aventures passées. J'avais peur que Philippe les découvre dans la poubelle. Je devais vider les armoires, les tiroirs, mais je n'avais pas de cartons pour mettre tous ces effets. Tout cela exécuté dans un état de précipitation.

Finalement, nous emménagions dans la Grotte. Là même où j'ai cru devenir folle de cet enfermement, sans espace et sans lumière.

22 OCTOBRE

Vingt-cinq degrés, un soleil aveuglant toute la journée. Si ça, ce n'est pas l'été des Indiens…

Je devais honorer ma promesse, alors j'y suis allée, avec mon Georges. Nous partions, lui avais-je dit, « à l'aventure ». Déjà, entrer dans une église en dehors des heures de messe, c'est tout un exploit. Après nous être cogné le nez à pas moins de six portes fermées, nous avons réussi à trouver le secrétariat, où sœur Yvette nous attendait. Elle avait un habit et un joli voile. On n'en voit plus tellement. Georges, impressionné, ne pipait mot.

J'ai donc posé nos questions à sœur Yvette :

— Pourquoi les cloches sonnent-elles à midi et à dix-huit heures ?

— Elles sonnent l'Angélus.

— Pourquoi ont-elles dérogé à leurs habitudes l'autre nuit ?

— Cela faisait partie intégrante d'un concert qui fut donné à l'église.

Je tenais ma réponse.

Je lui ai ensuite demandé à quelle congrégation elle appartenait ; elle m'a répondu : « Les Petites Sœurs de Saint François d'Assise. » Il m'a semblé que c'était long, comme nom.

Il faisait sombre. Où étions-nous au juste ? Derrière l'église, dans un bâtiment communiquant. Un couvent, j'imagine. Il devait bien exister un mot pour cela. Derrière des portes entrouvertes, des escaliers montaient, des escaliers descendaient. Ça sentait les biscuits fraîchement faits, je me suis demandé si elle n'allait pas nous en offrir, elle semblait vouloir apprivoiser Georges. Elle s'y est prise d'une autre façon. Elle nous a fait visiter l'église. En la suivant, nous avons vu les coulisses derrière l'autel. Elle m'a fait soulever Georges pour que celui-ci appuie sur le bouton numéro trois. Tout à coup, l'ensemble des lustres de la nef s'est allumé et nous avons vu la splendeur de l'église Saint-Jean-Baptiste, ses vitraux, ses dorures, ses roses de lumière. Georges était fasciné, quoique bien ennuyé par l'orgue qui crachait ses notes à toute volée : un professeur donnait une leçon. « C'est vrai qu'il est puissant, cet orgue », ai-je pensé. Nous avons ensuite visité la chapelle Saint-Louis, où sont données les messes en semaine. Sœur Yvette éteignait toutes les lumières derrière elle, dans un souci d'économie que nous avons perdu de nos jours. Une autre sœur scellait des enveloppes, installée à une table sous la seule fenêtre de cette partie du bâtiment. Georges était enchanté de notre aventure, il ne restait plus qu'à voir les cloches mais, pour ce faire, il fallait sortir. Sœur Yvette a invité Georges à revenir, pour cette fois jouer un peu d'orgue, et nous a laissé une brochure expliquant l'histoire de cette église, qui a pris feu deux fois et a été rebâtie deux fois.

Nous sommes sortis, très satisfaits de nos découvertes et prêts pour une nouvelle aventure !

23 OCTOBRE

Les écureuils sont bien gras. Moi qui m'inquiétais pour eux en septembre – je les trouvais maigrichons, alors que c'était déjà le temps de faire des réserves.

Il pleut et grisaille toute la journée, mais il fait encore plutôt chaud, seize degrés. Le trottoir devant la maison, le balcon, tout est couvert d'un tapis jaune de feuilles mouillées et mortes. On dirait que l'automne n'est qu'une saison de passage, qu'il n'est là que pour nous préparer à l'arrivée de la première neige. Alors, c'est la fin, celle qu'on ne peut plus nier : l'été ne reviendra pas. Et c'est le début du long froid qui nous garde à l'intérieur jusqu'au printemps.

Je suis énervée, excitée, angoissée par mon départ à Paris ; tout laisser derrière moi, les laisser tous ici pour aller vous retrouver, toi, les amis, la vie libre et sans contrainte pour une semaine. J'ai l'impression de me lancer dans le vide. Je ne sais plus si je me rappelle comment voler.

24 OCTOBRE

Mon fils m'a dit ce matin : « Maman, quand tu seras en voyage à la plage, je vais penser que tu es morte. »

Je me suis assise avec lui, nous avons regardé l'atlas : Montréal, Paris, São Paulo, les sigles d'avion, les fuseaux horaires… Je lui ai bien expliqué que Vivi restait aussi avec son papa (« Je m'ennuie de Vivi aussi ») et que j'allais revenir. Et que je n'allais pas à la plage, mais à la ville.

Ensuite, il s'est habillé en chantant une chansonnette d'Halloween sur l'air de *Frère Jacques*. J'ai eu tout un coup d'ennui, de cette douce présence qui va me manquer.

25 OCTOBRE

Georges et moi avons amassé des feuilles rouges et jaunes ce matin pour Violeta avant de partir à vélo pour la garderie. Nous les mettrons dans un livre qui passera par Paris et rentrera à São Paulo. Le sud, toujours vers le sud, comme les outardes, comme les cœurs volants.

Je prends l'avion aujourd'hui, je vais te rejoindre. Attends-moi, ma chérie, mon amie, j'arrive.

* * *

27 OCTOBRE ~ **ISABELLE**

Quand j'arrive au bout de la rue DeBelleyme, où je vais habiter au quatrième étage du numéro trente-cinq, j'aperçois Éric et Martin à la terrasse d'un café. Ils m'attendent, mais regardent de l'autre côté de la rue : ils pensent que je vais arriver depuis l'angle de la rue de Bretagne. Je les surprends, nous rions, nous sommes très heureux de nous voir, je veux un café, un croissant, une cigarette, je veux appeler mes amis, je veux t'appeler ; dans cet instant magique, au coin de ces rues, je suis heureuse, heureuse, je suis moi, de nouveau.

Le soir, nous allons danser au Tango, je suis ivre de fatigue mais toujours aussi bien d'être avec toi, Éric, Martin et Barry. J'ai l'impression que nous sommes dans un roman de Jean Genet à cause de cet endroit où tu nous emmènes, ce dancing démodé où de vieilles femmes dansent avec de jeunes éphèbes et où une très jeune femme masculine embrasse à pleine bouche une autre femme beaucoup plus âgée qui a tout d'une secrétaire de direction. Nous sommes tous subjugués par ce couple étrange parce qu'il est dépareillé. Nous buvons un peu trop de gin tonic, notre table, qui est au bord de la piste, reçoit les effluves des danseurs, les lumières disco clignent dans nos yeux fatigués, le temps est à la fête. Je suis épuisée, ivre, mais heureuse d'être à Paris avec vous, avec toi.

28 OCTOBRE

De cette journée, je retiens le déjeuner avec toi, chez Voltaire, aux puces, un moment suspendu dans le temps. Nous avons les pommettes rouges du vin que nous buvons, du froid dehors et je me souviens aussi de notre soirée, de la sortie du bar chez Prune, toi ivre, avec tes longues bottes ; je t'imagine tombant dans le canal Saint-Martin, et moi ne sachant comment faire pour te repêcher. Pendant la soirée, nous parlons beaucoup de littérature, de voyage, de nos vies ; nous discutons de ce que nous faisons ici, nous revenons sur certaines entrées, nous faisons des commentaires tout en fumant beaucoup, nous sommes parisiennes ce soir, personne ne reconnaît notre accent dans le brouhaha chez Prune. Lorsque nous partons, le patron nous offre une eau de vie à la prune que nous buvons à reculons. Le canal Saint-Martin s'illumine de mille feux, de mille fards. Tu en es la star, montée sur le pont métallique.

29 OCTOBRE

Ce matin, il fait un temps maussade, mouillé, affreux. Nous décidons, Éric, Martin et moi, d'aller faire des courses dans un grand magasin et je déteste tout de moi : mes cheveux, mes bottes, mes vêtements ; je me trouve si laide et je suis à Paris. Ma matinée se passe donc mal, et j'achète les fameuses bottes qui me coûtent cher et que je ne peux pas porter parce qu'elles sont trop hautes. C'est ce qui se passe quand mon amour-propre est si bas : je dépense de façon hasardeuse, comme pour faire baisser également le solde de mon compte en banque. Moi qui voulais tant me sentir belle à Paris, je me suis trouvée si laide et si vieille. Comme toi, je n'y suis pas, ce n'est pas moi, ou c'est trop moi, c'est moi que je ne veux plus être, que je ne peux plus aimer. J'ai déjà perdu celle que j'étais au coin des rues DeBelleyme et de Bretagne, samedi matin.

À Paris, j'ai voulu disparaître de la circulation.

Le soir, je dîne avec Frédéric, rue Oberkampf. Nous cherchons au hasard de la rue un endroit où manger, nous tombons finalement sur un restaurant assez mauvais. Frédéric m'avoue souffrir d'une sorte d'anorexie, il me dit qu'il ne réussit plus à manger en public, ou en tout cas qu'il ne parvient pas à ne pas vomir immédiatement après avoir mangé. Et après le repas, en effet, il court aux toilettes. Je ne sais que faire. Je suis abasourdie, je ne l'ai pas vu depuis près de dix ans (quelle idée aussi de l'appeler, ainsi, *out of the blue*, c'est tout moi, ça), et je le confronte à ça, je me sens responsable parce que je l'ai invité à dîner. Nous aurions pu faire autre chose. Et moi qui me sentais si vulnérable à l'idée de le revoir après tant d'années. Je suis sortie gagnante de cette rencontre, Frédéric encore plus mal en point que moi, Frédéric qui envie ma vie. Tu vois ce que Paris fait de moi, je deviens comme ça, je me compare sans cesse aux autres.

* * *

26 OCTOBRE ~ **STÉPHANIE**

Pleine lune.
Montréal, puis Paris.

Les ouvriers de la ville ont vidé l'étang du parc Lafontaine, ça donne un air bien triste aux pelouses encore vertes. Il n'y a plus une feuille dans le frêne blanc de ma cour arrière. Je suis curieuse de voir le temps qu'il fera là-bas, j'ai apporté trop de vêtements, trop de souliers, je n'ai jamais appris comme toi à voyager léger.

Je réussis finalement à partir, à laisser derrière moi mon petit univers pour me lancer vers Paris, vers toi, vers les amis, loin de la routine, loin de tout. En arrivant à Dorval, on peut voir Montréal et son mont Royal. Dans le ciel très clair de l'après-midi, une lune flotte, démesurément grosse, démesurément blanche, près de l'oratoire Saint-Joseph.

27 OCTOBRE

« Le cœur à ce qu'elle chante,
Elle fait fondre la neige,
La nourrice des oiseaux. »
PAUL ÉLUARD, 1920.

Ça y est, c'est parti. Une longue glissade qui durera une semaine, comme Alice qui passe de l'autre côté du miroir. Ton avion a deux fois été retardé, j'ai peur que tu te décourages, que tu restes au Brésil avec ta fille, ton mari. Que nos retrouvailles n'aient pas lieu. Je vais courir ce matin, je cherche le jardin du Luxembourg, mais je me perds en chemin. Je cours trente minutes avant de le trouver. Ce sont les vitrines des boutiques de chaussures qui me font perdre la tête, je ne sais plus où je vais, rue de Grenelle, boulevard Raspail. Sans m'en apercevoir, j'aboutis aux quais de la Seine, je suis étourdie. Les pigeons sont les mêmes qu'à Montréal, ils me regardent, étonnés, de leurs yeux cerclés de rouge. Je remonte la rue de Seine, cependant que les cloches d'une église sonnent tout près. Quelle heure peut-il être ? Les galeries d'art s'égrènent et un collage bleu et blanc attire mon regard. Je suis étonnée de retrouver Matisse en vitrine ainsi, dans le petit matin gris. À ses côtés, une très belle toile d'André Masson, *La Nourrice des oiseaux* : une femme tient ses seins et lance du lait aux oiseaux qui volent. J'ai un coup de nostalgie, j'ai tant aimé nourrir mes enfants. Toi, tu en auras d'autres encore. J'envie toutes les femmes qui vont porter et allaiter des enfants. Mon corps était si bien disposé à cette tâche.

Je poursuis ma course, il faut bien harnacher son corps à quelque chose. Je retrouve le Luxembourg après un bout de chemin boulevard Saint-Michel.

Les hommes fraîchement rasés sentent bon l'eau de Cologne en ce samedi matin. Les pelouses du jardin sont impeccables, vertes, brillantes. De grands tas de feuilles, juste ramassées, bordent les allées. Comment se fait-il que les enfants ne sautent pas dedans ? L'odeur de buis est persistante, désagréable, on dirait du pipi de chat. Les enfants sont partout, le parc leur appartient pendant que toute la ville sommeille encore. Un groupe matinal s'adonne au tai-chi. Devant la fontaine de Médicis, de grandes vasques noires portent d'opulents chrysanthèmes orangés.

Je comprends ce matin que, quoi que je fasse et où que j'aille, je ne peux fuir, les mêmes choses partout se posent sous mes yeux.

28 OCTOBRE

Ce fut un beau moment aux puces de Saint-Ouen, porte de Clignancourt. Le fouillis, les trésors à découvrir entre les miroirs au tain fané, les oiseaux empaillés. Quand les autres ont décidé de partir, nous avons décidé de rester. Nous avons circulé dans les rangées à chercher des bottes pour les saisons de Montréal et de São Paulo, à dénicher des cadeaux pour les enfants, les tiens, les miens, pour les amis, les parents. Des gravures de mode, une belle édition d'Apollinaire, une carte postale de Neauphle-le-Château.

Tous ces objets, nous les avons laissés, rue des Rosiers, avenue Michelet. Toi, tu as acheté des petits sacs en papier, moi, j'ai trouvé un agenda des galeries Lafayette 1926, avec une couverture rigide art nouveau turquoise et des roses en dorure. Méticuleusement tenu par une dame qui s'en servait comme livre de compte, il n'a que très peu de pages vierges. Elle note tout en détail, l'argent pour la messe (0,25 F), pour la graisse (7,80 F le litre), pour les poules (27 F). On mange des fruits frais dans cette maison : du melon (1,50 F), des bananes (2 F), des pêches (2 F). On ne se prive de rien. En été, un chapeau de paille (20 F), à l'automne, un chapeau de feutre (49 F). Le trente décembre, elle donne cinq francs d'étrennes au facteur.

J'aime à rêver ainsi la vie de cette femme sans nom dont il ne reste plus aujourd'hui que les listes d'épicerie, les dépenses de la maison. Avait-elle des enfants ? Rien ne me le laisse savoir, mais elle doit bien nourrir une famille, avec la quantité d'articles qu'elle achète. Peut-être a-t-elle appris qu'elle était enceinte pendant cette année 1926 ? C'est peut-être pour cela qu'elle achète de la viande, du poisson. Pour qui sont ces bonbons qu'elle a achetés le 22 avril ? Avait-elle un amant ? Se procurait-elle pour lui des gâteries qu'elle omettait de noter dans son livre ? Et si sa mère était morte en cette année de 1926, le saurais-je ? Peut-être devrais-je lire plus attentivement, voir s'il n'y a pas un dimanche où elle aurait donné une offrande plus substantielle, payé une messe en l'honneur d'un défunt, son père, son fils mort à la Grande Guerre. Et où est aujourd'hui l'agenda Lafayette 1927 (3,60 F) qu'elle s'est procuré le 27 décembre ?

29 OCTOBRE

Hammam.

Il pleut aujourd'hui à Paris. Sandra, chez qui j'habite, et moi décidons de passer notre ennui au hammam de la Grande Mosquée. Nous marchons dans le jardin des Plantes, en contournant le Muséum d'histoire naturelle et ses squelettes immenses en vitrine.

La terrasse du resto de la mosquée est déserte, le marbre blanc est luisant sous l'eau qui tombe sans relâche du ciel gris. Nous franchissons plusieurs portes sur lesquelles des écriteaux nous rappellent qu'aujourd'hui est la journée réservée aux femmes. Je suis craintive et intriguée par cette atmosphère de gynécée, je m'en remets à Sandra, qui a fréquenté jusqu'aux hammams de Casablanca. Après nous être déshabillées, nous sortons en culotte, avec notre gant pour le gommage et notre savon noir. On nous donne des instructions, que nous suivons scrupuleusement.

Les pièces se succèdent, de plus en plus chaudes, avec des femmes de plus en plus alanguies. La peinture des murs, d'un bleu passé, s'écaille des parois humides. En chuchotant, nous nous couchons, à demi nues, sur de grandes surfaces en marbre blanc et nous nous retournons comme des truites, tout enrobées que nous sommes de notre savon noir. L'impression d'être dans un tableau d'Ingres est persistante. La dernière pièce au fond est un four, la chaleur nous accable dès notre entrée, il faut rapidement s'étendre, ne plus bouger, ne plus respirer. Je plonge dans l'eau d'un bain glacé pour me rafraîchir un peu, puis je retourne vers les pièces plus fraîches.

Après un gommage sans délicatesses où j'ai cru me faire arracher les grains de beauté, la dame en vêtements déchirés a passé le boyau d'arrosage sur la table. Nous sommes alors revenues au point de départ: la grande salle à colonnades où l'on attend. Trois masseuses arabes discutent familièrement dans leur langue, tout en enduisant d'huile d'argan les femmes fraîchement râpées par leur gommage. L'attente est longue, au moins une heure, nous prenons un thé à la menthe, étendues de tout notre long sur des tapis et des coussinets. Le temps passe tranquillement, nous devisons, les yeux mi-clos, à l'abri des intempéries.

Une femme est près de nous, avec ses deux filles au corps long et gracile. Elles sont à peine formées, elles ont onze ans, peut-être douze. Elles restent autour de leur mère comme des petites gazelles, pudiques dans leur bikini blanc à cordelettes, encore filles, encore enfants, mais bientôt femmes, on le pressent. La mère et les filles se réchauffent entre elles, boivent du thé, collées sur leur tapis, dans une complicité qui fait plaisir à voir. Mes yeux sont sans cesse attirés vers elles, par cette admiration que j'ai pour ce lien qui les unit, dans ce même long corps qu'elles partagent. Je me projette en elles, autant dans la mère que dans les filles. Ces rites initiatiques m'émeuvent toujours. On appelle leur numéro, les filles y vont d'abord. Les masseuses ont pour les petites des attentions de mère, de tante. Elles dénouent les longs fils de leur bikini en faisant jouer leurs mains dans les airs, comme s'il s'agissait d'une danse apprise il y a longtemps. Les filles ont des rires légers, la mère les couve du regard.

J'ai repensé à toi qui pleurais hier aux puces en imaginant Vivi manger sa première crêpe, et j'ai pleuré moi aussi en imaginant ma fille et moi à notre premier hammam. Nous sommes faites du même bois qui prend l'eau facilement.

* * *

30 OCTOBRE ~ **ISABELLE**

Je me réconcilie avec les dépenses. Je pars en taxi pour le Bon Marché, en cette journée où il fait chaud et beau, et où je suis de nouveau bien. Le Bon Marché me remonte le moral, surtout dans la section enfants où tout est splendide. J'achète des pyjamas Petit Bateau, un pour Max et un pour Violeta. En sortant de la Grande Épicerie, j'aperçois Sofia Coppola venue faire ses courses pour le dîner, avec sa fille, une blondinette qui joue avec un hochet en argent.

Le soir, nous dînons chez Janou, tu ne vas pas bien, tu es fatiguée. Tu le fais un peu exprès, je trouve, tu te languis sur l'épaule de Sandra, tu fais l'intéressante avec ta peau de lapin entourée autour de ton cou ; il faut toujours que tu sois au centre de l'attention de tous et, ce soir, plutôt que de faire la séductrice (ton rôle-titre), tu choisis de nous interpréter Violetta dans *La Traviata*. Ce personnage, cette mise en scène, que tu montes chaque fois que tu te retrouves dans un groupe, m'énerve. Je t'aime simple et toute à moi, je te préfère quand nous sommes seules.

À l'apéro, j'ai délaissé Éric, qui me l'a fait remarquer le lendemain. Je ne suis pas bien à Paris. Tu vois ce que Paris me fait dire et penser, sur Frédéric, sur toi. Je viens fêter Éric qui lance son premier livre en France, je devrais être heureuse, mais je suis prête à me jeter dans la Seine ou encore à prendre le premier avion pour nulle part et disparaître le plus loin possible. M'enterrer. La France me fait cet effet-là, l'envie de m'enterrer. Et c'est chaque fois la même chose. Quand j'ai fait ma fausse couche et que je suis allée tout de suite après à un colloque à Paris, je me suis effondrée dans une cabine téléphonique en parlant avec une amie. Pour aucune raison. Cette ville a un effet dévastateur sur moi, mortifère.

* * *

30 OCTOBRE ~ **STÉPHANIE**

Mon seul temps de répit, je l'ai eu aujourd'hui. Je me suis baladée seule tout l'avant-midi sur l'île de la Cité, au Marché aux fleurs, à la place Dauphine, toujours déserte, comme je l'aime. Les feuilles jonchaient le sol ocre de la place. La lumière de Paris, j'aime la contempler d'ici, dans ce triangle clos. Je me suis arrêtée dans un café où j'ai commandé une tartine au jambon de Bayonne et au cantal grillé avec un thé. Lorsque j'ai rangé ma chaise pour être sous l'élément chauffant de la terrasse, l'homme à mes côtés, énorme derrière son journal *Libé*, s'est discrètement envoyé un coup de vaporisateur rafraîchissant dans la bouche.

Ensuite, j'ai fait une touriste de moi-même et je suis allée à Notre-Dame. J'étais tout de même dans la ville où est élevé l'un des plus grands temples à la Vierge, je ne voulais pas passer à côté de l'occasion de faire mes dévotions. J'ai fait brûler un cierge et me suis recueillie devant la belle Vierge de Guadalupe. J'ai pensé à ma mère, à ma grand-mère, qui veut mourir d'ennui, et à la mère de Philippe. J'ai pensé à toutes ces mères, et j'ai prié, prié, pour être à la hauteur de ces dernières, parce que je le trouve dur et exigeant, exténuant et ingrat, le métier de mère. J'ai souvent l'envie folle de me débarrasser de mes enfants, alors je me suis dit qu'un cierge à cinq euros, ce n'était pas trop cher payé pour la paix de mon âme.

Puis, dans l'après-midi, après bien des apprêts, Sandra et moi sommes parties pour vous retrouver, toi, Éric, Martin, Barry et tous ces invités conviés pour le lancement du livre d'Éric sur Jean Paulhan. C'est la raison pour laquelle nous sommes tous ici, dans cette ville étrangère mais pourtant peuplée d'amis. Ici ensemble, c'est un peu un prétexte sur lequel nous avons sauté pour tout quitter, le temps d'une semaine. Nous avons fumé, bu du champagne, papoté, fait toutes ces choses que nous étions venus faire à Paris, mais déjà le cœur n'y était plus pour moi. J'ai le rhume, j'ai mes règles, j'ai mal au foie de toutes ces soirées déjà passées à boire et à manger. Je suis fatiguée de voir tous ces gens. J'ai déjà hâte de retrouver mon mari et mes enfants. L'effet du cierge se fait déjà sentir.

31 OCTOBRE

Cimetière Montparnasse.

La lumière sur Paris ce matin est exceptionnelle. Un soleil froid nous aveugle pour la fête des Morts. Sandra et moi partons de bon matin pour une journée de marche qui nous mènera du cimetière de Montparnasse au Louvre de nuit, en passant par le déjeuner des copines volubiles au Kiosque, place de Mexico, avec toi. Au cimetière, les tombes sont fleuries de chrysanthèmes, les gardes d'honneur saluent ceux qui sont morts en service avec une fanfare de cuivres. C'est une longue journée, j'essaie de tout faire avant de partir, tout voir, tout acheter. J'ai toujours cette peur au ventre : celle de manquer quelque chose, de ne pas avoir profité assez de ce qui est offert à moi. En résulte, comme d'habitude, la nausée de l'écœurement.

Quand même, j'ai bien aimé ce moment suspendu dans le temps où nous avons pris ce café en terrasse au Trocadéro.

Un jour que je me plaignais de ce trop-plein d'activités, tu m'as dit que j'organisais ma vie de cette façon parce que j'avais peur du vide. Pour toi, cela semblait une évidence. J'ai été surprise et j'ai nié ton affirmation, tant cela me paraissait peu probable. J'y repense aujourd'hui et je crois que tu as raison. Mais ça ne m'avance guère, je ne sais toujours pas quoi faire de ce vide.

* * *

31 OCTOBRE ~ **ISABELLE**

Je marche jusqu'à toi, jusqu'à vous, Sandra et toi, je marche de chez moi jusqu'au Trocadéro, et ça me fait un bien fou. Je me sens mieux ce matin, seule, reposée. Je retourne à mes anciennes amours, je vais à la galerie Vivienne voir la boutique de Jean Paul Gaultier, mon styliste préféré quand j'avais seize ans. La galerie est superbe, et je me promets d'y revenir déjeuner à un prochain voyage. Je pense à Romain, mon premier amour, qui travaille quelque part dans Paris, qui est garçon de café comme il y a vingt ans, quand nous nous aimions. J'imagine entrer dans l'un de ces établissements crasseux et tomber sur lui ; comment serait cette rencontre ? Chaque fois qu'il était question de lui quand j'étais plus jeune, mon père chantait inlassablement cette chanson d'Édith Piaf (en recopiant les paroles ici, je me rends compte que le destin des amants est plutôt tragique. Mon père ne se rendait jamais, d'ailleurs, jusqu'à ces strophes-là) :

Les Amants d'un jour
Paroles : Claude Delecluse et Michelle Senlis
Musique : Marguerite Monnot, 1956

Moi j'essuie les verres
Au fond du café
J'ai bien trop à faire
Pour pouvoir rêver
Mais dans ce décor
Banal à pleurer
Il me semble encore

Les voir arriver…
Ils sont arrivés
Se tenant par la main
L'air émerveillé
De deux chérubins
Portant le soleil
Ils ont demandé
D'une voix tranquille
Un toit pour s'aimer
Au cœur de la ville
Et je me rappelle
Qu'ils ont regardé
D'un air attendri
La chambre d'hôtel
Au papier jauni
Et quand j'ai fermé
La porte sur eux
Y avait tant de soleil
Au fond de leurs yeux
Que ça m'a fait mal,
Que ça m'a fait mal…

Moi, j'essuie les verres
Au fond du café
J'ai bien trop à faire
Pour pouvoir rêver
Mais dans ce décor
Banal à pleurer

C'est corps contre corps
Qu'on les a trouvés...

Le soir, je prends un kir avec les amis, c'est un apéritif heureux, nous rions, nous parlons de Catherine Deneuve, que Marie a côtoyée pour le travail, je retrouve l'esprit parisien, un café, des kirs, des cacahuètes, l'instant rosé d'un toast. Tu es ailleurs, tu vas au Louvre avec Sandra. Tu n'es pas venue à Paris pour me voir, mais pour voir Paris. Tu as un programme très chargé que tu te dois de respecter. Je suis déçue de te voir si peu.

* * *

1er NOVEMBRE ~ **STÉPHANIE**

Toussaint.

Retour à Montréal.

Il faisait doux lorsque j'ai quitté la rue du Cherche-Midi à six heures quarante-cinq ce matin. Toi aussi, tu repartais vers chez toi, vers le Brésil. Il fera très chaud, trop chaud dans ta maison. Chez moi, ce sera l'hiver bientôt.

J'étais dans le RER, le soleil se levait, le ciel était rose au loin entre les immeubles désaffectés qui constituent le triste paysage entre Paris et Roissy. Je ne peux prononcer le nom de cette ville sans penser à O et à son amant. O, la bienheureuse, sans cesse nourrie et lavée, sans cesse fardée, sans cesse battue, disait Paulhan. J'aurai connu le bonheur, moi aussi, d'avoir au moins une fois dans ma vie un bon maître comme O, à qui j'ai pu me donner en entier. Je souhaite à toute femme d'atteindre un tel apaisement. On dit que Pauline Réage a écrit cette histoire comme un cadeau, une lettre d'amour à Jean Paulhan. Voilà une belle coïncidence : n'est-ce pas lui qui, par le biais du livre d'Éric, nous a tous réunis à Paris cette semaine ?

Je retourne vers la vie matérielle, celle que j'ai quittée avec tant de hâte pour une liberté dont je n'ai su que faire après seulement quelques jours. J'ai envie d'être de nouveau aspirée par cette vie, d'être écrasée par le petit poids de mes enfants, d'être submergée par les attentions de mon mari. Ce tourbillon qui m'étourdit a un sens, je ne l'ai compris qu'en le quittant. Je retourne avec ravissement à mes serments, à mes fers à moi.

Mon avion a atterri, personne ne m'attendait à l'aéroport. J'ai sauté dans un taxi qui sentait le sésame. Le chauffeur avait accroché au miroir une main de Fatima, censée nous protéger contre le mauvais œil. Nous filions rapidement sur l'autoroute. Dans les arbres, plus de feuilles, même les vinaigriers encore rouges avant mon départ sont nus.

5 NOVEMBRE

Anniversaire de ma mère.

Il fait beau aujourd'hui et, alors que j'écris de mon bureau au sous-sol, je lève les yeux vers les fenêtres : elles sont si souillées que le soleil peine à s'infiltrer dans la pièce. Bon Dieu, il faut les laver, ces fenêtres ! Je peux bien rêver sans fin à de grandes fenêtres lisses et claires ! J'ai laissé là mes *écrisages* (joli néologisme de Georges où se mêlent écriture et ouvrage) et je suis sortie avec mon lave-vitre et mes chiffons.

Je regarde maintenant le résultat. Je ne suis décidément pas très douée pour l'ordre et le ménage, on perçoit encore les traces de mon chiffon. Tout de même, je suis satisfaite, on voit mon jardin de derrière, l'immense plant d'anémones sans fleurs, le fusain qui lentement rougit. Ce n'est pas comme dans mes rêves, mais ça fera toujours bien l'affaire en attendant la villa avec vue sur la mer.

* * *

1er NOVEMBRE ~ **ISABELLE**

Retour à São Paulo.

C'est la Toussaint, c'est le jour triste, gris, sombre que nous choisissons presque tous pour rentrer. Je viens de parler à Mauricio, ça ne va pas bien à la maison, Violeta est désagréable, les travaux n'en finissent plus. Je n'ai pas envie de rentrer, je veux rester seule à Paris. Pourrais-je survivre seule ici ? Comme Barry qui est ici pour écrire pendant un an. C'est une situation de rêve, vraiment, écrire à l'étranger, mais de manière temporaire, faire en sorte que ce lieu de l'ailleurs ne devienne jamais un chez-soi, ne soit jamais totalement domestiqué comme le Brésil pour moi. Il faudrait pouvoir garder vivante cette impression des débuts quand on arrive dans une ville, cet *estrangement* initial propice à l'écriture.

Quand j'arrive à São Paulo, finalement, je me dispute avec Mauricio parce que je ne veux pas mettre Violeta au lit après onze heures d'avion. Je suis triste de ce retour raté, lui aussi. Nous crions. Je monte à la chambre sans lui raconter le voyage, je me couche ce soir-là brouillée avec ma vie d'ici, brouillée avec mon passé de là-bas. Je me dis qu'il faut que ça passe. Quoi? Je ne sais pas et je ne veux pas le savoir. Nous avons le don de rater nos retrouvailles.

6 NOVEMBRE

Violeta et moi sommes allées au très chic centre commercial Iguatemi, où il y a un Tiffany (les petites boîtes bleues que tu désires tant), où les arrangements immenses et qui ponctuent chacun des corridors sont composés de fleurs véritables. Violeta n'en peut plus, elle est folle des petits soldats qui la regardent droit dans les yeux. Je ressens une émotion singulière aujourd'hui à regarder ces décorations de Noël, alors qu'il fait si chaud. Et puis ce sera le premier Noël de ma fille, le symbolisme de la chose me rend mélancolique, triste, toutes ces premières fois qui n'en seront déjà plus l'année prochaine. Je sens parfois, quand j'ai le moral plutôt bas, que je me perds dans le luxe odieux d'un pays tropical pour oublier mon exil volontaire, comme en ce mardi après-midi insignifiant, où je déambule dans les couloirs de ce lieu marbré pour me consoler de ne pas être en famille pour les fêtes de fin d'année. Mais je me remets aussi au travail de l'écriture (je m'y remets comme je m'y remets : je recommence à écrire comme je me donne à l'écriture, je m'en remets à elle ; l'écriture devra s'occuper de moi aussi). Il faut continuer à s'écrire, je le sais, il faut noter le déroulement du temps, même quand il n'y a pas de substance à raconter.

Je t'écris pour te dire que, malgré tout, je ne sais plus si je vais réussir à continuer le lent travail d'observation de ma vie, je suis au plus bas ce mois-ci. Les projets qui me tiennent à cœur n'avancent pas, les autres, les obligatoires, me mangent tout mon temps, je suis lasse. Pardonne-moi de te laisser tomber pour quelque temps. Je vais revenir, tu vois, je t'écris encore, tu vas voir, je vais continuer. J'ai besoin de me reposer.

* * *

6 NOVEMBRE ~ STÉPHANIE

Je ne sais comment trouver les mots pour te le dire, mais il faut bien le faire, je me sens seule et abandonnée aujourd'hui. J'ai toujours de la difficulté à vivre nos retrouvailles et nos séparations. Ici, les arbres sont nus et la terre attend la neige pour se reposer. Chez toi, je le sais, c'est l'été qui vient : ton jardin est luxuriant, tu cherches la fraîcheur. J'imagine tes figuiers, tes citronniers en fleurs, en fruits. Tu es si prise par tes occupations, là-bas, tes occupations qui meublent ton exil, que tu ne trouves plus le temps pour poursuivre notre projet, c'est ce que tu m'avoues aujourd'hui dans une missive que tu me fais parvenir entre deux thés, entre deux sauts dans les boutiques huppées de ta mégacité.

Je ne sais plus rien de toi, de ton quotidien quand tu repars au loin dans ton pays. J'aurais voulu que ces mots soient un lien, un fil, une perche, un immense pneumatique qui longe la mer tout le long du continent. Je suis triste, je me sens seule et abandonnée et je voudrais pleurer aujourd'hui. Ça passera, ne t'en fais pas, et je le poursuivrai seule, cet almanach, même s'il n'a plus de sens pour moi, je continuerai d'écrire chaque jour les saisons et les lunes, le détail des jours, les enfants, les amants, les choses vraies et les rêvées, je continuerai car j'ai trop peur que, sans cela, notre amitié se perde dans l'eau de l'oubli qui coule de toi à moi, de moi à toi, tout le long de l'Amérique.

7 NOVEMBRE

Anniversaire de mon petit frère.

À vélo, il fait froid, il faut bien se couvrir le cou, les mains, la tête. Je suis passée devant le marché Mont-Royal, à côté du métro, et c'était vide. Plus d'étals de fruits, partis les citrouilles et les chrysanthèmes. En attendant les sapins pour Noël et la tire au printemps, il y a comme une vacance. Il ne se passe rien en novembre, c'est le mois le plus triste. La ville attend. Attend la neige et sa lumière. Attend décembre et les fêtes, qui ont au moins le mérite d'occuper nos esprits.

Je voulais m'acheter une nouvelle tuque, plus chaude : être prête pour l'hiver, pour le vent, pour la neige. Je me suis arrêtée à la boutique de sport rue Saint-Denis. J'ai essayé des bonnets de toutes les couleurs, de toutes les formes. Un vendeur est entré dans le magasin en criant : « Il neige ! » Nous nous sommes tous rués dans la vitrine, clients et vendeurs, pour regarder dehors les premiers flocons. Petits, chétifs, plus près des gouttes de pluie que des flocons, mais bien présents. C'était tout à coup la fête dans le magasin.

Ce n'était pas une bonne journée pour moi, je dois le dire, je dois l'avouer. Mais j'étais heureuse de cette première neige enfin. Alors, contre toute attente, j'ai choisi une tuque rouge capucine qui ne s'harmonisait en rien avec mes habits. Mais c'était la première neige et ça me donnait bon teint.

8 NOVEMBRE

« Au mois d'octobre de cette année,
je suis allée à Paris
et je suis revenue le lendemain,
sans personne avec moi. »
MARGUERITE DURAS, *La Vie matérielle.*

Je range mon passeport pour le prochain voyage. Je ne suis pas une grande voyageuse, je ne suis pas blasée, habituée, j'aime encore regarder les estampes que les douaniers font sur les pages de mon passeport, comme lorsque, petite, je collectionnais les autocollants d'anges et de jeunes filles portant des fleurs. Précieuses estampes, preuves qu'il y a bien eu sortie du pays, entrée chez l'autre. Je retrouve l'estampe bleue de Saint-Martin, je repense avec bonheur au voyage que Philippe et moi avons fait l'hiver dernier. Je tourne les pages, je cherche, je repasse à certains endroits, reviens à d'autres. Je n'ai pas d'estampe d'entrée de la douane française. Les photos que j'ai prises pendant une semaine là-bas ont aussi mystérieusement disparu. Problème électronique. J'en suis à me demander si je suis bien partie, si je suis bien allée à Paris, si ces souvenirs n'ont pas été fabriqués, comme un voyage pas vraiment de rêve, pas vraiment parfait. Un voyage à la fois trop court, trop long. Oui, j'ai bu et j'ai fumé plus que de raison, je me suis levée tard en matinée, mais on dirait que la rencontre avec cette liberté tant attendue n'a pas eu lieu. Ce n'est pas pour rien que je confonds mon Moleskine noir et mon passeport. Voilà, je comprends, je n'y suis pas allée, dans cette ville, avec toi, je suis restée ici, à Montréal, tout ce temps, à rêvasser. Sinon, c'est sûr, j'aurais une estampe dans mon carnet noir.

9 NOVEMBRE

Zéro degré.

En descendant la rue ce matin, je suis aveuglée par le soleil. J'écoute Josephine Baker qui chante *Nuit d'Alger* :

Oh, douce nuit d'Alger
Quand la brise se lève
Et caresse mon rêve
D'un parfum d'oranger
Je voudrais que le jour
Plus jamais ne se lève

Je voudrais que toujours le jour sans cesse se lève comme ce matin avenue Laval. Au square Saint-Louis, les érables argentés perdent leurs dernières feuilles, qui tombent comme de larges flocons. Je cherche du regard les pigeons. Ils ont fui le sol gelé et sont perchés sur les branches nues. Les passants marchent d'un pas pressé, plus personne ne flâne au square. La fontaine est fermée. La ville est coupée de toute eau : apparemment, plus personne n'a chaud, plus personne n'a soif.

10 NOVEMBRE

Dans la ruelle, à vélo, Mathilde roule sur les minces plaques de glace, qui éclatent comme une montre qu'on écrase.

En rentrant de l'épicerie, nous nous sommes arrêtées à la pâtisserie Notre-Dame-du-Rosaire, au coin de Rachel et de Laval, pour acheter des *pastéis de nata*, tartelettes portugaises que nous mangerons pour dessert ce midi. On dit que ce dessert vient de Belém, un quartier de Lisbonne, et que les maîtres pâtissiers locaux prêtent serment de ne jamais révéler la recette. J'aime bien quand sucre et secret se mélangent. As-tu ces petits flans au Brésil ?

* * *

7 NOVEMBRE ~ **ISABELLE**

J'ai du mal à écrire pour toi ces jours-ci, est-ce le soubresaut de notre voyage à Paris ? Nous nous sommes vues et, tout à coup, tu n'es plus dans l'espace de l'imaginaire, il faut que je t'oublie quelque temps pour pouvoir reprendre mon stylo, et recommencer à tout noter. Quand tu es trop présente, je ne parviens pas à t'imaginer, à savoir ce que tu trouverais intéressant dans le déroulement de mes jours. Car c'est bien de cela qu'il s'agit ici : nous vivons nos vies l'une pour l'autre, en quête du moment à raconter dans une journée qui saura ravir l'autre. Pourtant, tu vois, même en disant que je ne le ferai pas, je le fais. Je t'écris pour te dire que je ne veux plus t'écrire.

Je cherche toute la journée le nom de la couleur de la peinture dans l'entrée pour le peintre, qui doit refermer les canalisations changées et repeindre les murs. Je cherche partout, dans mon bureau, dans le salon, je fais tous les tiroirs de la maison. Pendant cette recherche, j'ai oublié jusqu'à l'existence de Violeta. Quand je m'en suis souvenu, j'ai été prise de panique parce que je ne savais plus où elle était ; le peintre s'est vite rendu compte de mon désarroi, il est descendu de son échelle, visiblement troublé aussi, pour m'aider à la chercher : elle jouait sagement avec la nourriture du chat.

En fin de journée, en face de la salle à manger, sur la terrasse de l'immeuble d'en face, il y a une séance de photos de mode ; toute une troupe de gens s'affaire autour d'un mannequin. Mauricio et moi faisons des commentaires sur les vêtements, la vanité du milieu de la publicité.

Dans la cuisine, j'aperçois le plombier qui se sert de sa Havaiana en guise de spatule pour faire les joints de la céramique.

8 NOVEMBRE

Il fait gris et je ne peux pas sortir car il n'y a personne pour superviser le plombier. Violeta a fait une crise de faux croup dans la nuit et nous nous reposons un peu. Ces crises, le son atrophié du vent qui ne passe plus dans les poumons, est un tunnel du temps pour moi, il me ramène toujours directement et très vite à ma propre enfance, à ces nuits passées sous une tente humide à l'hôpital. Violeta a hérité de mes faiblesses pulmonaires, du manque d'air constant. Je suis une fille de la terre et elle du feu, nous ne serons jamais des filles de l'air.

Nous jouons sur mon lit, dans l'eau sur la terrasse. Drôle de journée enfermée dans la maison, enfermée dans le monde de la petite enfance. En parlant de la petite enfance, as-tu remarqué comment ce projet nous ramène à nos enfances ? Pourquoi ? Pourquoi avons-nous envie d'en parler, ou plutôt, comment le travail de l'écriture des jours ordinaires nous mène-t-il, en creux, à penser à notre histoire personnelle, à quand nous étions petites ? J'aime ces bonds que notre mémoire fait, ces allers-retours. Découvririons-nous quelque chose d'enfoui dans l'exercice du souvenir ? L'écriture a-t-elle le pouvoir de déterrer nos oublis ?

9 NOVEMBRE

Il fait meilleur, plus ensoleillé. Miguel est venu tôt ce matin pour nettoyer le jardin. Le plombier aussi est là, comme tous les jours depuis bientôt un mois.

Et la femme de ménage arrive finalement. Je vais porter Violeta chez sa grand-mère tout à l'heure.

Chaque fois qu'il y a autant de monde à la maison, je ne me sens pas envahie, au contraire de ce qu'on pourrait imaginer, mais plutôt, je trouve que ces personnes ont tant de sollicitude envers moi. Cela me réconforte de penser qu'ils s'occupent un peu de moi, même si c'est un travail payé.

Nous sommes allés dîner, Mauricio et moi, dans un restaurant branché de nouvelle cuisine juive. Le restaurant est niché dans une jolie maison, dans un quartier animé. Les murs sont recouverts de plusieurs bandes de papier peint, tous beaux, comme s'il avait été trop difficile pour la décoratrice de choisir un seul modèle. Ensuite, petit plaisir, nous sommes allés voir une comédie sans intérêt à minuit, au Iguatemi. J'aime aller dans cet endroit chic, d'abord parce que c'est beau et parce que les gens qui le fréquentent me surprennent toujours. J'aime surtout observer la jeunesse qui va au cinéma à minuit. Tu devrais voir ça, les filles ont à peine quinze ans, et elles ont un sac Gucci ou Dior, toujours le tout dernier à la mode, mais petit, ce n'est jamais vulgaire, elles sont toujours très belles, sans aucun maquillage, habillées de jeans très serrés, avec des ballerines et un top... Nous passons notre temps à imaginer Violeta plus tard, nous nous demandons comment elle sera à cet âge-là. Nous l'imaginons plutôt sympathique, intellectuelle, exubérante aussi.

10 NOVEMBRE

Quand Violeta n'est pas là, je me retrouve, je suis celle que je suis, celle avec un cerveau. Est-ce pour ça que ces temps-ci j'ai tant de difficulté à écrire ? Parce que je suis constamment en position de mère et non de femme qui écrit ? On dirait que, quand ma fille est présente, ma tête est tout entière à sa disposition, et que je ne parviens pas à penser à autre chose. Ce matin, il vente très fort (temps gris, tristounet) et, du haut du dixième étage, dans ma cage de verre qu'est ma salle à manger, j'ai toujours peur du pire : que les portes-fenêtres explosent sous la pression du vent.

J'ai eu un pincement à la poitrine, pratiquement imperceptible, comme un picotement de montée de lait. Serais-je enfin enceinte ?

Je relis *Incidents*, dans lequel Barthes est à la recherche du romanesque dans les faits de tous les jours. Il part au Maroc, où il note les micro-événements qui se détachent de la toile sans aspérités du quotidien. Il veut penser les incidents comme autant de « minitextes, plis, haïkus, notations, jeux de sens, tout ce qui tombe, comme une feuille ». Il faut que je garde en tête l'image de cette feuille qui tombe : le lent mouvement du papier conjugué à l'interminable chute. Je t'envoie mes notes pour te montrer que je suis déterminée à continuer à écrire. Mais tu vois, je me repose sur mon univers de lectures pour pouvoir m'accoler au tien ; c'est ma charpente, ma structure osseuse, mon corpus, mon corps imaginaire.

* * *

13 NOVEMBRE ~ **STÉPHANIE**

Lever du soleil : six heures cinquante.
Coucher du soleil : seize heures vingt-sept.

Georges se lève vers sept heures trente en demandant si c'est le matin ou la nuit. Il fait noir tout le temps. Hier, lorsque je suis sortie du bureau, c'était déjà la nuit qui tombait. On perd trois minutes d'ensoleillement par jour. Pourtant, l'automne est beau, le soleil est vif, même s'il est froid. Lorsqu'on tourne le visage vers lui et qu'on ferme les yeux, ça devient tout rouge sous nos paupières, c'est tout ce dont on a besoin pour se réchauffer un peu.

Tu m'as beaucoup écrit ces derniers temps. Tu as trouvé le temps de retranscrire tes notes. J'ai lu la poussière sèche de São Paulo, les recommandations de ton jardinier. Je me sens moins abandonnée tout à coup. Ici, le jardin est fermé pour l'hiver.

14 NOVEMBRE

Dans la cour arrière, le frêne blanc porte sur ses branches douze étourneaux sansonnets qui font briller leur plumage irisé. Ils bavardent, gazouillent, gargouillent.

Tout ce qu'on entend, c'est le doux bruissement de leur chant dans l'arbre sans feuilles.

Quand nous nous sommes rencontrées, j'étais étudiante, tu étais professeure. Entre nous, il y avait ce rapport de force, d'admiration. Je me suis souvent entichée de mes professeurs, mais avec toi, le jeu de la séduction était forcément différent d'avec les hommes, il devait se jouer ailleurs.

Je ne comprenais rien à ce cours donné par plusieurs professeurs, *Théories et méthodes critiques*. Après avoir corrigé mon premier examen, tu m'as fait venir dans ton bureau. Je me souviens de cette question de ta part, étonnée : « Avez-vous étudié, mademoiselle ? » J'avais une note épouvantable, moi, une première de classe. J'étais honteuse. Je ne savais pas comment l'avouer : j'étais dans le noir le plus complet, je n'y entendais rien, j'avais l'impression d'être une idiote, moi qui d'ordinaire étais toujours confiante. Je me sentais toute petite dans ton bureau. Tu devais croire que j'étais une demeurée.

J'ai terminé la session avec une note bien moyenne pour ce cours et, dans les commentaires que tu as laissés, il y avait ces mots : « étudiante douée, mais paresseuse ».

15 NOVEMBRE

Quarante-six jours avant la nouvelle année.

Je relis avec plaisir les *Carnets d'une coquette raisonnable* d'Hélène Millerand. À Montréal, on se doit, à l'automne, de se faire une beauté pour se préparer aux durs coups de l'hiver. Voici ce que je vous suggère ce soir :

EN VINGT MINUTES

- Lavez votre visage avec un savon doux.
- Exfoliez doucement.
- Appliquez un masque à l'argile (achetez pour cela de l'argile en poudre que vous mélangerez à un peu d'eau tiède pour former une pâte).
- Pendant que le masque sèche, glissez-vous dans un bain au lait d'avoine (mettez du gruau dans de la mousseline et faites tremper dans le bain, il en sort un lait tout à fait bénéfique pour la peau sèche ou irritée).
- Au sortir du bain, hydratez-vous avec une bonne huile. La peau brille !

EN QUARANTE MINUTES

Si vous avez le temps, vous appliquerez ce masque à l'huile chaude pour les cheveux avant de vous glisser dans le bain.

- Faites fondre un peu de beurre de karité dans de l'huile d'olive tiède.
- Ajoutez trois gouttes d'huile de lavande et incorporez un œuf en fouettant.

- Imprégnez la chevelure et couvrez-la pour la garder au chaud un quart d'heure.
- Rincez et lavez à fond plusieurs fois.

Merveilleux contre le vent de l'hiver.

EN CINQUANTE MINUTES

- Pour une beauté totale, appliquez un joli vernis rubis sur vos ongles de doigts et d'orteils.

Vous êtes maintenant prête à tout!

16 NOVEMBRE

Depuis des jours, Mathilde me répète qu'il va neiger aujourd'hui, vendredi. En se couchant hier, c'est la dernière chose qu'elle m'a dite, comme une promesse ou une menace, je ne sais trop.

Ce matin, j'ai mis ma toque de fourrure achetée aux puces à Saint-Eustache (celle assortie au col de fourrure que j'ai porté à Paris pour le lancement du livre d'Éric). J'ai laissé Mathilde à l'école et, alors que je marche, les gouttes, incertaines, se transforment en flocons.

Elle avait raison, la petite.

17 NOVEMBRE

Souper à l'Étoile avec une tablée de copains pour l'anniversaire de Yuri. À la fin de la soirée, elle est ivre, elle est belle et câline. Elle me parle avec ses yeux soûls que je connais et que j'aime. Le sait-elle ? Son jeune frère, qui habite encore au Japon, est de passage à Montréal. Nous discutons de littérature japonaise et de téléphone cellulaire et, je ne sais pas pourquoi, ça m'excite. Nous sortons dans un bar assez minable. Puis, chacun rentre chez soi.

LUNDI 19 NOVEMBRE

Ce soir, la lune est voilée. Après une soirée passée au Réservoir, je rentre à pied. Le trottoir est lisse, le béton est nu. Il ne reste aucune trace des bordées de feuilles qui crissaient sous nos pas la semaine dernière encore. Le vent a tout balayé. Il fait froid. Octobre est bien passé, l'automne est terminé.

Tout ce vide, ce lisse, appelle quelque chose. Mais quoi ?

20 NOVEMBRE

Au matin, Philippe est descendu avant moi à la cuisine. Du milieu de l'escalier, il s'est exclamé : « De la neige ! » Une neige lourde et collante tombait et recouvrait la rue, les balcons, les trottoirs, les voitures. En une nuit, la ville s'était transformée, les saisons avaient basculé.

Georges et moi avons fait une belle bataille de boules de neige sur le chemin de la garderie.

21 NOVEMBRE

Je crois que Gio a trop regardé la télévision ou joué à l'ordinateur ce week-end, ses yeux ont recommencé à cligner, comme l'an dernier. Tu t'en souviendras, j'étais paniquée, j'envisageais le pire, qu'il souffrait d'un TOC, qu'il avait le syndrome de la Tourette. Je lui avais fait passer une batterie de tests pour me faire dire que c'était un simple tic nerveux, sans doute dû à notre stress des rénovations, à notre passage dans la Grotte.

Aujourd'hui, je ne m'en fais pas trop. Mais tout de même... être à table avec un enfant qui ne cesse de cligner des yeux, c'est déconcertant. À son réveil hier matin, il pleurnichait : ses yeux étaient collés, il ne pouvait les ouvrir, il pleurait, paniqué. Dans ma tête, je revoyais le petit dans le film *Ray*. Le garçonnet qui, progressivement, perd la vue. Dont les yeux, jour après jour, lui coulent dans le visage jusqu'à ce qu'ils deviennent complètement vitreux, jusqu'à ce que le petit Ray Charles devienne aveugle.

Bon, d'accord, je me fais un peu trop de souci. Avec ma forte myopie, j'ai peur de perdre la vue un jour. C'est une obsession, chez moi, être aveugle, ne plus voir la lumière, être pour toujours enfermée à l'intérieur.

J'ai encore plus peur pour mes enfants. Cesse-t-on jamais d'avoir peur pour ses enfants ?

* * *

11 NOVEMBRE ~ **ISABELLE**

Ce matin, il a tant plu qu'une fois de plus j'ai eu l'impression que les fenêtres du salon allaient céder. Nous pensons que notre promenade au zoo est compromise. Mais non, l'orage printanier s'arrête aussi sec, et nous partons le cœur léger afin de voir les animaux à la petite ferme, à une heure d'ici. La ferme est en effet adorable, tout est miniature, pour accueillir les enfants. Nous déjeunons au coin du feu de bois, nous mangeons des haricots noirs avec du riz, des viandes grillées, de la salade. Il fait un temps humide que je déteste. Je porte mes nouvelles ballerines noires en cuir verni que je ne quitte plus et je m'aperçois vite que, vraiment, ce ne sont pas les bonnes chaussures pour se balader à la ferme (mais Mauricio dirait que c'est tout moi, ça, toujours un peu en décalage avec tout le monde, avec le monde en général, et puis aussi mon aversion viscérale pour les chaussures de sport portées en dehors du sport). Une monitrice nous montre le chemin, nous rendons visite aux enclos où nous découvrons les animaux. Violeta aime beaucoup les lapins et les canards, elle donne aussi à manger à un gros bœuf dont elle n'a pas peur. Les agneaux en liberté viennent se coller à elle, elle en tombe parfois par terre. Plus tard, à la fin de la promenade, elle accepte de monter sur un cheval et, tenue par un homme, elle fait deux tours de manège. Comme elle est fière, notre violette, notre fleur des bois sur son cheval ! Ensuite, nous passons embrasser des amis qui habitent tout près de la fermette. Nous pénétrons enfin dans cette pièce dont Léticia m'a souvent parlé et qu'elle a montée à l'étage de sa maison, un lieu consacré au jeu, où les enfants peuvent tout faire, même écrire sur les murs. Ana ne veut qu'une chose, embrasser Violeta, et cette dernière la repousse sans cesse : ma fille veut jouer seule dans sa bulle.

12 NOVEMBRE

Je ne suis pas enceinte.

J'ai passé la journée encore avec le peintre, à essayer encore de trouver la bonne couleur pour repeindre le mur dans l'escalier. Jaune citron, jaune beurre, jaune verdâtre : j'imagine tous les noms possibles pour essayer de désigner cette teinte qui m'échappe. Et une fois que je l'ai trouvée, je dois la traduire en portugais.

J'ai reçu ce matin ta carte postale de Paris. C'est la photo d'une corde à linge où sont accrochés des slips blancs qui tranchent avec la silhouette brumeuse de la tour Eiffel en arrière-plan. Tu m'y écris que tu aurais dû acheter le manteau mauve court que tu as essayé aux puces.

Avons-nous vraiment été à Paris pour quelques jours ensemble ? Je ne m'en souviens déjà plus.

13 NOVEMBRE

Les jasmins du quartier sont en fleur, leur parfum est enivrant. Il y en a à tous les coins de rue. Violeta et moi allons au parc cet après-midi, nous ramassons des fleurs de frangipanier tombées sur le sol. Je lui dis combien tu aimerais ça te promener avec nous aujourd'hui. Elle veut faire un bouquet pour Carmo, elle court partout, elle attire l'attention du sans-abri dans le parc. Nous rencontrons souvent les mêmes mamans avec leurs enfants, ici, toujours des étrangères, très rarement des Brésiliennes. Ce n'est pas tellement dans les mœurs des gens d'ici d'emmener les enfants jouer dans ces endroits si sales et si dangereux, dans ces lieux trop venteux l'hiver, trop ensoleillés l'été.

14 NOVEMBRE

Comme nous partons demain pour Brotas à la campagne, je prépare les bagages, je n'oublie surtout pas toutes les crèmes contre les moustiques et les piqûres de toutes sortes.

15 NOVEMBRE

Aujourd'hui, nous fêtons la proclamation de la république du Brésil. Nous prenons la route pour la maison de campagne, où nous attendent déjà la mère et la tante de Mauricio. En chemin, nous nous arrêtons toujours dans ce restaurant de bord de route que Mauricio adore. On y sert du poulet sous toutes ses formes. Nous mangeons des pépites en brochettes. Dans le magasin du resto, on peut acheter tous les desserts typiques d'ici : les compotes très sucrées de potirons, de figues, de papayes, à manger avec un fromage blanc ferme pour rompre avec le goût trop puissant du sucre. On y trouve aussi la fameuse confiture de lait. Quand nous arrivons à la campagne, deux heures plus tard, c'est la fête pour Violeta, qui retrouve ses habitudes : elle revoit la chouette et le crapaud en terre cuite, et les embrasse. Les lauriers sont en fleur, l'anacardier (cajou) est en fruits, ainsi que le manguier.

Il y a quelque temps, le jardinier de ma belle-mère a trouvé dans le jardin un anaconda bébé. Le secrétaire du département de la Faune et de la Flore de la préfecture, dépêché sur les lieux, lui a dit que c'était sans doute quelqu'un qui l'avait adopté à sa naissance et qui avait trouvé qu'il commençait à être trop gros pour le garder. Cette personne l'aura vraisemblablement jeté dans le jardin de Brotas, parce que ces bêtes vivent plutôt au bord de la rivière, pas en pleine ville. Je frissonne à l'idée de tomber nez à nez avec ce serpent d'un autre monde lors d'une de mes balades d'inspection.

16 NOVEMBRE

Nous jouons avec Violeta sur l'herbe, nous paressons dans les hamacs, nous mangeons tard, nous écoutons les cloches de l'église sonner les heures et les demi-heures, le temps ne passe pas ici, c'est une torture et un délice tout à la fois. Violeta fait *gong* à chaque coup de cloche. Il fait chaud, nous sommes accablés par les mouches à fruits qui nous tournent autour. Violeta ne cesse de répéter *bicho !* en se frappant le visage, ce qui veut dire « bibitte ».

Nous avons un arbre littéraire dans le jardin qui m'est très cher, qui me fait penser à Hélène Cixous (elle en parle dans un livre à propos de sa mère). Il s'agit d'un mimosa immense qui est en fleur ces temps-ci. Son tronc gris se courbe sous le poids des branches très fournies ; je suis fascinée par sa stature à la fois fragile et élastique. Je me perds dans ses branches qui tombent presque jusqu'au sol, mais je me rappelle soudain cette histoire d'anaconda, et je pars en courant vers le ciment chaud du patio.

17 NOVEMBRE

Nous passons la journée chez Mariana, la cousine de Mauricio, avec ses trois enfants, dont le petit dernier a cinq jours de plus que ma fille. Nous mangeons dehors sur la grande table en bois, face à un paysage à couper le souffle : la végétation y est luxuriante. La propriété de Mariana est au bord d'une rivière, et celle-ci apporte parfois des désagréments à son étang : y séjourne ces temps-ci un bébé alligator qui a attaqué l'une de ses chiennes. Nous sommes allés voir la bête, mais nous avons seulement pu apercevoir ses yeux jaunes nous guettant en dehors de l'eau. Étonnement, je n'ai pas peur de cet animal croqueur de jambes et de bras, mais plutôt de la lumière noire qui tombe du boisé derrière l'étang. Tant de choses peuvent se cacher entre les troncs gris des arbres, se tapir sur le sol humide de feuilles et de plantes pour venir plus tard nous attaquer. La maison, entièrement ouverte sur la campagne brésilienne, me semble mettre constamment ses habitants en péril. Évidemment, ce n'est pas du tout le sentiment des propriétaires, qui vivent mieux ici qu'à la ville. Je n'ai jamais eu peur des dangers de la ville, beaucoup plus de ceux de la campagne (et de la banlieue), où le silence étoilé et cotonneux m'inquiète davantage que les cris désespérés qu'on entend parfois dans la nuit urbaine.

* * *

22 NOVEMBRE ~ **STÉPHANIE**

Tempête de grésil. Le bureau est froid et sans chauffage. Les grandes fenêtres sont comme la peau d'un tambour, c'est assourdissant. Tout ce froid essaie de s'accrocher à mon corps.

Ce soir, nous soupons chez Martin et Éric avec François pour fêter le Thanksgiving américain, Éric ayant délaissé son campus pour une semaine. Dans un élan de nostalgie, nous revoyons le court film que Martin avait réalisé pour ton mariage, où nous chantons et mimons des chansons françaises. Nous constatons avec stupeur que nous avons tous beaucoup vieilli.

23 NOVEMBRE

Le petit Conti est ouvert depuis une semaine, il a pris le relais du Continental. Même menu, mêmes serveurs, mêmes éléments de décoration. J'ai proposé aux copines de venir y manger ce soir. J'ai un pincement au cœur en voyant l'avion en acier accroché au mur. Je suis très émue, je pense à toi, comme s'il y avait à la fois quelque chose de nouveau et d'ancien, comme si tu étais là. Le Continental, c'était ton restaurant, je me souviens, parfois tu passais directement de l'aéroport à ton kir qui t'attendait au Conti, où tous les amis se retrouvaient pour ton passage. Je parle d'un autre temps, avant les enfants. Je parle d'un autre Conti aussi. Tu vas encore dire que je suis nostalgique, alors j'arrête.

Le poulet au gingembre était toujours aussi craquant. Les toilettes sentaient encore la peinture à l'huile.

24 NOVEMBRE

Pleine lune.

Je fais mes courses de Noël dès que j'en ai l'occasion car j'ai horreur de la cohue. J'anticipe déjà avec beaucoup de peur le temps des fêtes. Trop de gens à voir, trop de gens qui, pour moi, ne veulent rien dire, que je n'aime même pas. Mon frère, qui était présent l'an dernier et devait revenir s'établir à Montréal, est retourné en Alberta parce que sa copine n'a jamais pu s'acclimater ici. Ma mère partira en Floride chez une amie, pour fuir tout ce cirque. Mon père présentera sa maîtresse à toute la famille. Je me sens seule et abandonnée.

Misère, sortez-moi d'ici, emmenez-moi au bout de la terre ! Si les problèmes financiers de la compagnie de Phil peuvent se régler, nous partirons, nous aussi.

25 NOVEMBRE

Cette semaine, peut-être mardi ou mercredi, Philippe a rapporté à la maison un beau panettone, brioche fourrée aux raisins et aux oranges confites, dans sa chic boîte rose munie d'une poignée faite de ruban. Le premier panettone de la saison ! Voilà qui annonce Noël plus que toutes les guirlandes de lumières du square Saint-Louis. Nous en coupons de grosses parts pour les enfants, nous les tartinons de beurre doux et nous les mangeons en décollant tranquillement le papier d'emballage qui a cuit avec le gâteau. Georges, comme d'habitude, a mangé seulement le beurre et les raisins.

26 NOVEMBRE

J'ai fait un grand ménage de mon bureau hier. J'ai retrouvé, notée sur un bout de papier, une entrée du mois de septembre. Je sais que c'était peu de temps après l'anniversaire de François. Je te recopie ici mon entrée telle quelle.

Peut-être est-ce parce que j'ai vu ce film
Amour impossible
Image léchée de bonheur
Robe bleu paon
D'une mystérieuse putain japonaise
Cette nuit j'ai rêvé
De cet amour, impossible,
Le premier, cet homme
Que j'ai tant aimé il y a longtemps déjà
J'allais le rejoindre
Nous étions au-dessus du monde
Au-dessus de tout
Nous les regardions passer
Les gens en contrebas
Je me suis glissée sous la couverture
À ses côtés
Je te parle de mon rêve bien sûr
Un immense sentiment de

Plénitude
Saturait l'espace autour de nos deux corps
C'était si rond, si plein, si complet
Je crois que j'étais enceinte
De lui, oui, je portais son enfant
Ou alors c'était une autre femme
Qui passait sans savoir
Tous les deux nous étions vêtus
De bleu ciel sans nuage autour.

Je me suis éveillée quand le vent est entré
Par la fenêtre entrouverte
J'ai cru qu'une main froide
Se posait entre mes reins
Un doigt de vent dans mon dos
Je me suis éveillée et j'ai pensé
Se souvenir de ce rêve
Ce rêve de plénitude
Auprès de cet homme que j'ai tant aimé.
Et maintenant voilà,
J'ai déjà
Oublié.

* * *

19 NOVEMBRE ~ **ISABELLE**

Nous rentrons à São Paulo, même si le long week-end se poursuit.

J'ai rêvé cette nuit que Violeta essayait de me dire quelque chose : elle a ouvert la bouche très grand et, tout à coup, un immense parchemin s'est mis à sortir de sa gorge, comme un long manuscrit qui se déroulait vers le ciel. Elle avait la tête renversée vers l'arrière, elle était comme possédée par ce ruban de papier. Je me suis mise à lire le texte qui y était écrit. C'était une longue missive de mon père déjà mort et qui tentait de communiquer avec moi depuis l'au-delà. Au réveil, à la fois enchantée et apeurée par ce songe étrange, j'étais désolée de ne pas me souvenir des paroles de mon père. Mais je me rappelle que le texte était optimiste, gai ; c'était un texte heureux, pas triste du tout.

20 NOVEMBRE

Journée nationale de la conscience noire.

Comme pour oublier que nous avons mauvaise conscience sur le sort des Noirs au Brésil, nous célébrons... dans l'oubli. Nous nous sommes réveillés tard, dans une ville tranquille et silencieuse. Nous avons déposé Violeta chez sa grand-mère, puis Mauricio et moi sommes sortis manger au restaurant. Mauricio voulait à tout prix aller dans un restaurant d'hôtel où il allait quand il était jeune. C'était drôle, il n'y avait que nous deux dans cette immense salle à manger en bois des années 1950, avec un pianiste qui jouait les standards de big band. Nous avons mangé un *bollito-misto*, toutes sortes de viandes et de légumes (genre pot-au-feu version italienne), au son d'un faux crooner qui chantait *Fly Me to the Moon* avec un accent latin.

21 NOVEMBRE

Ce matin, Mauricio part pour la ville de Goiânia, dans l'État de Goiás (centre-ouest du pays) pour donner une conférence sur l'état de l'industrie musicale au Brésil. Je vais passer la journée avec Violeta chez ma belle-mère, et je dors là aussi, par paresse de rentrer à la maison. Bon, je ne dis pas la vérité : par peur de la solitude plutôt (une solitude que je ressens durement, surtout quand je suis seule avec ma fille), parce que le jeudi, la femme de ménage ne vient pas.

Ressentais-tu ces moments angoissants quand tu étais seule avec tes jeunes enfants ?

24 NOVEMBRE

Mauricio est revenu de voyage. Nous avons un samedi chargé. Nous déjeunons au restaurant, puis nous allons prendre un café à la Feira Moderna pour y rencontrer une amie, Heloïsa, et sa fille Ana. Elle arrive accompagnée d'une amie et de sa fille. Les enfants jouent à pêcher de faux poissons dans l'étang du café. Violeta en ressort trempée.

25 NOVEMBRE

Nous allons voir deux films : *El Passado* d'Hector Babenco et *The Darjeeling Limited* de Wes Anderson.

J'aime la beauté fanée du film de Babenco et je rêve devant la décoration du train dans le second. La relation des trois frères dans ce dernier film me rappelle un peu ce qui se passe avec mes sœurs. Elles ne se parlent toujours pas depuis l'incident de cet été.

26 NOVEMBRE

Ce soir, nous dînons dans l'un des plus grands restaurants de São Paulo. Je devais profiter de l'absence de Violeta pour aller entendre la veuve de Borges lire des passages de l'œuvre de son défunt mari qui vient d'être rééditée au Brésil. Mais par peur de ne pas tout comprendre (la lecture allait être faite en espagnol), mais aussi par crainte d'avoir à affronter les embouteillages, je reste à la maison pour sortir dîner tard. Nous sommes émerveillés par le restaurant dans l'hôtel-boutique Fasano. Nous mangeons un plat de pâtes très simple, mais somptueux, composé de noix et de roquette. Pour le dessert, nous commandons un sorbet de figue fait sur place au moment où il est commandé, qui s'avère un pur délice. Et alors que nous prenons le dessert, qui arrive pour se mettre à table tout à côté de nous, vers minuit ? La veuve de Borges.

CONTENU DE MON SAC À MAIN NOIR

- Trois petits albums photos envoyés par ma mère
- Mon portefeuille
- Le guide des sorties culturelles à São Paulo pour la semaine du 16 au 22 novembre 2007
- Mes trois bracelets achetés avec toi aux puces de Clignancourt
- Mon téléphone cellulaire
- Un carton d'invitation pour un bazar
- Une paille emballée
- Une cuillère de V. en plastique rouge
- Mes clés
- Plusieurs listes d'épicerie
- Un compte d'électricité
- Une poupée minuscule (d'un demi-pouce de longueur).

* * *

27 NOVEMBRE ~ **STÉPHANIE**

Tout d'abord, je ne les ai pas vus, mais sentis : les sapins de Noël sont arrivés au square Saint-Louis.

J'arrive du travail : des hommes sont en train de monter un échafaudage devant la maison. Les réparations du toit vont (enfin) commencer. Adieu, Noël au soleil, toutes nos économies vont y passer.

J'ai rêvé que j'étais aux puces à Paris et que je cherchais des bracelets de bakélite pour toi. Il y en avait plusieurs, mais je n'étais pas satisfaite. Ce n'était pas les puces comme à Saint-Ouen, je ne connaissais pas cet endroit, c'était gazonné. Cela ressemblait davantage au paysage de la vente de garage du lac Brome où je suis allée cet été.

Sur de grandes tables étaient alignés des objets, bibelots, bijoux, breloques. Je m'étonnais que ces babioles n'aient pour moi aucune signification, ne soient rattachées à aucun souvenir nostalgique. J'étais détachée de ces objets, ils n'évoquaient rien de mon enfance, de mon passé, et j'en étais soulagée, je me disais : « C'est parce que je suis dans un autre pays, voilà. » J'étais soulagée.

Je suis entrée dans un bazar où s'amoncelaient, pêle-mêle, des objets d'écriture (plumes, encriers, pointes) d'une autre époque. J'y ai déniché, alignée avec d'autres dans un porte-plume, une plume noire surdimensionnée (disons, dont le diamètre est le double ou le triple d'un gros Mont-Blanc et dont la longueur serait d'une trentaine de centimètres) portant l'inscription *Corektor*. La plume datait pas mal, car il apparaissait clairement qu'elle avait appartenu aux nazis. J'ai pensé la prendre pour l'offrir en cadeau à un ami correcteur, puis je me suis ravisée.

Ensuite, j'ai poursuivi ma visite, fouillé dans des comptoirs de vêtements et de meubles usagés, mais je n'ai rien acheté. Je ne suis pas repartie par où j'étais venue, je suis allée vers l'autre côté, c'était toujours gazonné.

28 NOVEMBRE

En allant chercher Gio à la garderie ce soir, j'ai suivi un homme, un aveugle. Il marchait si vite, je peinais à le suivre, mais j'étais entraînée à sa suite, comme les coureurs de vélo qui suivent le meneur. Il m'emportait dans son sillage. Il sentait le tabac frais et le parfum. Il n'était pas particulièrement beau, ça non, mais de dos, il semblait large d'épaules. Il marchait vite en s'arrêtant brièvement à chaque coin de rue pour regarder, avec une lorgnette qu'il tenait dans sa main gauche, la couleur de la lumière ou l'arrivée d'une voiture. Il était seize heures trente, il faisait déjà nuit; l'homme portait des lunettes fumées, petites, carrées. Son pas était pressé, sa canne blanche ratissait le sol à toute allure : je voyais bien l'incrédulité des passants qu'il croisait. Était-il vraiment aveugle ?

J'ai songé à toi qui as mangé aux côtés de la veuve de Borges cette semaine.

Je me suis dit que, s'il n'avait pas été aveugle, j'aurais eu peur de cet homme, aux larges épaules, au pas trop rapide pour être honnête, aux vêtements pauvres et solides. Peut-être ai-je toujours été comme ça, attirée, aspirée par les hommes qui me font peur.

Au coin de Christophe-Colomb et de Marie-Anne, la lumière est passée au rouge. Pas de voiture. J'ai traversé la rue tout de même, laissant derrière moi l'homme aveugle, pressée de le dépasser, comme un gage ou une preuve que je n'avais pas peur.

29 NOVEMBRE

Parfois, je crois entendre le chat. J'entends le son sourd et distinct qu'il faisait en atterrissant sur le plancher de bois, lorsqu'il sautait lourdement en bas du sofa.

Son étrange miaulement aussi, comme un grincement de porte, je crois l'entendre, mon esprit le recrée. Je ne peux pas dire qu'il me manque, non, mais je ressens son absence chaque fois que je crois l'entendre ou le voir dehors, sur le balcon où il aimait passer les nuits d'été au frais.

Je te parle de l'absence d'un chat. Je n'ose pas penser à autre chose. Quelqu'un avait déjà eu cette phrase terrible, en s'adressant à Philippe, dont le père est mort alors qu'il était encore jeune : « Vous savez ce que c'est, un homme qui meurt dans une maison. »

Moi, je ne sais pas ce que c'est, je ne veux pas le savoir : une maison sans homme. Je n'ai pas cette force, comme la mère de Philippe, qui a élevé six enfants seule après la mort de son mari. Je périrais de ce vide, de cette absence, je tuerais mes enfants avec ma douleur, ou alors je comblerais ce grand vide avec des hommes, des hommes durs ou des hommes mous, juste pour entendre leurs pas, leurs pas d'homme dans une maison.

30 NOVEMBRE

Georges me demande toujours la même histoire depuis une semaine, que je lui lis à répétition : *L'Histoire du petit Mouck* de Céline. Je trouve que c'est un drôle de hasard, avec ta fille qui adore le livre d'un tout autre auteur : *Mouk s'ennuie un peu*. C'est une réédition étrange, avec un gros « inédit » en majuscules sur la couverture, que j'ai dénichée dans une boutique d'usagés. En page six, il y a une reproduction de la couverture originale en papier beige délavé, avec un coin déchiré.

Je me dois de changer quelques passages, car des phrases comme « Le matin un esclave nègre les réveillait au son de sa trompette » ne sont plus tellement de saison. Le récit se termine en queue de poisson. On jurerait que, du seul exemplaire qu'ils ont retrouvé, il manquait les dernières pages. L'histoire fait un peu peur : une méchante sorcière transforme les enfants en oiseaux, qu'elle enferme dans une grande volière. Mouck délivre les petits enfants, puis il part en voyage sur la mer, où il fait la rencontre de jolies sirènes qui l'invitent dans une grotte.

Ces histoires de cage et de grotte nous plaisent beaucoup, assurément.

* * *

4 DÉCEMBRE ~ **ISABELLE**

Je suis allée chez le médecin aujourd'hui pour mes examens annuels. Je lui ai redit mon désir de tomber enceinte. Il a évalué mon âge et m'a dit que je devrais retourner le voir dans six mois si je ne tombe pas enceinte d'ici là. La sentence est déjà tombée.

10 DÉCEMBRE

Je prends un café avec mon professeur de portugais, Newton (quel prénom ! les Brésiliens ont un rapport très étrange avec les noms), que j'aime beaucoup et qui me fait penser à Éric.

What's in a name? Mauricio a une théorie tout à fait intéressante. Il pense que, dans un pays où le sentiment de liberté politique ou financière a longtemps été inexistant (pendant la dictature militaire, les comptes en banque ont très souvent été tout simplement gelés pour de longues périodes de temps, empêchant quiconque d'accéder à ce qu'il possédait), certaines personnes se sont rabattues sur le seul endroit où vraiment ils pouvaient faire preuve d'un choix décisionnel illimité : les prénoms de leurs enfants. C'est pourquoi il y a toute une génération qui porte des noms tels que Odilon, Robson. Aujourd'hui, ce sont les plus démunis qui se sont emparés de ce « droit ». Et puis, pour ce qui est de tous ces noms qui commencent avec la lettre W (je connais un Wilton, un Windsor, un William et un Wagner), il faut dire que cette lettre n'existe pas en portugais. Elle est donc considérée comme unique, exotique même.

11 DÉCEMBRE

Quand je vais chercher Violeta dans un taxi qui file à toute allure dans la voie des autobus, subitement, aveuglée par la lumière blanche d'été qui se reflète sur les carrosseries des voitures qui nous entourent, je pense au passage dans *Le Bleu du ciel* de Bataille où Dorothéa va rejoindre le narrateur en avion. Je n'ai pas lu ce roman depuis près de dix ans. Pourquoi est-ce cette scène-là, et pas une autre, qui me revient en tête aujourd'hui ?

Peut-être est-ce parce que les lignes qui me semblent les plus propices à nous donner la clé du roman – mais une clé qui ne serait que ça, seulement l'objet en tant que tel, une clé qui n'ouvrirait aucune porte – se trouvent à la fin du passage :

> *J'avais ri et ce n'était plus seulement l'enfant triste aux coups de porte-plume, qui allait dans cette nuit, le long des murs : j'avais ri* de la même façon *quand j'étais petit et que j'étais certain qu'un jour,* moi, *parce qu'une insolence heureuse me portait,*

je devrais tout renverser, de toute nécessité tout renverser.

* * *

1er DÉCEMBRE ~ **STÉPHANIE**

Nous ne savions pas si nous étions toujours invités chez les Serbes. Quelques heures avant le début de la fête, nous avions rappelé pour demander si notre fils était toujours invité à la soirée d'anniversaire en l'honneur du plus jeune des trois fils. Ce dernier avait un an. Les parents organisaient une petite soirée avec leurs amis et leurs enfants, tous des garçons, tous des fils.

Dans l'entrée, nous avons louvoyé, hésité. La mère a insisté. Nous avons répondu : « D'accord, nous entrons pour cinq minutes. » Nous sommes restés quatre heures.

Les invités arrivaient en groupes, je n'arrivais pas à retenir leurs prénoms : Milena, Slavitsa, Dragan, Pedrag. Sur la table de cuisine qui emplissait à elle seule la salle à manger du minuscule appartement, des bouchées variées s'empilaient.

Le père, le Serbe, m'a tendu des bières toute la soirée, des bières qu'il avait mises sur le balcon pour les tenir au frais. Il faisait moins quinze degrés dehors, alors au cours de la soirée, immanquablement, les bières ont gelé. Vingt minutes avant notre départ, la porte en métal du balcon était elle-même si frigorifiée qu'elle ne s'ouvrait plus.

Je m'étais donné une mission : me rendre à la salle de bains et fouiller dans l'armoire pour découvrir le parfum du père et mettre un nom sur l'odeur qui m'avait tant bouleversée l'été dernier lors de notre première rencontre. L'espace était restreint dans la salle de bains, pas plus de deux mètres carrés de tuiles usées. La serrure de la porte en bois blanche était brisée, elle ne se fermait plus correctement. Je ne l'avais pas remarqué. Quelqu'un a tenté d'entrer alors que j'étais à mon affaire. D'un coup de pied, j'ai bloqué la porte qui s'entrouvrait. J'allais devoir être prudente. En entrebâillant la porte de la pharmacie, j'ai jeté un coup d'œil. J'avais peur de me faire surprendre encore et mon corps était dans une torsion peu confortable, un pied poussant le bas de la porte et les bras tournés dans la direction contraire, vers l'armoire à secrets. Ce que j'ai vu en ouvrant la porte, je ne le croyais pas. Une bouteille de parfum Pierre Cardin *Pour Monsieur*, sa forme reconnaissable entre mille : c'est le seul parfum que mon grand-père ait jamais porté. J'ai voulu prendre le flacon pour le porter à mon nez, retrouver tout à la fois l'odeur de mon grand-père mort depuis plus de dix ans et l'odeur de cet homme étranger qui me fascine tant. Il y avait d'autres bouteilles, flacons, tubes tout autour, je craignais que tout dégringole. On a frappé à la porte encore une fois. « J'ai presque terminé. »

J'ai tiré la chasse d'eau et je suis sortie, comme ça, sans satisfaire mon désir, mais avec tout de même un air coupable dans les yeux.

2 DÉCEMBRE

Taxi vers la maison. Le chauffeur nous annonce qu'on prévoit pour demain une tempête. Vingt-cinq centimètres de neige avec poudrerie. Mathilde me demande si son école sera fermée. Je lui rétorque que les écoles sont rarement fermées, et qu'avant Noël il n'y a pas de tempête de neige au Québec. Tout cela n'est qu'une rumeur.

Le chauffeur ne cesse de parler de sa voix éraillée. De tout, de rien, de Gilles Vigneault qu'on entend chanter *Mon pays* à la radio. Il raconte des anecdotes sur Vigneault, je ne peux savoir si c'est vrai ou faux. Le chauffeur ajoute que sa famille a déjà habité avenue Laval, que lui-même passait les journaux dans le coin, plus jeune. Lorsqu'il gare son taxi devant la maison, il s'écrie : « C'est ici, ici que mon oncle habitait ! » Je trouve qu'il exagère, il va bientôt s'empêtrer dans ses mensonges. J'aide les enfants, assis sur la banquette arrière, à sortir de la voiture. Philippe paie. « C'est une ancienne maison de chambres », ajoute le chauffeur.

Je sais qu'il dit la vérité. Une amie nous a aussi affirmé que son père avait habité dans notre maison, temporairement, alors que c'était une maison de chambres. J'ai parfois l'impression que la ville est passée dans notre maison. Quand on dit « maison de chambres », j'entends toujours « maison de passe ».

3 DÉCEMBRE

Bon, d'accord, ce n'était pas une rumeur. Il y a effectivement une tempête. Je reste à la maison avec les enfants, les écoles sont fermées. Ils invitent des copines, Mia et Marilou. Nous sortons jouer dehors. La neige est légère. Nous déneigeons notre balcon et celui des voisins américains. Tout le voisinage est dehors, à pelleter, à jaser comme aux premiers jours du printemps.

Je pense au Serbe toute la journée, il faut que j'écrive une nouvelle à son sujet, pour ventiler un peu.

Il fait déjà nuit dans la maison. Par la fenêtre entre du dehors une lumière bleue. C'est la neige qui recouvre tout.

4 DÉCEMBRE

J'avais acheté pour ce soir des billets pour le *Magnificat* de Bach à l'église Saint-Jean-Baptiste. Cela devait être une soirée de repos avec Philippe et, pourquoi pas, de recueillement avant la folie des fêtes. Les billets ne sont jamais arrivés par la poste, j'ai appelé, pris un arrangement, mais ce soir, à la porte de l'église, l'arrangement ne tient plus, ils n'ont pas mon laissez-passer. Je me fâche, je me cabre, refuse les solutions, retourne à la maison en furie, reviens avec des reçus... Finalement, nous nous asseyons dans les derniers bancs de l'église et j'enrage pendant une heure.

L'église est superbe, avec ses ocres, ses lacis de turquoise et de dorure. Les globes des lustres illuminent l'espace. L'instant devrait être magique, mais je ne peux me laisser aller. J'ai ça en moi, cette maladie de femme, de rage, de pleurs, qui ne peut lâcher prise ; je n'arrive pas à apprécier les chœurs et les violons, je ne fais que remâcher ma colère. J'essaie de fixer les lustres pour brûler mes yeux de lumière. Évidemment, ça ne fonctionne pas.

5 DÉCEMBRE

En traîneau avec Gio vers la garderie, je dois faire un peu de portage car les chemins de pieds tracés dans la neige sont trop étroits par endroits et, par le fait même, ils sont impraticables. Nous croisons un homme, un père, sans doute, qui porte aussi à la main son traîneau, mais sans enfant. Il me sourit, complice. Me revient alors en tête l'observation de Marie Darrieussecq sur ces hommes « dont l'œil est exercé au désir sur les mères ».

6 DÉCEMBRE

Rêve. J'entre au Delmo et le resto est complètement transformé. Partis les grands miroirs, les moulures, le lustre baroque, mais surtout la belle couleur des murs : vieux rose, couleur maison close. Tout a été repeint en gris et en beige. En fait, je n'avais que ce nom de couleur en tête : mastic.

Voilà, la maison close s'était transformée en bunker. Richard (le frère jumeau de Maurice) s'occupe de l'endroit. Il m'affirme qu'il a décidé d'essayer une nouvelle décoration. Je suis très surprise, mais surtout déçue de la tournure des choses.

On m'envoie préparer à la cuisine une soupe thaïe avec du porc et des mangues. Je me demande pourquoi je dois cuisiner, mais je m'exécute.

J'arrive à la table en portant les plats. Une tablée d'amis des Holder est assise. On me dit qu'on ne veut pas de ma soupe. Des plats sont déjà devant eux. Je me plains : « Et moi, que vais-je manger ? » Des filles très jolies sont là, insolentes. Elles me disent : « On t'a commandé un plat. » Je regarde devant moi : c'est un tartare de bœuf. Je suis dégoûtée.

* * *

12 DÉCEMBRE ~ **ISABELLE**

Première invitation de Violeta à un anniversaire. Je suis anxieuse, c'est un premier anniversaire pour elle et pour moi, j'entre enfin dans le monde si secret (parce qu'inconnu de moi jusqu'à présent) des parents des amis de Violeta. Sur place, je fais la connaissance d'une très belle Suisse, tout habillée de beige, et de son fils, qui est aussi tout en beige, à qui elle parle en italien.

Nous faisons des objets en glaise tous ensemble. Je me sens un peu à part parce qu'il n'y a que des Françaises très jeunes. Je suis la Québécoise qui détonne (littéralement, je suis la seule en noir), comme toujours.

13 DÉCEMBRE

Nous préparons Pacha pour son départ à la ferme. Violeta se couche dans son panier plein de poils que j'ai mis dans l'entrée pour ne pas l'oublier. Je prends une photo ; elle est si belle dans cette lumière jaune de l'après-midi, elle me regarde, elle ne fuit pas l'objectif pour une fois.

14 DÉCEMBRE

C'est le jour du grand départ. Nous sommes très heureux, un peu nerveux, comme toujours, mais surtout excités de partir voir les amis et la famille. On dirait que les vicissitudes de cet été sont déjà oubliées. J'ai la mémoire si courte, heureusement, ou le refoulement facile, c'est tout aussi bien. Dans l'après-midi avant le départ, j'ai un rendez-vous à l'école de Violeta pour connaître l'endroit et me procurer la liste des choses à apporter à la rentrée des classes, qui a lieu au début février ici. Je ne m'y fais toujours pas : Noël est une fête estivale, du plein été, une fête au milieu des grandes vacances.

Le soir, nous partons vers l'aéroport dans un embouteillage monstre : c'est le dernier vendredi avant Noël et, dans une ville où il y a six millions de voitures, ça représente bien du monde sur la route. Violeta s'endort dans mes bras et, pendant ce temps-là, arrêtés depuis un certain temps à l'entrée du périphérique, nous sommes témoins d'une agression : un type défonce la fenêtre côté passager de la voiture voisine pour voler le sac à main de la jeune fille, qui est au téléphone. Elle se met à crier dans son portable et le type s'enfuit. Je serre Violeta dans mes bras en pensant qu'il aurait pu choisir notre voiture. De cette violence je ne parle à personne, j'ai si peur qu'on me trouve folle de vivre ici quand je pourrais tout aussi bien habiter à Montréal. Vivement le monde civilisé et feutré des tempêtes de neige.

* * *

8 DÉCEMBRE ~ **STÉPHANIE**

Immaculée Conception.

En soirée. Nous sortons vers dix-neuf heures trente pour acheter notre sapin de Noël au square Saint-Louis. Nous prenons le traîneau pour rapporter l'arbre à la maison. La soirée est belle. Notre sortie concorde avec le grand ballet des camions dehors : on déneige la rue du côté ouest. Il est tombé beaucoup de neige lors de la tempête du trois décembre.

C'est mon garçon, c'est son regard qui m'a fait comprendre la fascination que les poids lourds peuvent exercer. Il semble sous hypnose devant ces immenses véhicules, et cela, depuis qu'il est tout petit. Il m'a appris à voir la splendeur des camions.

Des chasse-neige, des tracteurs, des souffleuses sont alignés. D'immenses camions avec de longues bennes se succèdent avenue Laval, du square Saint-Louis à la rue Roy. Les déneigeuses de trottoirs roulent à folle allure. Chacun fait son travail dans une belle chorégraphie alimentée au diesel. Il y a des phares clignotants, des klaxons, des sirènes retentissantes, tout un ensemble de sons et de lumières étourdissant. C'est la fête dans la rue.

J'ai toujours peur que la souffleuse, avec ses lames qui tournent, avale et broie un de mes enfants. Mais ça, c'est moi et ma phobie que mes enfants meurent dans des circonstances à la fois spectaculaires et morbides, et que je doive assister à leur mort, impuissante. La peur de la mort m'est venue subitement avec la naissance de mes enfants.

Nous choisissons un sapin, ni trop grand ni trop petit, mais à tous coups trop cher, et nous le chargeons sur le traîneau pour rentrer à la maison. Des feux d'artifice éclatent au-dessus du parc Lafontaine. Nous en attrapons quelques-uns en regardant par-dessus l'immeuble du Café Cherrier.

9 DÉCEMBRE

Dans le salon au matin, les branches du sapin, hier encore gelées et ficelées, sont retombées. Ça sent le sapin dans la maison. Nous allons le décorer aujourd'hui. J'aime ce moment des fêtes où tout est encore en suspens. La maison prend un air festif, Philippe installe les lumières dans le sapin, je fais des biscuits. J'ai encore espoir que nous recevions l'argent que la compagnie doit à Philippe et que nous achetions des billets de dernière minute pour le Sud, n'importe où, mais loin d'ici.

10 DÉCEMBRE

Je vais acheter un poulet chez Fernando, au coin des rues Roy et De Bullion. À l'intérieur, ça sent l'abattoir, comme à la ferme de volailles de mon grand-père à Saint-Canut. Quand j'étais jeune et que je devais y entrer, je me bouchais le nez et avançais à pas lents, en grimaçant. Les hommes qui y travaillaient en longues chiennes blanches tachées de sang riaient de moi et m'appelaient « la petite fille de la ville ».

Cette fois, j'essaie de ne pas faire de manière en entrant, mais l'odeur de sang et de mort me prend à la gorge. J'ai pris deux poulets de Cornouailles et j'ai demandé les cœurs pour ma fille.

12 DÉCEMBRE

Au réveil, Phil m'a affirmé que j'avais parlé une langue étrangère dans mon sommeil. J'avais les yeux à demi ouverts, je riais et parlais de façon incompréhensible. Phil a ajouté : « On aurait dit du serbe. »

Nous avons ensuite discuté de l'idée de brancher notre cerveau sur un savoir infini, d'aller puiser à une source intarissable de science et de sagesse. Idée borgésienne d'un lieu qui contiendrait toutes les connaissances du monde. Nous avons fait l'amour, j'ai sauté dans la douche.

Lorsque je suis ressortie, ma fille s'examinait dans le miroir : elle avait une première dent qui bougeait.

15 DÉCEMBRE

Tu es arrivée à Montréal avec mari et fille. Tu es claquée. J'étais heureuse d'entendre ta voix au téléphone, je sais que nous ne nous verrons que très peu pendant ton bref passage mais, étrangement, te savoir dans la même ville que moi apaise mon ennui sans que j'aie à te voir tous les jours. Je pense que c'est juste d'avoir la possibilité d'être près de toi qui me comble.

On prévoit une autre tempête pour demain : tu arrives juste à temps.

16 DÉCEMBRE

La tempête tant annoncée a commencé ce matin. Nous sommes tout de même sortis pour aller au cours de natation des enfants, comme tous les dimanches.

Luka, le petit Serbe, a dormi à la maison. Lorsque son père est venu le chercher ce matin, il nous a offert de nous amener jusqu'au centre Immaculée-Conception. Nous étions trop de passagers dans la Volvo, les enfants n'étaient même pas attachés et la voiture n'avait pas de pneus d'hiver. Autant dire que notre équipée était bien hasardeuse. À la radio jouait une reprise de *Knocking on Heaven's Door* par Wyclef Jean. Je ne me sens jamais en sécurité avec le Serbe, je pense que c'est ce qui allume tant mon imagination.

J'attends ton appel toute la journée, mais nous n'arrivons pas à nous joindre avant quinze heures. Tu avais dit que vous viendriez peut-être en luge nous faire un coucou, mais je sais que c'est peu probable. Nous nous verrons, je le sais, mercredi prochain.

17 DÉCEMBRE

Au lever, j'ai appelé la Commission scolaire de Montréal et c'est officiel : les écoles sont fermées. Je n'ai jamais vu cela, fermer deux fois les écoles avant Noël. Tout le monde s'extasie devant la quantité phénoménale de neige qui nous tombe sur la tête cette année. Philippe et moi, nous nous réjouissons de ne plus avoir de voiture, nous n'avons pas à pelleter pour la sortir du banc de neige.

Je pars tôt pour le bureau, Philippe reste à la maison avec les enfants, il ira travailler cet après-midi. Vers sept heures dix, je sors, il fait beau, tout est couvert d'un blanc-bleu, la tempête est terminée, la neige ne tombe plus. Devant l'ITHQ, en regardant Saint-Denis vers le sud, le ciel est bleu zébré de rose. Seul pointe le grand clocher de l'ancienne église Saint-Jacques, maintenant intégrée à l'UQAM. J'écoute *Stuck in the Middle With You* de Stealers Wheel.

J'ai fait comme cadeau pour mon père et ma belle-mère (j'aime utiliser ce mot, ça me fait penser à Cendrillon) deux CD pour écouter dans leur voiture, puisqu'ils font deux heures de bagnole tous les jours. J'écoute les chansons dans la nostalgie du temps, pas si lointain, où nous avions les moyens de rouler en voiture.

En voici le contenu.

Get in the Car – A SIDE

Alone Again, Naturally - Gilbert O'Sullivan
Sh-boom - The Chords
Rocky Racoon - The Beatles
Stuck in the Middle With You - Stealers Wheel
The Gambler - Kenny Rodgers
Always on my Mind - Willie Nelson
Can't Help Falling in Love - Elvis Presley

Papa Was a Rolling Stone - The Temptations
Let's Stay Together - Al Green
People Are Strange - The Doors
Wish You Were Here - Pink Floyd
Personal Jesus - Johnny Cash
Drive my Car - The Beatles
American Pie - Don McLean
The Future - Leonard Cohen
Mercedes Benz - Janis Joplin

Get in the Car – B SIDE

Fast Car - Tracy Chapman
Silly Love Songs - Paul McCartney and Wings
Che Cosse l'Amor - Vinicio Capossela
Black Bird - Sarah McLachlan
You're Beautiful - James Blunt
Say Say Say - M. Jackson et P. McCartney
Miss Sarajevo - U2
Fortunate Fool - Jack Johnson
Come Away With Me - Norah Jones
Oh Very Young - Cat Stevens
Ford Mustang - S. Gainsbourg et B. Bardot
Águas de Março - T. Jobim et E. Regina
Chet Baker - Vanessa Paradis
Dolorès - Robert Charlebois
Et j'ai couché dans mon char - Richard Desjardins

18 DÉCEMBRE

« Mes cauchemars anciens reviennent. Cette nuit, j'ai senti quelqu'un accroupi sur moi, et qui, sa bouche sur la mienne, buvait ma vie entre mes lèvres. Oui, il la puisait dans ma gorge [...] ».
MAUPASSANT, *Le Horla*.

Je ne vais pas bien.

Aujourd'hui, j'ai fait les courses pour le souper de demain avec toi, avec vous. Martin se joindra à nous, nous mangerons de l'osso buco. Mais je ne vais pas bien du tout. J'ai toujours cette angoisse qui me prend à la gorge et m'étrangle. Yuri l'appelait son « Horla ». Mon acupuncteur affirme qu'en médecine chinoise il s'agit du symptôme du noyau de prune. Je ne vais pas bien du tout, j'ai parfois le goût de me trancher la gorge pour sortir ce noyau qui m'entrave, cette boule qui m'étouffe et me serre comme un collier trop court.

J'ai fait les courses ce matin, et ensuite je suis allée faire un essai à un cours de yoga pour tenter de me détendre. La chaleur y était si forte que j'étouffais, le Horla était étendu de tout son long sur mon corps apeuré.

Je te parle au téléphone. Nous nous verrons demain, seules d'abord, puis en famille, avec les maris et les enfants. Je te confie qu'il faut que je te parle, je le dis peut-être un peu sérieusement. Tu m'affirmes que si c'est à propos de notre relation, tu ne pourras pas l'entendre, tu n'auras pas la force. Je ne saisis pas où tu vas chercher cette idée. Je voulais te parler de tout autre chose.

Maintenant, je m'inquiète pour nous deux. Mon noyau a fleuri, j'ai tout un prunier en fruits au creux de ma gorge nouée.

* * *

15 DÉCEMBRE ~ **ISABELLE**

Nous arrivons en effet dans une tempête de neige et tu nous suggères déjà de nous déplacer en luge. Je ne sais trop que penser car je n'ai jamais été dans la neige avec un enfant de l'âge de Violeta. Elle n'aime pas ça, de toute évidence, se promener dans le vent mouillé de Montréal.

Nous habitons à l'hôtel Cantlie, c'est la première fois que je suis aussi loin de toi, mais ça nous donne l'occasion de renouveler les endroits où nous nous voyons. Tu me fais remarquer que tu me trouves loin, tu aimerais que j'habite chez ma sœur pour que nous puissions nous voir plus. Je reste à peine une semaine cette fois-ci de toute façon, et puis tu es si occupée avec les soirées d'avant Noël, le restaurant, ta vie, tes amis, tu verras, tu n'auras même pas le temps de ressentir mon absence.

16 DÉCEMBRE

Nous restons à l'hôtel, il n'y a rien à faire dans cette neige qui s'empile sous nos yeux. En face de l'hôtel, il y a un immeuble très chic où l'on peut voir l'intérieur des appartements habités par des jeunes. Il y a même des lits superposés contre la fenêtre, je trouve ça audacieux. Je sais que tu es déçue que je n'aille pas te voir aujourd'hui, mais nous n'en avons pas la force. Et quand je suis en famille, tu le sais, tout est plus compliqué.

17 DÉCEMBRE

Mes parents s'occupent de Violeta et nous allons voir *No Country For Old Men*. C'est en voyant ce genre de film que je reprends confiance en moi.

18 DÉCEMBRE

Mauricio a quarante-cinq ans aujourd'hui. Nous allons bruncher chez Alex et Emmanuel pour un Noël improvisé et avant la date.

* * *

19 DÉCEMBRE ~ **STÉPHANIE**

À quinze heures trente, au bar de l'hôtel de la Montagne, nous avons rendez-vous, toi et moi. Ça ressemble à une rencontre illicite. Je sais déjà, je sais encore que nous n'aurons pas assez de temps loin des enfants et des maris pour nous narrer nos vies. Mais je sais aussi qu'il ne faut pas que je me maintienne sans cesse dans le désir de toi, de t'avoir toute pour moi lors de tes courts passages. Je sais que ce problème survient souvent entre nous : moi, je te veux tout entière en tout temps, et toi, tu es excédée par cette demande. Dire que plus tôt dans notre relation, c'est toi qui étais possessive.

Ce soir, tu es là, près de moi, dans la lumière rouge du bar aux grands lustres tout d'abord, puis dans les rues de Montréal-la-neigeuse, dans ma maison, où nos familles sont réunies. J'ai offert à Vivi une araignée mauve, parce qu'une araignée tisse son fil, sans relâche reconstruit son ouvrage.

Vers les vingt heures, ça y est, vous repartez, comme ça, il n'est même pas tard, vous êtes à peine arrivés que vous êtes déjà repartis. Vous êtes fatigués. Voilà, c'est tout ce que j'aurai de toi, de vous, pour cette année. Je ne sais pas quand je te reverrai. Chaque fois, c'est comme ça, je tombe dans le vide après ton départ.

* * *

MERCREDI 19 DÉCEMBRE ~ **ISABELLE**

Tu m'en veux parce que je pars tôt de chez toi, c'est ce que je lis dans ton carnet un mois plus tard. Je suis toujours nerveuse quand je ne contrôle pas mon environnement avec Violeta et Mauricio, je ne sais jamais lequel des deux va être mécontent le premier. Ou est-ce moi qui ai du mal à gérer mes propres lubies, phobies, angoisses ? C'est peut-être parce que je préfère être seule avec toi, comme à nos débuts (ou plutôt, nous étions souvent avec Phil, nous étions un trio plutôt qu'un duo, et nous aimions ça comme ça). Maintenant, quand je vais chez toi, tu me pousses toujours pour voir si tu vas réussir à me sortir de ma zone de confort. *You push my buttons.* Parfois, ç'a l'effet contraire de celui souhaité : je veux prendre mes jambes à mon cou. Comme ce soir. Je ne sais pas ce que c'est, je ne sais pas d'où ça vient, mais c'est viscéral, comme si tout mon être se sentait en danger près de toi.

JEUDI 20 DÉCEMBRE

Il fait très froid, je n'ai plus l'habitude de toute cette neige. Je me dis toute la semaine que ce n'est pas une bonne idée de venir pendant les fêtes, vous êtes tous si occupés, si dépassés par les événements, et moi, j'arrive pour bousculer vos horaires serrés. Je déjeune rapidement avec François et Nathalie pendant que Violeta est avec son père. Le soir, je dîne avec d'autres amis encore, rue Monkland, à deux pas de l'ancien appartement de mes grands-parents. Ces derniers sont tous les deux morts aujourd'hui, et je repense avec nostalgie à ces soirées passées avec eux après l'université où je m'endormais inéluctablement sur leur sofa.

* * *

21 DÉCEMBRE ~ STÉPHANIE

C'est officiellement aujourd'hui le début des vacances.

Ce soir, nous fêtons Noël avec ma mère, elle donnera les cadeaux aux enfants et nous commanderons de la pizza, car nous sommes trop crevées toutes les deux pour cuisiner.

Tôt demain matin, j'irai conduire ma mère à l'aéroport. Elle passera les fêtes dans la chaleur et la mer américaine, elle est très excitée et m'embête avec ses cris de joie qu'elle pousse à tout vent. Moi qui rêvais d'acheter des billets de dernière minute et de partir avec Philippe et les enfants le vingt-cinq décembre. Je me sens abandonnée, paralysée, submergée.

Je vous envie toutes deux, toi mon amie, elle ma mère, car je n'ai nul chemin pour fuir comme vous, aucun moyen de me retirer, de me sauver. Je suis clouée ici. Demain l'hiver.

TROISIÈME SAISON

22 DÉCEMBRE — 19 MARS

22 DÉCEMBRE ~ STÉPHANIE

Une heure huit : c'est le solstice d'hiver, ce qui signifie concrètement qu'il fait noir tout le temps.

Ce soir, nous irons au cinéma, les enfants sont chez des copains.

Quand, à la fin de *L'Âge des ténèbres*, Marc Labrèche pèle ses pommes avec tranquillité et application, je me rends compte que je travaille sans cesse dans la précipitation pour arriver rapidement à un résultat. C'est sans doute le message que Denys Arcand lance à tous, mais il me frappe de façon toute personnelle. Je vais tenter d'en prendre bonne note pour la nouvelle année.

Vers les vingt et une heures, nous soupons en amoureux au pavillon du lac aux Castors, sur la montagne, au nouveau restaurant de Mélanie et Bobby. Pour célébrer l'hiver qui débute aujourd'hui, je porte ma toque et mon col de fourrure. Je dois ressembler à Geneviève Bujold sur la page couverture de *Kamouraska*.

Le pavillon est désert à cette heure si tardive. Je choisis la salade de wakamé et de thon grillé ainsi qu'un burger de bison, excellent, servi avec salade et frites de patates douces. La vue est magnifique, tout est blanc et quelques arbres sont illuminés de mille couleurs. Je vais fumer une cigarette derrière les cuisines avec le maître d'hôtel et nous parlons du *staff party* du deux janvier.

J'aime beaucoup mon métier, j'aime surtout les gens qui pratiquent ce métier avec dévouement : les cuisiniers, serveurs, commis, maîtres d'hôtel, tous ces gens dont le travail est tourné vers les nourritures terrestres, vers nous. Vers nous et notre plaisir.

23 DÉCEMBRE

Pleine lune.

La nuit dernière, j'ai rêvé que j'étais écolière et que notre maîtresse était japonaise et très cruelle.

Je vais au yoga ce matin encore, je tente de calmer ma douleur. Vers midi, je vais chercher Georges chez les Serbes, où il a dormi. Nous dînons tard au restaurant de Jason et Thu, qui est à l'autre bout de la ville, dans le quartier Côte-des-Neiges. La soupe phở, faite par la mère de Thu, est un vrai réconfort. Il pleuvasse toute la journée : partie, la belle neige de décembre.

Mon fils nous sert un impératif tout à fait saisissant. Il dit à Philippe : « Évolue ! »

Nous lui demandons ce que cela veut dire, il répond de façon floue : « Ça veut dire avance plus vite. »

Nous interrogeons Mathilde et trouvons enfin la réponse : l'expression provient d'une annonce de tampons qui passe en boucle à la télévision.

« Évolue » deviendra ma devise du temps des fêtes. Je me la répète quand je rêve avec nostalgie de ma famille réunie. Je me la sers sans arrêt, comme un petit coup de fouet sur la peau tendre de mon angoisse.

24 DÉCEMBRE

Sol gelé et métro désert. Je dois aller travailler quelques heures, accomplir des tâches que je ne pouvais faire ni avant ni après, des tâches qui doivent être faites aujourd'hui, veille de Noël. Sur le banc devant moi dans le métro, deux femmes dans la jeune vingtaine s'embrassent avant de se quitter.

Ce soir, nous réveillonnons avec les enfants. Mathilde a demandé un buffet. Georges, confondant sans arrêt les mots *buffet* et *déchet,* affirme :

— Maman, j'ai très hâte de manger du déchet au réveillon !

— Moi aussi, mon lapin, moi aussi.

25 DÉCEMBRE

Noël.

La grande angoisse. Je pensais être épargnée. Je ne sais pas pourquoi je pensais cela d'ailleurs. Dîner dans la grande famille maternelle. Ma mère n'est pas là, évidemment. J'ai l'impression qu'elle est morte, que j'assiste au premier Noël après la mort de ma mère. Ma grand-mère Madeleine redit toujours la même chose : « Peut-être est-ce mon dernier Noël, après je serai partie. » Elle attend sa mort, elle l'espère, elle la lèche comme un grand glaçon.

Souper dans la famille paternelle. La maîtresse sera là. Il ne faut pas que je dise ça, que j'utilise ce mot « maîtresse ». Dieu sait ce que je peux dire ou faire quand j'ai bu. Tous seront de bonne humeur dans la belle maison de banlieue à deux étages de ma tante. Suis-je la seule au monde qui soit angoissée par les split-level et les bungalows ? Tous seront de bonne humeur, on dissertera au-dessus de la trempette et la salade de nouilles chinoises. On fera comme si c'était normal que ma mère ne soit pas là et qu'une autre femme soit aux côtés de mon père. Puis, en cachette, on viendra me demander des nouvelles de ma mère, on lui enverra des salutations. Je serai la messagère de ces petits secrets de famille.

26 DÉCEMBRE

Laurentides. Sur les murs de la maison de campagne de mon père, les photos de la maîtresse ont remplacé celles de ma mère. Pire, elles sont aux mêmes endroits sur les murs, et la maîtresse est dans les mêmes positions, elle pratique les mêmes activités que pratiquait ma mère :

au sommet de la montagne en ski, ou alors en habit de golf, nonchalamment accoudée à la voiturette.

Je bois beaucoup pour faire passer tout ça. Je suis sûre que, de l'extérieur, je dois avoir l'air à peu près normal. Elle, par ailleurs, parle sans arrêt quand elle boit. Elle est nerveuse. Elle n'écoute même pas les deux mots que Philippe essaie de placer. Sinon, il faut bien l'avouer, elle est charmante, elle cuisine bien, elle rend mon père heureux. Les enfants se lovent déjà sur elle comme des chatons.

Nous partons en ski à la montagne, je suis Martine-sur-les-calmants aux sports d'hiver. Je n'ai pas chaussé de bottes ni de skis depuis vingt ans, je suis épatée de la mémoire de mon corps. J'avale les côtes pour experts comme à douze ans. La maîtresse suit péniblement en chasse-neige derrière. Je jubile : ma mère est bien meilleure skieuse.

Mon plaisir est pathétique, j'ai honte de ressentir tout cela.

Je me répète sans cesse : « Évolue ! »

Rêve. Angoisse de toute jeune fille. Une situation que je n'ai jamais vécue mais que j'ai crainte toute mon adolescence.

Je suis avec un enfant, Georges je crois, pour l'inscrire à quelque chose (une activité, l'école, je l'ignore). Je m'assois sur un siège très élégant pour remplir les formulaires et, lorsque je me lève, le sang de mes règles a laissé une longue tache rouge sur le tissu blanc du fauteuil. Je l'essuie discrètement, j'essaie de frotter, un peu paniquée, mais je ne fais qu'étendre la tache. Je me sauve en tirant mon fils par le bras.

« Évolue, évolue », qu'il disait. Il est grand temps que je rentre à la maison, les fêtes sont terminées, mon calvaire est fini et j'en ai ma claque d'essayer d'évoluer. Je retourne chez nous, je m'enferme dans ma cave, dans le noir, et redeviens amibe.

Je vais pouvoir saigner ma peine en toute quiétude, loin des mondanités, sans tenter d'endiguer le flot de mes pleurs, je vais me soigner au sous-sol, à l'abri du regard des autres.

* * *

22 DÉCEMBRE ~ **ISABELLE**

Quarante ans de Claire.

Encore de la neige. Je passe l'après-midi chez ma sœur. Les amis qui habitent sur le Plateau défilent toute la journée pour me rendre visite. Je reçois pour le thé. Nous parlons de tout et de rien toute la journée. Le soir, nous dînons au Pied de cochon avec ma sœur, son copain Jason et leur fils Max. Nous avions une réservation pour manger à l'heure des enfants, vers dix-sept heures trente. Nous sommes entrés dans le lieu feutré, encore calme en ce début de soirée et, à peine arrivée, je me suis appuyée sur notre table pour attacher Violeta à sa chaise et mon poids a fait en sorte que tous les verres à vin sont tombés par terre. Le premier service n'avait même pas encore commencé que la table pleine d'enfants avait déjà cassé tous ses verres. J'ai eu si honte. Chaque fois qu'une telle chose m'arrive, je me dis que je suis punie pour tout vouloir : sortir au restaurant et avoir un enfant. « Tu veux tout, me dis-je, eh ! bien, tu en paieras le prix. »

23 DÉCEMBRE

Départ pour Montebello en famille. Ma plus jeune sœur ne vient pas car elle ne souhaite toujours pas parler à mon autre sœur plus âgée. C'est la même histoire qui dure entre les deux depuis cet été. Nous formons une caravane de trois voitures pour nous rendre à ce château qui m'intrigue. J'ai entendu toutes sortes de choses à son sujet, au sujet de ce lieu magique et inquiétant. On m'a dit que le château était hanté, qu'il était ringard, qu'il était très chic, bref, tout ce qui vient en tête ou ce qui travaille l'imaginaire quand on parle de ce genre d'endroit. Quand nous arrivons dans le minuscule village de Montebello et que se profile au loin la silhouette noire du château, j'ai l'impression d'être tombée dans le livre éponyme de Kafka.

24 DÉCEMBRE

C'est Noël ce soir, nous mangeons toute la journée et nous ne faisons presque rien. Je m'installe devant les immenses cheminées pour flâner. Je ne parviens pas à écrire ici, tout comme cet été, entourée de ma famille. Je ne cesse de penser à toi, je nous imagine ici toutes les deux seules, à lire et à parler au coin du feu, à boire plus que de raison et à faire des folies, dans cet endroit superficiel, surnaturel aussi avec ces poutres immenses qui me font penser à l'hôtel dans le film *The Shining*.

Dans l'après-midi, nous avons fait un tour de traîneau qui a été désastreux : l'engin s'est embourbé et s'est renversé, puis il s'est scindé en deux. Violeta a volé dans les airs et est retombée sur la neige heureusement fraîche et encore moelleuse. Ma mère s'est déchiré des ligaments. J'ai eu si peur pour ma fille. Quand je repense à ce qui s'est passé, je revois l'image au ralenti du corps de Violeta contre le ciel bleu azur. En fin de journée, nous n'avions plus la tête à la fête. Nous avons tout de même pris un apéritif dans la chambre de Catherine, tous ensemble assis sur les lits, pour nous remonter le moral. Nous racontons, chacun notre tour, notre point de vue de l'accident.

25 DÉCEMBRE

Ce midi, c'est le dîner de Noël et Violeta danse sur la piste improvisée devant les musiciens. Le guitariste, qui est anglophone, n'arrête pas de dire « Viooo-lll-e-ttt-a » quand il termine une musique. Il faut dire qu'elle se dandine le derrière de manière étudiée. Nous ne sortons pas aujourd'hui, traumatisés que nous sommes par notre chute d'hier.

26 DÉCEMBRE

Mauricio et moi passons la journée dans le village de Montebello à faire du lavage et à nous poster des livres, des revues, et des vêtements dont nous n'aurons plus besoin pour le restant de notre voyage. Le village est minuscule, tout le monde se connaît et vit dans l'ombre du château. Nous avons emprunté la Mercedes de mon père et nous ne savons pas exactement comment elle fonctionne. Je déblaie la neige avec mes mains, nous avons l'air de deux habitants en vadrouille dans la « grande ville ». Nous sommes en fait les deux parvenus de la très grande ville qui tentent de retrouver leur confort dans un village. L'atmosphère est très singulière dans la buanderie. Je n'arrive pas à arracher mes yeux de l'affiche où est signalée la disparition de Cédrika Provencher. « Jusqu'ici, me dis-je, songeuse, jusque dans cet endroit isolé, la famille ou les amis de la petite sont venus porter des affiches. ». Que serait le pire pour Cédrika ? J'ose à peine l'imaginer, mais je veux poser la question. La réponse est sans doute : être encore en vie. Quand pour une enfant le pire serait d'être encore en vie, vraiment, il n'y a plus rien à dire.

Malgré mes pensées noires, je suis tout de même soulagée de ce répit sans ma famille. Mauricio et moi parlons peu, nous feuilletons nos revues respectives, nous profitons du ronron chaud des machines pour nous perdre dans nos pensées.

* * *

27 DÉCEMBRE ~ STÉPHANIE

« Marthe, Marthe, tu t'inquiètes et t'agites pour bien des choses. Une seule est nécessaire. C'est bien Marie qui a choisi la meilleure part ; elle ne lui sera pas enlevée. »
Luc 10, 41-42.

Nous avons reçu aujourd'hui la carte postale de Vivi avec ses bons vœux de Noël. Je suis très touchée de cette carte de Mouk, tirée du catalogue du Bon Marché. Mouk, passion partagée par Georges et Violeta.

Karine vient faire son tour aujourd'hui. Elle passe toujours nous voir pendant les vacances de Noël, elle vient à la maison, respirer un peu la vie de famille, qui la change de la communauté religieuse où elle séjourne. Il semble toujours y avoir du va-et-vient à la maison lorsqu'elle est là, elle est à la fois essoufflée et inspirée par mon rythme de vie (je reprends ici ses paroles). Elle est convaincue que je suis Marie, mais moi, je sais bien que je suis la Marthe de la parabole, celle qui s'agite, qui ne peut mettre ses responsabilités de côté, qui peine à simplement s'arrêter. Je ne sais pas toujours comment Karine me perçoit, mais son regard est doux et rassurant, il semble se porter au-delà de mes gestes. Karine est pour moi une amie précieuse.

Elle nous annonce qu'elle poursuit plus avant son engagement dans sa vie religieuse, et que la cérémonie de prise d'habit se fera au mois d'août. L'anachronisme de son rythme de vie nous fascine, il va sans dire. Philippe lui demande en quoi consiste la prise d'habit. Elle avance la comparaison avec des fiançailles. Des lumières s'allument dans nos esprits païens. Je lui assure que, dans la mesure du possible, nous serons présents à la cérémonie cet été.

29 DÉCEMBRE

Rêve. Je demande de la monnaie à une itinérante dans la rue. Je lui donne deux pièces de deux dollars et lui demande des piécettes de vingt-cinq cents en échange (pour le parcomètre ?). Elle me rend de la fausse monnaie, des jetons de poker. Comme je me plains, un attroupement se forme et on m'accuse de la voler.

Un homme vient alors à ma rescousse et m'entraîne loin de la foule, qui est prête à me lapider. Il est grand, brun et jeune, à peine trente ans. Je le suis. Je sens alors que toute ma vie s'allège, sensation émouvante que toute angoisse s'envole, comme si le poids du monde, jusqu'ici sur mes épaules, tombait enfin. Je n'ai pas souvenir d'avoir senti une telle libération, une telle légèreté depuis longtemps. Ma gorge est libre de toute entrave, mes épaules flottent, je suis… libre. Ce sentiment d'enfermement qui me pèse en permanence a disparu.

Nous entrons dans une boutique. Que se passe-t-il alors ? Alors que j'écris ces lignes, j'ai oublié, mais ce matin même, au réveil, je m'en rappelais encore. J'ai le flou souvenir qu'au fond de cette boutique obscure nous nous touchions pudiquement (l'homme me caressait le genou).

Autre rêve dans la même nuit. Je suis avec toi à Paris. C'est un rêve très réaliste. Je te raconte le rêve des puces où je cherchais des bracelets de bakélite. Je te raconte l'épisode de la plume *Corektor* et nous rions ensemble. Je t'affirme que je t'ai tout écrit cela dans l'almanach, que je suis en retard, si en retard dans mon écriture, mais que pourtant je veux terminer au plus vite mon carnet d'octobre et te le faire parvenir à São Paulo.

Dans ce rêve parisien, nous nous trouvons dans une jolie papeterie qui pourrait ressembler à Marie Papier, rue Vavin. Je déniche un ensemble de papier à lettres violet et doré. Je te montre des feutres mauves. Il y a de grandes vitrines, par lesquelles une chaude lumière de fin de journée entre à flots. Je prends dans mes mains une minuscule bouteille d'encre rose. Je regarde au travers. Le rêve se termine ainsi, entre le flacon d'encre et la grande fenêtre, avec toi à mes côtés.

Au réveil, j'ai vraiment l'impression d'avoir passé un après-midi avec toi dans une papeterie de Paris, et j'ai aussi l'étrange et inexplicable conviction que ton prochain enfant sera une fille.

31 DÉCEMBRE

Matin. La neige a recouvert la ville de blanc et de silence. Je pars travailler, je suis contente d'aller vers mon bureau seule.

Deux semaines à la maison en famille et j'ai le goût d'écorcher vifs les enfants et de défenestrer mon mari. Pourquoi ce sentiment qui me revient sans cesse, pourquoi est-ce que je me sens ainsi : prisonnière, en cage, étouffée ?

Je regarde derrière moi l'année qui vient de passer. C'est toujours un exercice qui m'emplit de honte, j'ai toujours, année après année, l'impression d'avoir *failli*.

Jusqu'à hier, je ne savais pas ce que je ferais pour la Saint-Sylvestre.

Toi, tu es à Washington avec ton mari et ta fille, dans un *road trip* à travers les États-Unis. Tu sais combien je t'envie tous ces voyages que tu fais, surtout ceux où ton chum organise tous les déplacements.

Moi, j'ai l'impression d'être une tortue qui porte toute sa maisonnée sur son dos, une énorme et lourde carapace. Bon, j'arrête tout de suite mes jérémiades, je déteste faire pitié. Le mois de décembre a été bien dur, mais il est derrière moi.

Soirée. Finalement, on mangera au Holder avec Philippe, Mélanie, Nicolas, Yuri, Céleste, et Martin et Éric viendront partager l'apéro avec nous. Tous des gens que j'aime. J'avais peur de passer à travers la nouvelle année seule ou avec des inconnus, des gens qui ne sont pas proches de moi. Je suis très heureuse de la passer au resto, qui a revêtu pour l'occasion des airs de fête. Les serveurs, en plus de leur habituel tablier et chemise blanche, portent tous une cravate de soie noire. Ils sont jeunes et beaux, vifs et insolents. Ils sont comme des chiots surexcités, on ne peut pas ne pas les aimer. Je me rends compte ce soir en entrant dans le resto pour le Nouvel An que je les aime tout à la fois comme mes fils, mes frères et mes amants. Ils sont un peu ma famille, ma belle grande famille unie.

* * *

27 DÉCEMBRE ~ **ISABELLE**

La caravane repart et prend le chemin de l'aéroport, où nous nous envolons tous les trois pour Washington. Les adieux sont sentis, pour une fois, car nous avons passé un très beau Noël, sans dispute ou presque. Seuls Mauricio et Jason ont fait les frais de l'ire de ma mère.

28 DÉCEMBRE

Nous arrivons à Washington dans la nuit. Nous louons une voiture avec GPS et nous manquons de nous tuer plusieurs fois en suivant ce machin, qui nous indique des routes qui n'existent pas ou nous invite sans cesse à faire des virages dangereux. Nous arrivons à l'hôtel épuisés.

29 DÉCEMBRE

Lea, qui habite à Pittsburgh et que j'ai connue à Cambridge, et son copain Greg viennent nous rejoindre pour deux jours. Il fait beau ici, nous n'avons plus de neige et nous pouvons enfin faire rouler Violeta dans sa poussette sans souci. Nous passons devant la Maison-Blanche, où il y a toujours un groupe de manifestants ; parfois c'est une seule personne avec sa pancarte, parfois c'est toute une foule. Nous rions des excentriques qui réclament justice. Nous allons au musée voir l'exposition des œuvres d'Edward Hopper, qui nous plaît beaucoup.

30 DÉCEMBRE

Nous avons cherché un centre commercial ouvert pour faire quelques courses, mais tout était fermé dans cette ville déserte, en ce dimanche soir gris et mélancolique. Triste. *Hopperesque*, pour tout dire, avec les vitrines fermées, noires, les lumières éteintes, les maisons illuminées de l'intérieur et pourtant si inhospitalières, fantomatiques même.

31 DÉCEMBRE

Dernière journée de l'année. Nous buvons le champagne dans des flûtes en plastique. Violeta joue avec la sienne dans le bain : Mauricio prend une photo d'elle avec de la mousse en guise de bulles alcoolisées, elle trinque, fait un clin d'œil. Je me dis toujours que la façon dont on va passer la soirée du 31 au soir détermine comment l'année va être. Si j'en crois ce que nous avons fait, cette année sera douce et paresseuse : nous avons bu du champagne au lit en regardant le compte à rebours à Times Square, Violeta dormant à nos côtés. Je me souhaite un enfant pour cette nouvelle année, une petite sœur pour ma fille. Je te souhaite une gorge libre, sans entraves, je te souhaite de trouver le jardinier qui saura tailler ton prunier.

1er JANVIER 2008

Nous entreprenons notre *road trip* aujourd'hui. Nous irons de Washington jusqu'à La Nouvelle-Orléans en passant par la route 61, au bord de laquelle le blues, le country, le rock sont nés. Nous nous rendons ce matin dans une ville de peu d'importance qui s'appelle Newmarket. En fait, nous devons nous rendre à Bristol, qui se trouve exactement entre Washington et Nashville, mais nous avons peur que ce soit trop long pour Violeta. Pendant la journée, nous nous sommes arrêtés dans un petit village de quelques milliers d'habitants ; tout était fermé, sauf un antiquaire chez qui j'ai acheté une râpe (pourquoi une râpe ancienne ? Je ne sais pas, mais c'est à peu près tout ce que je pouvais me permettre, elle m'a coûté cinq dollars). Il nous a retenus pour nous parler de toute sa famille, qui habite sur la route que nous allons emprunter et qui traverse les États-Unis du Nord au Sud. Nous choisissons Newmarket pour son légendaire restaurant de bord de route, le Southern Kitchen, avec ses néons éblouissants et les banquettes superbes. Violeta mange du poulet, du fromage cottage, et nous goûtons à la fameuse soupe sudiste aux arachides : un délice. Nous dormons dans un motel qui me fait peur, surtout quand je regarde par la fenêtre de la salle de bains et que je vois un champ à perte de vue. Je suis sûre qu'il doit y a voir une tombe ou deux dans ce jardin. Je suis devenue experte pour sécuriser le lit où ma fille dort, je mets deux chaises contre son matelas pour l'empêcher de tomber. Nous nous blottissons tous les trois pour avoir plus chaud, et surtout moins peur. Cette nuit-là, je rêve de fantômes et d'esprits perdus.

* * *

1er JANVIER 2008 ~ **STÉPHANIE**

Lorsque j'étais petite, je devais, en qualité d'aînée, demander à mon père la bénédiction pour l'année. Nous n'étions nullement croyants, mais ma mère perpétuait une tradition qui avait cours dans sa famille où, je m'en souviens, ma tante la plus vieille allait demander de même à mon grand-père. Nous nous agenouillions, toute la grande famille, dans le salon et mon grand-père, grand pécheur devant l'éternel, nous offrait sa bénédiction dans une langue inconnue. Mon grand-père est mort il y a plus de dix ans, un vendredi 13 janvier. L'année suivant son décès, j'ai commencé à fréquenter Philippe, dans la famille duquel nous passons toujours le Nouvel An depuis. Il y a donc pas mal longtemps que je ne suis plus bénie.

Les enfants avaient passé la nuit chez la gardienne, mais lorsque j'étais dans la douche ce matin, j'ai eu l'idée de reprendre la tradition. J'en ai parlé à Philippe, qui était un peu réticent à introduire Dieu et du latin entre nous et les enfants.

Finalement, malgré la tempête (incroyable, une autre !), nous nous sommes bien rendus dans la famille de Philippe, où on a passé la soirée à chanter et à jouer à *Trivial Pursuit*, comme d'habitude. Quand je dis « on », je m'exclus. Je me suis assise dans un coin et je me suis endormie tôt sur le canapé, en attendant la fin de la soirée.

L'absence de la mère de Philippe se faisait sentir en ce jour de réjouissances. Le petit Damien sautait partout, jouait avec ses voitures, son bras bougeait presque normalement. J'ai caressé sa joue, qui portait encore des cicatrices, mais sa peau était chaude et bien vivante.

Avec tout ça, j'ai oublié de rappeler à mon aînée de demander la bénédiction à son père. On se reprendra l'an prochain.

5 JANVIER

Georges va chez l'optométriste. L'attente est longue, presque une heure. Peu importe, il joue par terre avec un ensemble de tubes que l'on monte dans une structure verticale et dans laquelle on fait rouler des boules. Un labyrinthe de tuyaux sur pattes. Depuis le temps qu'il voit le jeu par la grande fenêtre en marchant vers la garderie, il peut enfin satisfaire son désir. J'ai oublié d'apporter un livre, je feuillette les magazines de lunettes italiennes et j'observe les dames qui viennent acheter des verres. Elles ont toutes des airs de directrices de pub, elles pensent que leurs lunettes vont en jeter, elles traînent leur jeune amant avec elles. Elles portent des jeans de designer, des bottillons de cuir. Elles discutent avec la vendeuse : lors du verglas, il y a dix ans, elles étaient en croisière pour fêter leurs quarante ans ; quand elles sont rentrées, leur famille avait pris possession de leur maison, puisque c'était la seule qui avait encore de l'électricité. Elles rient. Elles se rendent compte qu'elles ne sont plus toutes jeunes. Elles achètent des lunettes en corne, très chères.

C'est notre tour. Georges va montrer ses beaux yeux à la dame, attraper la mouche en trois dimensions, nommer les chiffres en couleur.

Georges a de beaux yeux parfaits, maman s'est encore fait du mauvais sang pour rien.

6 JANVIER

« Si le soir du jour des Rois,
Beaucoup d'étoiles tu vois,
Auras sécheresse en été,
Et beaucoup d'œufs au poulailler. »
Dicton.

Nous fêtons les Rois mages en invitant beaucoup de gens. L'an dernier, nous avions célébré notre grand retour dans la maison rénovée en ce jour d'Épiphanie et, cette année encore, nous invitons tous les amis et parents à venir manger de la galette à la maison. Nous sommes en tout une quarantaine, dont une quinzaine d'enfants qui courent dans tous les sens. Je suis heureuse d'être entourée des gens que j'aime et de fêter la fin des vacances et des festivités. C'est la fête qui me plaît le plus, car elle est optionnelle, aucune obligation n'y est rattachée. Moi, la femme qui aime les débuts, je déroge ici à mes préférences. Nous fêtons la fin. Le long voyage est terminé, l'étoile nous a guidés à bon port, nous avons survécu.

Tu es à Nashville, tu me manques ici ce soir.

7 JANVIER

« Brouillard en janvier, c'est une année mouillée. » Dicton.

Retour au travail, le vrai. Retour à l'horaire habituel, la salle à manger du restaurant est de nouveau ouverte le jour, on revoit toute l'équipe de cuisine qui était en vacances pour deux semaines. On rigole en se remémorant les meilleurs moments du *staff party*. Il y a eu beaucoup d'embrassades dans les couloirs du Delmo, si je comprends bien. On assiste alors au drôle de ballet des retrouvailles de ces amoureux d'un soir. Peut-être de nouveaux couples se formeront-ils, qui sait ? Atmosphère de *high school*, on croirait voir les filles laisser des billets pliés aux garçons.

En marchant vers le métro Square-Victoria, je suis sidérée par la beauté de la ville. Un grand brouillard avale le haut des édifices du Vieux-Montréal.

Avant de me coucher, je peins mes ongles en rose Delmo. Mes doigts ont l'air de porter de petits fruits.

8 JANVIER

Rêve. Je suis en voiture avec Philippe et les enfants. C'est l'été. Devant un grand champ vert, nous nous émerveillons du vent qui fait onduler les hautes herbes. Nous passons devant une fermette. Je m'écris : « C'est ici ! »

C'est la fermette d'une jeune fille avec qui je suis allée à l'école primaire. Elle était douée pour l'équitation, sa famille possédait une écurie. Elle avait un cheval juste à elle. J'ai oublié son prénom, mais son nom de famille me revient, c'était Tassé.

Philippe s'engage dans le champ avec son véhicule, il roule en fou dans les hautes herbes. J'ai peur. Des chevaux marchent en ligne, comme dans une chorégraphie à Broadway. Nous allons très vite. Des gens sont à genoux dans les champs, font la cueillette des légumes. Ils nous font signe avec la main de ralentir. Nous trouvons une brèche dans une clôture et nous quittons le champ, nous retrouvant sur un chemin de terre battue. Nous tombons dans un marché en plein air, bordé d'allées de framboises. Je suis épatée. Je cueille des framboises et en donne aux enfants. Je n'ai pas de contenant pour mettre les petits fruits, alors je relève un pan de ma blouse blanche et les y dépose. Ma grand-mère Rose arrive sur les entrefaites et me réprimande : « Ce n'est pas la bonne façon de cueillir des fruits, tu vas te tacher. »

Le marché aux fruits devient un marché aux puces où je tombe sur *L'Album* de Proust. Je le reconnais immédiatement et je pense à toi. C'est un grand livre, de la taille d'un napperon, qui tient à la fois du calendrier et du cahier à colorier. Les dessins varient sur le thème de la *Recherche* : des madeleines, des aubépines. Il est par endroits déjà colorié, comme les cahiers que l'on retrouve dans les salles d'attente des pédiatres. Je demande le prix, car je voudrais bien te l'offrir. L'homme commence son baratin de vendeur : c'est le seul exemplaire qu'il ait jamais vu en Amérique, c'est un objet inestimable. Je laisse tomber sans même demander le prix, car je me dis que ça doit être bien au-dessus de mes moyens.

J'ai une nausée telle ce matin que je ne vois d'autre raison : je dois être enceinte. Pourtant, c'est impossible, Philippe est vasectomisé. Je l'engueule tout de même : et si les canaux s'étaient recollés ? Je fais un tableau dans mon calepin, deux colonnes, une « pour », une « contre ». Je remplis la colonne du « contre » d'une foule de détails pratiques. La colonne « pour » est encore vide. De toutes les fois où j'ai cru être enceinte, c'est bien la première fois que je ne me réjouis pas secrètement.

Il fait chaud dehors, une étrange brume monte au-dessus de la neige au square Saint-Louis : on se croirait dans le décor d'un film de Tim Burton.

* * *

2 JANVIER ~ **ISABELLE**

Nous nous réveillons tôt et voulons quitter le plus vite possible ce motel de malheur où nous n'avons croisé aucun autre client, où personne d'autre que nous n'a dormi, sauf la fille à la réception. J'ai l'impression que les toiles de Hopper nous suivent : désolation, solitude. Je ne sais pas pourquoi, mais les petites villes des États-Unis m'angoissent terriblement. Tout y ferme tôt, les habitants se barricadent derrière les façades de leurs maisons ou se bercent sur le porche en nous observant de manière suspicieuse, comme les étrangers que nous sommes. Ces villages semblent tous cacher un secret, enterré au plus profond de ces visages farouches.

Nous retournons prendre le petit-déjeuner au Southern Kitchen (seul restaurant dans le village). Nous reprenons la route vers Bristol, où nous arrivons dans la soirée. Nous choisissons cette fois-ci un hôtel très confortable, moderne, avec une piscine chauffée et des laveuses et sécheuses. Nous sortons dîner dans un restaurant japonais animé où Violeta ne veut rien manger. Je suis tout de même soulagée par toute cette ambiance, certes artificielle (notre hôtel se trouve dans un *strip mall*), autour de nous.

Nous venons à peine de commencer notre périple et seulement deux choix s'offrent à nous, on dirait, pour dormir : le motel crasseux ou l'hôtel de centre commercial tout en plastique.

3 JANVIER

Après un bon petit-déjeuner et quelques brassées de linge, nous reprenons la route. Nous partons vers le village de Jonesborough. Nous y achetons des bonbons dans une boutique excentrique tenue par un vieux monsieur, discutons avec la fille qui travaille au café du coin. Le village est désert aujourd'hui, comme pendant tout l'hiver. Il fait pourtant de plus en plus chaud à mesure que nous roulons vers le sud. Nous nous rapprochons peu à peu de la maison, même si nous en sommes encore si loin. Nous allons manger dans un *diner* perdu dans la montagne, où nous choisissons un sandwich au porc barbecue mémorable. Nous devons cependant évacuer les lieux car les radiateurs ont surchauffé et l'odeur est insoutenable. Sur le pas de la porte de l'établissement, j'ai Violeta dans les bras : nous sommes sur une route déserte en pleine montagne, le silence est étourdissant, les néons rouges du restaurant crépitent, se détachent sur le ciel bleu immaculé. Je me sens loin.

À la fin de l'après-midi, nous arrivons dans le Tennessee.

La personne qui nous accueille à la réception de l'hôtel est un jeune gai, blond, effervescent, qui ne cesse de recevoir des appels sur son portable pendant qu'il nous explique les différences entre les chambres. Il nous dit qu'il a déjà vu Montréal à la télévision, il nous demande si c'est une ville riche. Nous nous regardons, Mauricio et moi, perplexes. Comment répondre à cette question? À notre tour, nous lui demandons où nous pouvons manger un repas qui ne soit pas composé de poulet frit; il rit, il nous dit que nous sommes dans le Tennessee, et que, vraiment, nous sommes très excentriques de vouloir autre chose. Nous atterrissons dans un Olive Garden où Violeta jette son plat de pâtes sur le tapis du restaurant. Le serveur continue de nous sourire de ses dents immaculées, trop grosses pour sa mâchoire, comme si de rien n'était. Je ne parviens plus à me sentir à l'aise dans ces endroits fabriqués sur un modèle qui se répète de ville en ville. Pendant ce voyage, je suis surtout heureuse dans la voiture, Violeta à mes côtés, avec de la musique qui joue à la radio (country, soul, rock selon l'endroit où nous sommes: après tout, c'est un voyage historico-musical que nous entreprenons); moi, perdue dans mes pensées, à l'arrière d'une voiture louée, regardant défiler les arbres, les remorques abandonnées, les habitants de cette contrée perdue.

4 JANVIER

Nous petit-déjeunons, sur les bons conseils de notre nouvel ami de la réception, chez Mimi, un café qui se veut mignon et sympathique, mais qui n'est autre chose qu'une chaîne, encore une chaîne. Pendant le repas, j'appelle mes parents à Montréal pour leur dire que tout va bien. Je me sens distante pendant ce coup de fil, je suis ailleurs physiquement et psychiquement, on dirait que je n'ai pas envie de partager ce que je vis, je ne veux pas sortir de ma bulle. Nous prenons ensuite la route vers Nashville. Nous arrivons tard à l'hôtel, qui a été aménagé dans une ancienne banque. Nous sommes très excités d'être ici, dans la ville de Dolly Parton, de tant de chanteurs country. Nous allons dîner au célèbre Loveless Café en dehors de la ville et nous mangeons les meilleurs biscuits depuis le début du voyage, ce genre de scone salé, typique du Sud, qu'on mange comme du pain, en accompagnement de la viande. Violeta lance son premier mot en anglais à une femme qui passe près d'elle : « Hello ! » lui dit-elle. Nous restons bouche bée. Nous nous sentons enfin choyés, dans un endroit aimé, chaleureux ; ce petit bistro nous redonne espoir de trouver encore des coins intéressants pendant ce voyage. Mais les lettres en néon rouge, qui scandent dans leur clignotement intermittent le nom lapidaire du café, me touchent et m'attristent tout à la fois.

Loveless. Qui veut être *loveless*? Je trouve la chose encore plus insolite quand j'apprends qu'il s'agit en fait du nom de famille du premier propriétaire du restaurant.

5 JANVIER

Anniversaire d'Isabelle R.

Nous partons à pied découvrir le centre-ville de Nashville. Là aussi, les néons sont présents partout. On peut déjà, dès onze heures du matin, entrer dans les bars et écouter les musiciens. Il fait froid aujourd'hui, je ne cesse de penser qu'il va faire chaud et beau, mais j'oublie que nous sommes encore en janvier. Nous prenons un bus pour faire le tour de la ville pendant une heure, c'est amusant, et ça nous fait voir des sites touristiques où nous ne serions pas allés. Le chauffeur nous raconte toutes sortes d'anecdotes sur les artistes country qui habitent la région. Dans l'après-midi, nous visitons le Country Music Hall of Fame, Violeta danse devant les écrans de télévision. Les bottes que je vois au musée sont pour toi, elles sont brodées à la main, elles ont des franges et elles sont roses. Violeta pose devant elles pour mon objectif mais vraiment, c'est toi que je prends en photo en imagination, c'est dans tes pieds que j'aperçois ces bottes, je sais que tu les aimerais.

6 JANVIER

Dans le Tennessee, tous les guides nous disent qu'il ne faut pas omettre de visiter les distilleries de whisky. C'est ce que nous faisons donc aujourd'hui : nous allons à la distillerie Jack Daniel's. Nous voyons les cuves, on nous parle des grains, nous visitons l'ancienne maison de Jack. J'écoute distraitement parce que je m'occupe de Violeta, qui veut toucher à tout. Nous allons ensuite dans le tout petit village d'à côté manger une soupe et acheter des colifichets à la boutique de la distillerie. Mais impossible d'acheter de l'alcool aujourd'hui, car c'est dimanche.

7 JANVIER

C'est jour de voyage aujourd'hui, nous reprenons la route vers Memphis, où nous arrivons vers dix-huit heures. Nous sommes heureux d'être dans la ville des deux King, Martin Luther (il y est mort assassiné) et Elvis.

8 JANVIER

Anniversaire d'Elvis.

Sans le savoir, nous allons à Graceland aujourd'hui, le jour de l'anniversaire d'Elvis. Les groupies sont là, déguisées pour la plupart en Elvis ou portant des vêtements à son effigie. Nous visitons sa maison, seulement les pièces du bas, car il ne souhaitait pas que le public voie ses quartiers intimes. Nous entrons aussi dans ses deux avions, qui sont des modèles de démesure pour l'époque. Mauricio trouve pourtant qu'il y a une certaine retenue dans le choix de la décoration de la maison. La piscine, également, est minuscule. On nous dit qu'il y avait une bonne à la cuisine en permanence, car il se trouvait toujours quelqu'un d'éveillé dans la maison pendant la nuit et qui avait besoin de quelque chose.

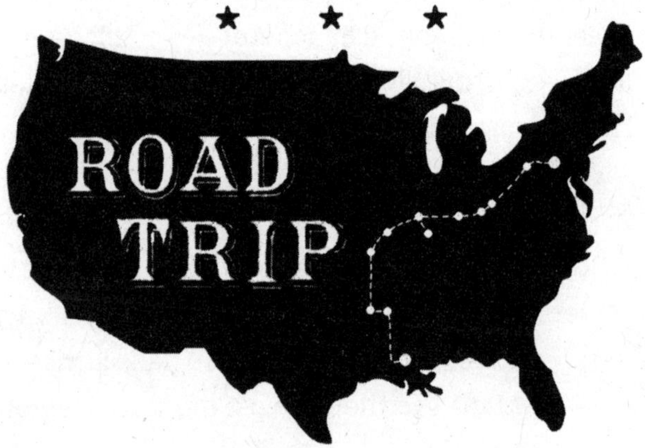

* * *

9 JANVIER ~ **STÉPHANIE**

Je n'étais pas du tout enceinte, j'avais une intoxication alimentaire ou un virus, comme plusieurs des invités présents à la fête des Rois à la maison. Plus d'une dizaine de personnes ont été fortement indisposées.

Je suis rentrée tôt du travail hier pour me coucher et je commence à peine à m'en remettre. Ma peau était brûlante de fièvre et, dans mes bras et mes jambes, je sentais le poison circuler. Mon corps ne trouvait de tranquillité qu'après de longs vomissements. Une volupté étrange s'emparait alors de moi, j'étais à la fois soulagée et apaisée, comme après l'amour. J'ai pensé aux mystiques, je me suis demandé s'ils étaient dans cet état qui allie abandon, volupté et délire lorsqu'ils avaient des visions. Tout cela ne durait guère : les crampes, la nausée et les douleurs reprenaient vite possession de mon corps fiévreux, et je perdais le loisir de réfléchir à quoi que ce soit.

11 JANVIER

Le verglas, dix ans plus tard. Depuis quelques jours, les médias en font leurs choux gras. Te souviens-tu de cette semaine que nous avions passée ensemble ? Chez moi, rue Mentana, il n'y avait pas d'électricité, et nous regardions la télé en boucle chez le copain qui m'avait hébergée. Le début de la session à l'université avait été reporté. Tu nous avais invités chez toi pour souper, rue Saint-Hubert, et j'ai craqué dans la salle de bains, en me maquillant. Je voulais rentrer chez moi, je pleurais. Je voulais rentrer chez moi.

13 JANVIER

Ton anniversaire.

Tu m'as écrit un long message ce matin, comme si c'était ma fête à moi ! Il fait soleil, trop soleil, à

Montréal. La température est douce, zéro degré peut-être. Toujours pas de neige, mais de la boue aux côtés des trottoirs.

Je t'ai envoyé par la poste *Eloise in Paris*, en écho à ce voyage de l'automne dernier et au voyage du printemps 2002, où j'étais allée te rejoindre à Cambridge. Nous y avions découvert Eloise, dont les pages rose et noire tapissaient les murs de la toilette d'un petit resto à Boston. J'ai oublié le nom du resto, mais je me souviens que c'était la première fois que je goûtais à des *crab cakes*.

Il me semble que je me souviens clairement de tout ce voyage : les pommiers en fleur, la bibliothèque et ses escaliers de marbre blanc, les étroites rues de ton quartier, les jardins coquets, les maisons de la Nouvelle-Angleterre, le café italien avec ses fresques, la mer déchaînée, le boui-boui des pêcheurs, le *lobster roll*, le bar où, le premier soir, nous avons bu de la bière, une papeterie avec une grande fenêtre où j'ai acheté des cartes avec mon initiale.

Dire comme je vis dans la nostalgie. C'est écœurant.

Je t'écris aujourd'hui, le 13 janvier 2008, d'une fête d'enfants au Cache-à-l'eau de Boucherville. Des centaines d'enfants pleurent, crient, ont soif, grimpent et morvent sur des centaines de parents excédés. Ils jouent dans un genre d'entrepôt où sont montés des structures, des jeux, des bassins de balles. Les parents sont jeunes (je regarde un père, à peine vingt-cinq ans, et je pense, cynique : « Fauché dans la fleur de l'âge »). Le bruit de tous ces enfants, en plus de la mauvaise musique que crachent les haut-parleurs, est assourdissant. Nous serons ici pour quelques heures, c'est la fête de l'aîné de Jason et Thu. Philippe et moi faisons passer le mal comme nous pouvons, je mange de la poutine, je lis des magazines de mode périmés. Philippe fait des sudokus dans un journal trouvé. Vers les seize heures, pour échapper à tout cela, je m'évade avec Jason dans le stationnement pour manger des rouleaux vietnamiens qu'il sort comme par magie du coffre arrière de sa voiture. Nous parlons des difficultés financières de la compagnie, des moyens farfelus pour y remédier. Nous retournons bientôt à l'intérieur, par devoir.

Tu ne peux m'en vouloir de boire un peu à la source d'eau douce de la nostalgie.

15 JANVIER

Mathilde a perdu sa première dent il y a deux jours. Enfin ! Elle attendait ce moment avec tant d'impatience. Je me dis que la prochaine attente sera celle des seins, puis des règles, puis des grossesses. Femmes, toujours dans l'attente.

Le problème, c'est que sa dent, sur le point de tomber, a été expulsée de sa bouche par un coup de tête de la petite Fiona, au beau milieu des structures du Cache-à-l'eau. J'ai eu beau chercher à quatre pattes, dans les miettes de maïs soufflé et les cheveux de bébé, je ne l'ai jamais retrouvée. Alors, je l'ai dessinée sur une page de mon Moleskine, puis on a clairement indiqué (pour la fée) : « Dent de Mathilde, perdue au Cache-à-l'eau. » Mathilde trouvait que mon dessin manquait de réalisme, elle a ajouté beaucoup de gouttes de sang au feutre rouge.

Nous avons mis le dessin sous l'oreiller. La fée des dents y a laissé une pièce de deux dollars. Ma fille était aux anges.

Aujourd'hui, alors que je suis à l'ordinateur, elle me demande de taper « fée des dents » dans Google. Elle veut voir à quoi ressemble cette dernière.

16 JANVIER

Travail chez Première Moisson sur le vieux portable que mon père m'a offert. Assise au comptoir, face à la grande vitre qui donne sur le trottoir et l'avenue achalandée, je suis absorbée par mon travail, rien ne peut me déranger. Je savoure chaque instant. Mon rêve d'écrire devant une grande fenêtre se réalise enfin.

18 JANVIER

Je rentre du travail et vois des lettres sur la table de l'entrée. J'y trouve, entre autres choses, les billets pour le *Magnificat* du quatre décembre dernier. Je demande à Philippe ce que cela signifie. Il me rétorque qu'après le Thanksgiving les voisins américains étaient partis avec leur courrier sans vérifier. Le facteur avait livré les billets à la mauvaise adresse et les voisins les avaient apportés à New York. Ils viennent tout juste de nous rapporter ce courrier égaré.

Dégoûtée, je fiche l'enveloppe dans la poubelle.

* * *

9 JANVIER ~ **ISABELLE**

Mauricio va se faire couper les cheveux et, plus tard, il me montre l'endroit : une toute petite porte peinte en bleu perdue sur le bord d'une route, une véritable *shop* tenue par un vieux monsieur dont on ne comprend pas l'accent. En matinée, Violeta et moi faisons une promenade dans le centre-ville de Memphis, qui doit avoir la taille de l'avenue du Mont-Royal entre les rues Saint-Denis et Papineau : c'est minuscule ! Nous allons à la poste, à la pharmacie ; il fait beau et frais, le soleil brille après une journée pluvieuse. Les gens sont gentils, ils nous sourient. Je suis les rails du tramway avec la poussette. Dans l'après-midi, nous allons aux Stax Studios, là où le blues est né, là où Elvis, Otis Redding et bien d'autres ont enregistré leurs premiers succès. C'est émouvant, c'est drôle, c'est vivant aussi, même si nous sommes tout à fait seuls dans ce musée.

Je fais quelques courses seule ce matin sous la pluie froide. Je vais chez Schwab, en face de l'hôtel, où il y a à peu près tout ce que tu peux imaginer de pacotille sur trois étages immenses. Ça ressemble à l'ancien magasin sur le boulevard Saint-Laurent, Warshaw. Je sais que tu aimerais ça y être, ce matin, avec moi. Je t'y achète un livre de cuisine, et j'admire les jolis sacs en papier. La vendeuse m'en donne plusieurs.

En route pour Clarksdale (Mississippi), une de ces autres villes-berceaux du blues. Mauricio a un moment d'émotion (véritablement : je le vois essuyer une larme) quand nous arrivons, à la nuit tombante, au carrefour des routes 49 et 61, là où le célèbre guitariste Robert Johnson aurait vendu son âme au diable (il est mort assez jeune, à l'âge de vingt-sept ans, en 1938, de manière mystérieuse. Il est considéré comme l'un des cinq meilleurs guitaristes au monde). Mauricio me raconte cette histoire connue dans le milieu de la musique. Johnson jouait si bien de la guitare que la légende veut qu'un soir, alors qu'il se perdit à Clarksdale, au coin des deux routes en question, il s'endormit non loin de là, espérant retrouver son chemin au matin. Il fut réveillé par une brise fraîche et une ombre avec un long chapeau. Le fantôme se pencha au-dessus de lui, sans un mot, prit sa guitare, l'accorda et joua quelques notes parfaites avant de lui rendre l'instrument et de disparaître dans la brume.

Nous allons dormir au Shack Up Inn qui se trouve à l'extérieur de la ville, dans la campagne déserte. Il s'agit de bungalows du début du xxe siècle qui se trouvent sur une plantation de coton où les musiciens avaient coutume de travailler pour gagner leur vie. Nous sommes au cœur du Delta du Mississippi, ce lieu très particulier des États-Unis. Nous sentons bien les esprits musiciens qui rôdent autour de nous (surtout après cette histoire de diable). J'ai l'impression que le piano désaccordé va se mettre à jouer tout seul pendant la nuit. Nous dormons tous les trois serrés les uns contre les autres pour conjurer le mauvais sort.

11 JANVIER

Sur les bons conseils de notre hôte au Shack Up Inn, nous petit-déjeunons dans un *diner* libanais (mais rien de libanais dans le petit-déjeuner qu'il propose), dans le village de Clarksdale. Tout le monde se connaît, ici, les gens discutent ensemble d'une table à l'autre. Le vieil homme, qui semble être le propriétaire des lieux, est grincheux, de mauvaise humeur, et sa fille qui nous sert l'est encore plus. La dynamique rappelle sans effort le film à succès *My Big Fat Greek Wedding*, version libanaise. Pour alléger l'atmosphère, Mauricio leur dit qu'il est, lui aussi, d'origine libanaise. Ils sont intrigués, lèvent un sourcil : de quel endroit ? « De Zahle », répond-il.

Les deux sourient enfin, ils connaissent, ils sont heureux, touchés même de nous en parler. Un des types qui mange seul à une des tables entend tout et dit au patron qu'il devrait nous offrir le petit-déjeuner. Mais le patron se renfrogne, il perd son sourire, pas question. « *Business is business, even with family* », nous dit-il.

12 JANVIER

Nous avons besoin de repos. Nous décidons donc de dormir deux nuits dans le même endroit, à Vicksburg (Mississippi). Nous partons la première journée explorer le sentier de Natchez, qui est en fait une route dans un parc qui traverse le Mississippi, l'Alabama et le Tennessee. On peut parcourir cette route à pied, en voiture ou à cheval, et y camper. Nous y allons en voiture, nous sommes seuls sur la route, il fait très beau et le paysage est superbe. C'est un endroit tout de même inquiétant, car de nombreuses personnes ont disparu sur ce sentier ou y ont été retrouvées mortes. Arrivés dans un village, nous admirons des manoirs du temps des plantations de coton, nous nous promènenons avec la poussette le long de la rue principale du village de Natchez, nous apercevons la rivière Mississippi en bas de la côte, c'est une très belle journée. Nous allons dans un parc pour profiter du soleil, Violeta joue avec des enfants. Ces derniers tentent de rendre à un minuscule chien le manteau qu'il a perdu. Ils courent derrière le camion dans lequel le propriétaire du chien se trouve : il le promène confortablement assis dans son véhicule, pendant que la petite bête trottine à l'extérieur, à ses côtés. On aura tout vu !

À minuit, dans la chambre d'hôtel, Mauricio me surprend avec un gâteau Sara Lee et des bougies, le tout acheté plus tôt dans un supermarché sans que je m'en aperçoive. Il m'offre des élastiques colorés pour mes cheveux, c'est tout ce qu'il a trouvé au magasin, bredouille-t-il. Je suis émue. J'ai trente-neuf ans.

13 JANVIER

Mon anniversaire.

Je quitte la jeune trentaine aujourd'hui. Nous allons déjeuner tôt pour célébrer, vers onze heures trente, dans une maison, Walnutt Hill, qui sert des repas sur de grandes tables communautaires. Les gens arrivent de la messe et se connaissent tous, nous sommes les étrangers du village que tout le monde regarde. On nous a mis à une table à part, je suis déçue, j'aurais beaucoup aimé jouer du coude avec les dignitaires de Vicksburg. Nous sommes servis par un grand Noir qui me fait penser à un acteur de cinéma des années 1950, il m'inquiète un peu. Nous mangeons très bien et très vite (nous ne nous sentons vraiment pas à l'aise). Nous reprenons la route, direction La Nouvelle-Orléans (Louisiane).

Nous y arrivons vers dix-sept heures trente, notre hôtel est charmant, c'est le Place d'Armes, rue St. Ann. La dernière fois que je suis venue dans cette ville, c'était pour une rencontre de travail à Bâton-Rouge, à l'université de la Louisiane. C'est un mauvais souvenir et je suis réticente à l'idée d'être ici, surtout après l'ouragan Katrina.

14 JANVIER

La ville est presque déserte. On nous explique que, depuis Katrina, tout le monde est parti : les gens qui ont déménagé en raison de l'ouragan ne sont pas revenus. J'ai du mal à comprendre ça, mais il faut s'imaginer qu'ils ont tout perdu et qu'ils ont trouvé du travail ailleurs, souvent dans un état voisin, pour mesurer l'ampleur de ces décisions.

Il fait un temps magnifique. En quelques coins de rue, à pied, je me réconcilie avec la ville, dont je n'avais vu que le côté *show off*. Tout à coup, je comprends pourquoi on peut l'aimer. Il y a ici un je-ne-sais-quoi d'européen (mais pas trop, c'est très discret), qui se sent surtout dans l'architecture, dans les rues piétonnières, où il y a des antiquaires et de charmants cafés. Nous nous disons que nous pourrions habiter ici. Nous imaginons souvent où nous aimerions vivre. Il est vrai que si peu de choses nous retiennent à São Paulo ; la famille de Mauricio peut-être, mais pas vraiment. Je rêve parfois que nous sommes une famille de bohémiens, que nous vivons sur la route comme en ce moment, que nous fuyons les responsabilités du monde ordinaire pour parcourir les routes ensablées de continents inconnus.

Plus tard, dans la soirée, nous allons manger un célèbre beignet avec les touristes au Café du Monde, puis nous dînons dans un restaurant créole.

* * *

19 JANVIER ~ **STÉPHANIE**

Je commence à angoisser sérieusement avec le mariage de mon frère dans les Rocheuses en février. J'y pense sans cesse. Tout d'abord, je ne veux pas que mon frère épouse cette femme, qui, si elle est très gentille, ne veut rien savoir d'habiter au Québec car elle ne parle pas français. Elle garde mon frère loin de moi, loin de nous. Ensuite, quelle idée, ce mariage au bout du pays. Ça va nous coûter trop d'argent, alors Philippe et Georges doivent rester à la maison. Voilà la famille encore divisée. Et mes parents qui vont se revoir pour la première fois depuis leur divorce… ça va être gai, d'autant plus que mon père a eu la bonne idée d'inviter sa blonde, qu'il laissera dans la chambre d'hôtel pour la durée des festivités. Ensuite, ils fileront sur les pentes de ski (ma mère aussi, bien sûr, il faudra coordonner ce grand ballet pour que personne ne se croise dans une gondole). Je pense que j'ai l'esprit complètement dérangé, j'envisage ce mariage comme une épreuve de force où nous risquons tous de laisser notre peau. Je vais tenter de me concentrer sur un élément positif. Je cherche quelque chose de solide et de divertissant. J'ai trouvé mon remède : acheter des bottes de cow-boy à Calgary.

20 JANVIER

Tu m'as écrit hier. Tu as lu mon dernier calepin : tout n'est pas mort, tu es encore dans le projet. J'ai peur que tout cela nous éloigne. Je me répète, je continue. Parfois, je crois que tu m'en veux de t'avoir entraînée là-dedans, dans l'écriture de tous les jours, une écriture à même le corps, à même les spasmes des heures. Par jalousie, j'ai voulu te sortir de la fusion dans laquelle tu nages avec ta fille. C'est bien moi, je fais encore l'homme, je suis celle qui crève les bulles, je suis le tiers qui s'insère. Je sais que tu résistes, que tu ne veux pas me laisser entrer. J'aimerais tant que tu te laisses aller à être comme je te vois : la femme qui écrit en exil.

Mon admiration pour toi t'étouffe. Tu n'as peut-être jamais saisi que je rejoue sans cesse cette scène dans ton bureau, toi professeure, moi étudiante. Je t'admire et je veux te séduire, je veux te prouver que je ne suis pas qu'une paresseuse. Mais dans ces moments, je m'acharne, je le sais. Tout ce que j'arrive à faire, c'est te faire fuir.

21 JANVIER

J'ai reçu en cadeau, le 6 janvier dernier, une boîte très jolie d'un chocolatier à la mode contenant des biscuits chinois trempés dans du chocolat noir. Avec les enfants, nous en mangeons de temps à autre, nous faisons durer le plaisir. Mon premier message fut : « Celui qui se presse ne peut marcher avec dignité. » Ça m'a encore fait penser au film de Denys Arcand. Philippe a eu : « Vous êtes profondément attaché à votre famille et à votre foyer », sur quoi Mathilde s'est exclamée : « Pfft ! On n'a même pas de foyer ! »

Bref, on retire beaucoup de plaisir de ces biscuits et je dois les cacher aux enfants, qui veulent mettre la main dans la boîte dès que j'ai le dos tourné.

Il ne reste plus que deux biscuits. Ce soir, avant le souper, j'en croque un. Le message est le suivant : « Gâtez-vous un peu. »

Sur ce bon conseil, je ne fais ni une ni deux et, cachée derrière la porte du garde-manger, j'engouffre le dernier biscuit.

22 JANVIER

Pleine lune.

Journée passée au café. J'ai vu le Serbe, qui travaille ici comme homme à tout faire. Il est toujours aussi charmant. Il venait me parler pendant que je tentais de lire le dernier ouvrage de Julie Doucet. Ce sont encore des collages comme dans son autobiographie.

Rien ne battra jamais son *Journal* publié chez l'Association.

Quand je suis rentrée avec Georges de la garderie en traîneau, la neige était immaculée, intouchée sur les marches de l'église Saint-Louis-de-France, coin Berri et Roy. On aurait dit un accordéon fait de papier de riz.

23 JANVIER

Il y a peu à dire, vraiment. Je suis ici, au café, deux jours semaine pour écrire. Je suis toujours aussi emballée par mon nouvel espace de travail, je tourne le dos au monde, et j'ai vue sur la vie dehors, comme un film muet en couleur. Je suis à cent pas de ce premier appartement que nous avons habité, Philippe et moi, rue Mentana. C'était les débuts de notre amitié. J'en viens à ne plus savoir démêler le vrai du faux dans mes souvenirs, il me semble que, oui, on rangeait les épices par ordre alphabétique et de couleur, on lavait le plancher du balcon à grande eau. Est-ce qu'on peignait vraiment des roses au fond des moules de papier ? Je ne sais plus. Tout ce que je sais, c'est que ce « on », ces deux lettres, l'une ronde et l'autre sur ses grandes pattes, c'était toi et moi, réunies dans un délire de temps libre.

* * *

15 JANVIER ~ **ISABELLE**

Dans le hall de l'hôtel, Mauricio parle en portugais à Violeta et la réceptionniste s'adresse alors à nous en portugais aussi. Nous sommes étonnés, elle nous dit qu'elle est angolaise. Elle est aux États-Unis depuis trois ans et elle a perdu sa maison dans l'ouragan. Fascinés, nous l'écoutons nous raconter son parcours peu commun, le départ difficile de l'Angola, l'apprentissage de l'anglais en à peine trois ans, la destruction puis la reconstruction de sa maison en banlieue de La Nouvelle-Orléans. La ville même n'a pas été atteinte. Ce sont surtout les quartiers périphériques qui ont subi des dommages. Comme nous sommes curieux et que nous posons toutes ces questions à propos des restes de l'ouragan, elle nous dit qu'il existe un tour guidé des décombres et des quartiers les plus pauvres en autobus. L'idée, bien qu'alléchante pour notre curiosité morbide, nous déplaît. Nous pensons à ces tours de la ville de Rio qui traversent les favelas pour montrer aux touristes comment vivent les plus pauvres et les plus dangereux. Tout cela est contraire à nos convictions. Nous déclinons donc son offre d'aller renifler le malheur des autres. Nous optons plutôt pour une visite de la ville à pied, qui nous mène au cimetière le plus ancien de La Nouvelle-Orléans. Les esprits vaudous y sont bien sages, rien d'inquiétant ici.

16 JANVIER

Nous rentrons aujourd'hui à São Paulo. Dans la matinée, nous faisons quelques courses, j'achète à Violeta des vêtements soldés pour enfants géants (la taille deux ans lui fera quand elle aura quatre ans). Notre avion est à l'heure, nous faisons un arrêt à Atlanta. Violeta renvoie tout son dîner alors que nous mangeons rapidement quelque chose avant d'embarquer, sous les yeux horrifiés de plusieurs passagers. Elle fait trente-neuf degrés de fièvre. Les vacances sont bien terminées.

Je recopie ici la fin du carnet où j'ai pris mes notes en voyage. Les dernières pages ont été utilisées pour Violeta. Dessiner des chats qui dansent, c'est ce que nous faisons toujours pour la tenir tranquille dans les restaurants. Ça me fait penser au titre évocateur d'un livre de Georges Perros, *Dessiner ce qu'on a envie d'écrire*. Une page entière de mon carnet est aussi consacrée plus prosaïquement au compte des jours de mon cycle. Mais j'ai aussi noté ceci, sans date :

Voyage au pays de la destruction.

Pendant ce voyage, j'ai beaucoup rêvé que je perdais Violeta, que je ratais des avions, que je n'arrivais pas à faire des appels, etc. Nous avons vu beaucoup de baraques abandonnées tout au long de notre route, dans tous les États visités ; avons vu les restes d'une maison presque entièrement détruite par une tornade, une maison dont les objets quotidiens se trouvaient pour la plupart juchés dans les arbres avoisinants. Avons observé la présence constante de la destruction au cours de ce voyage, depuis le début, avec le traîneau renversé et éventré à Montebello, jusqu'à la fin, à La Nouvelle-Orléans, avec les ravages de Katrina. Abandon, destruction, disparition : les mots-clés du road trip.

17 JANVIER

Violeta est bel et bien malade, elle a attrapé un virus aux États-Unis.

Il fait très chaud ici, à São Paulo, nous étouffons, même, et je suis découragée par les valises à défaire. Je trie le courrier, je fais une soupe au poulet pour Violeta. Mon jardin a explosé pendant mon absence, il est plus vert que jamais, la pelouse est belle, et le citronnier est en fleur, un vrai miracle.

18 JANVIER

J'appelle le pédiatre pour savoir quoi faire avec Violeta, dont la fièvre ne cesse d'augmenter. Je ne fais rien de productif, j'attends que ce virus passe pour pouvoir vaquer à mes occupations. Comme chaque fois que je reviens à la maison après un long séjour à l'étranger, je mets du temps à me sentir de nouveau chez moi. Et l'écriture s'en ressent. Je suis sans voix, de nouveau, comme au retour des vacances d'été.

19 JANVIER

Nous ne faisons rien aujourd'hui, nous paressons à la maison pendant que Violeta prend du mieux.

20 JANVIER

Comme Violeta va un peu mieux, nous l'envoyons passer la nuit chez sa grand-mère et nous allons au cinéma voir *Enchanted*. Mauricio a adoré et je me suis divertie un moment. Nous dînons ensuite chez Tako, mangeons des sushis et parlons déjà avec nostalgie de notre *road trip*.

21 JANVIER

Dans le film que nous avons vu hier soir à la télévision, *Death at a Funeral*, tout est parfait, sauf la présence de ce nain qui me gêne terriblement. On dirait que ces détails qu'on veut « intéressants », « différents », font toujours en sorte de sonner faux. Le mot anglais *quirky* décrit bien ce sentiment : les personnages, les événements, les vêtements, tout se veut un peu trop *quirky*. Tout un pan de jeunes réalisateurs d'aujourd'hui adhère à ce *quirky* de trop près : ils font des films où, par exemple, les personnages se déplacent en *sidecar*, comme dans *Garden State*, plutôt qu'en moto ou en vélo, pour faire différent.

C'est ce « faire différent » volontaire qui supprime mon désir de croire en l'histoire, qui détruit l'effet de réel. Les gens sont beaucoup plus ordinaires qu'ils ne voudraient l'admettre.

22 JANVIER

Je vais chercher Violeta chez sa grand-mère L., retrouvailles tendres.

23 JANVIER

Je vais chez l'ophtalmo pour mon examen semestriel à cause de la haute pression dans mes yeux et de la possibilité de développer un glaucome, comme mon père. La hantise de perdre la vue me fait aller religieusement voir le docteur Vital : Vital comme c'est vital de pouvoir voir jusqu'à ma mort, vital de pouvoir lire et regarder ma fille grandir.

* * *

27 JANVIER ~ **STÉPHANIE**

Matinée au lac aux Castors avec Georges. Nous patinons et glissons avec Mel, Nico et leur fille Alexie. Philippe refuse de patiner, ne veut pas glisser. Je le sens en retrait de toute chose depuis la mort de sa mère. Je le trouve ennuyant.

C'est une belle journée, il y a foule à la cafétéria du pavillon, alors nous battons en retraite à la maison, où nous nous goinfrons de soupe et de *grilled cheese*. Mathilde rentrera plus tard avec mon père et sa blonde. Je m'habitue tranquillement à cette dernière ; je commence à l'accepter. Elle a accueilli ma fille pour le week-end. Elle dit qu'elle fera la même chose pour mon fils, un peu plus tard. Finalement, je dois bien l'avouer, elle est fort sympathique.

Peut-être suis-je suis facilement achetable.

28 JANVIER

En sortant du bureau vers dix-sept heures, Mélanie me fait remarquer qu'il fait encore jour.

Je lis beaucoup depuis quelques semaines. Boulimique, j'avale presque un livre par jour, j'en mène plusieurs de front. Janvier semble avoir été inventé pour les lecteurs, il n'y a rien d'autre à faire que de se blottir sous une couverture et alterner lecture, notes et sieste. À cela on peut ajouter boire du thé, manger des biscuits ou tout autre aliment qui craque et, bien sûr, regarder par la fenêtre.

29 JANVIER

Au café.

Le va-et-vient des clients, les portes qui s'ouvrent et se referment sans arrêt contribuent à la froideur ambiante. Parfois, je dois mettre mon manteau et je rêve de gants aux doigts coupés pour écrire à l'ordinateur.

Par contre, lorsqu'on monte à l'étage – petit étage de rien, mezzanine au bout de laquelle se trouvent deux minuscules toilettes – une chaleur incroyable vous enveloppe. Chaleur de four à pain, chaleur lente, sensuelle, maternelle, chaleur de brioche, sucrée, douce. La rampe devient chaude sous la main à mesure qu'on escalade les marches, et la poignée de la porte est brûlante comme un corps fiévreux. J'affirmerais avec tout le sérieux du monde que ce passage de trois mètres de long est l'endroit le plus agréable où se retrouver durant l'hiver froid et cru de Montréal. Étrangement, je n'ai jamais croisé personne à l'étage de ce café. Je ne sais pas ce que je ferais si ça arrivait, l'espace y est si exigu. Mais chaque fois, j'y pense.

30 JANVIER

Il y a du verglas dehors, il semble faire nuit, même en plein jour. J'ai gardé Gio à la maison, l'idée de me rendre à pied à la garderie m'épuise d'emblée. Il joue présentement dans sa chambre, alors que je me suis installé un bureau provisoire dans ma chambre (il ne supporte pas d'être seul à l'étage). J'ai mis le portable sur mon grand coffre en bois, face à la fenêtre qui donne sur la cour. L'érable à Giguère et le frêne blanc se balancent violemment au vent, un écureuil bien gras passe d'une branche à l'autre, avec beaucoup d'agilité. Le vent souffle très fort, la neige poudreuse s'envole des toits, les fils électriques sont fouettés par les branches nues. Je suis au chaud dans ma maison, je regarde par la fenêtre, comme le petit cochon dans sa maison de briques. J'espère tant que nos problèmes financiers ne nous pousseront pas à l'ultime sacrifice : vendre la maison. J'aime cette maison car j'y ai été enceinte et j'y ai ramené mon fils, quelques heures après sa naissance. (Trois écureuils courent sur le grand fil quand je lève les yeux.) Maintenant, je suis ici, à écrire, avec lui dans la chambre à côté. Je lui explique que je dois travailler jusqu'à midi, jusqu'à ce que les chiffres soient : un-deux-zéro-zéro sur le cadran. Il comprend, retourne à ses voitures. Il grandit, je vieillis, dans cette maison que j'aime et que je redécouvre sans cesse, comme aujourd'hui, dans mon nouveau petit bureau improvisé, face à la fenêtre de la cour.

* * *

24 JANVIER ~ **ISABELLE**

Anniversaire d'Émile.

Je travaille fort pour Laurent et le manuscrit qu'il m'a confié. Le roman est sans intérêt, mais je suis très heureuse de m'y plonger une fois que Violeta dort, ça me fait un bien fou de faire autre chose que de la materner. Cette semaine est une longue remise en forme aussi ; me remettre à endurer la chaleur étouffante de l'été, les pluies diluviennes qui paralysent la ville, le trafic incessant que j'avais déjà oublié. Je me calfeutre dans le manuscrit de cette autre femme qui écrit, pour oublier un peu cette vie turbulente qui m'entoure.

25 JANVIER

Aujourd'hui, c'est férié ici. Nous fêtons l'anniversaire de la ville de São Paulo. Fondée le 25 janvier 1554, la plus grande ville du Brésil a fêté ses quatre cent quarante-neuf ans. Pour célébrer cet événement, un gâteau de quatre cent quarante-neuf mètres de long a été confectionné et exposé dans le quartier central de Bexiga. Les ingrédients de préparation (quatre cent quatre-vingts kilogrammes de sucre et quatre millions et demi de morceaux de chocolat) ont valu au gâteau d'anniversaire d'être inscrit dans le *Livre des records*.

26 JANVIER

Je travaille d'arrache-pied pour terminer la révision du manuscrit pour le 30 janvier comme convenu. Entre-temps, un ancien ami reprend contact avec moi et me propose de traduire son site Internet en anglais. J'accepte sans hésiter, même si la tâche me paraît quelque peu ardue. Je passe sans peine de l'anglais au français, mais l'inverse est plus téméraire.

27 JANVIER

Cette phrase me vient : « C'était le début de temps nouveaux », une phrase que j'ai écrite dans mon agenda à la page d'aujourd'hui, seule entrée d'ailleurs pour ce dimanche, une phrase qui est liée de près à la récession, à cette période où je dois de nouveau travailler et gagner de l'argent, à ce temps qui s'ouvre comme une brèche, comme un fossé où il faut trouver toutes les solutions pour continuer à vivre richement. Sous le soleil plombant, je réfléchis à toutes sortes de manières de faire de l'argent ici, à l'étranger, et à tous les compromis que je devrai endurer pour y arriver.

28 JANVIER

Ce matin, je ne sais plus quoi faire avec Violeta, qui tourne en rond. J'ai l'idée de suivre une recette trouvée dans un magazine et de faire de la pâte à modeler maison avec de la farine, de l'eau et de l'huile. Je n'avais pas de colorant, mais ça n'a pas empêché Violeta d'adorer jouer avec cette pâte huileuse beigeasse. La matinée en a été sauvée.

29 JANVIER

C'est l'anniversaire de Jade, l'une de mes filleules (j'en ai trois, en plus d'un filleul), elle aura sept ans aujourd'hui. Je lui ai fait parvenir par la poste une cartouche de jeu Nintendo que sa mère m'a conseillé d'acheter. Je dois rendre le manuscrit demain à Laurent, je redouble d'ardeur pour le terminer à temps.

30 JANVIER

Dans la matinée, j'envoie mes révisions à la maison d'édition et je sens enfin que le Carnaval peut commencer. Ce sera seulement vendredi soir que les réjouissances auront lieu, mais déjà un air de fête se fait sentir dans la ville.

31 JANVIER

En appelant ce matin mon courtier d'assurance, j'ai fait un lapsus : je lui ai posé une question sur mon assurance nostalgie (*saudade*) au lieu de mon assurance santé (*saúde*). Il est resté silencieux pendant quelques secondes au bout du fil, se demandant sans doute si j'étais sérieuse. J'ai déjà demandé aussi, dans une boutique de tissus où l'on pouvait faire faire des rideaux, s'ils avaient du tonnerre en vente, plutôt que des tringles (*trovão* plutôt que *varão*).

Je fais quelques courses et hésite à acheter un déguisement à Violeta. Finalement, je ne l'achète pas, je pense qu'elle est trop jeune encore pour apprécier pleinement toute la beauté du pagne de Pocahontas.

1er FÉVRIER

Je fais les dernières courses nécessaires pour le voyage à la campagne. Nous allons chez ma belle-mère, à Brotas, à trois heures et demie de voiture de São Paulo. J'ai acheté du lait, de l'eau, de la roquette et du cresson pour faire des salades, du papier hygiénique, des bougies (pour les pannes d'électricité), des allumettes, des couches, des lotions de toutes sortes (moustiques, araignées, soleil), un chapeau pour ma fille, du pain parce qu'en ces jours de carnaval même le boulanger de notre village prend congé. Nous ne partirons pas ce soir car les routes seront trop embouteillées. Les Paulistanos (ceux qui, comme moi, vivent dans la ville de São Paulo) se précipitent toujours sur les autoroutes à la sortie des bureaux dès qu'il y a un congé ou tout simplement à la veille du week-end. Nous prendrons la route tôt demain matin. Je pense à toi, tu dois déjà être sur la route pour retrouver ta mère. La neige et la chaleur, c'est le couple que nous formons, toi et moi.

* * *

1er FÉVRIER ~ **STÉPHANIE**

Chaque fois que nous prenons la voiture pour partir en expédition, une tempête s'abat sur nous. Ma mère a loué un chalet à Val-David pour le week-end et nous y invite. Le trajet, qui doit en temps normal durer une heure trente, dure plus de trois heures à cause du trafic de fin de journée, des bourrasques de neige et des indications approximatives de ma mère. Nous nous perdons dans les petites villes du Nord. J'étouffe dans cette voiture avec les enfants et Philippe. Les lieux clos me sont de plus en plus difficiles. Surtout lorsque j'ai à transiger avec les demandes incessantes de mes enfants. Je deviens folle. Dans cette voiture, je dois me tordre le corps pour arriver, du siège avant où je suis, à les joindre sur la banquette arrière : qui veut enlever son manteau, qui veut dénouer les écouteurs de son iPod. Je dois sans cesse délibérer, trancher dans leur débat, apaiser leur discorde. Lorsque nous arrivons enfin, je suis exténuée, excédée : bref, *hors* de moi, de mon corps, de ma santé mentale.

Mais le calvaire n'est pas terminé pour autant : une épaisse couche de neige recouvre l'entrée de la maison de campagne, la voiture s'y enfonce : on ne peut plus avancer ni reculer. Je fais sortir les enfants, j'apporte les bagages dans la maison chaude, où ma mère nous attend. Je l'avertis que je suis dans un état épouvantable. Elle est compréhensive. Lorsqu'elle me demande ce qu'elle peut faire pour moi, *fix me a drink* sont les seuls mots qui me viennent à l'esprit. J'aime cette expression anglaise, il y a une notion à la fois de réparation et de drogue forte dans ce *fix*. Je vais aider Philippe à pousser la voiture, à pelleter, à sacrer pendant trente minutes. De guerre lasse, nous nous avouons vaincus et laissons la voiture ainsi, à moitié dans l'entrée, à moitié dans la rue.

Je bois du vin blanc. Les enfants ne cessent de me solliciter. Toujours ils sont sur moi, après moi, accrochés à moi. Toute ma vie tourne autour de leur horaire, de leurs besoins, de leurs demandes.

Je converse avec ma mère à ce sujet :

— N'as-tu jamais été exaspérée lorsque nous étions jeunes, mon frère et moi ?

(Je m'attends à ce qu'elle acquiesce.)

— Jamais.

— N'as-tu jamais regretté d'avoir eu des enfants ?

— Non, jamais.

Moi qui pensais que c'était un sentiment universel, partagé – pas en permanence, mais sporadiquement, du moins – par toutes les mères.

Ma mère reste silencieuse pendant plusieurs minutes après cet échange.

2 FÉVRIER

Je dors très mal dans la chambre à la mezzanine. Dans le lit coincé entre la balustrade de bois et le toit en pente, je tourne en me cognant contre Philippe et me réveille en sursaut, la tête contre les larges barreaux sculptés, le souffle coupé, croyant tomber dans le vide qui s'ouvre à quelques centimètres de moi.

Je rêve de toi, songe tordu, désagréable : nous sommes à São Paulo dans ta maison, le temps passe à ne rien faire. Tu sais que c'est ainsi que j'imagine naïvement ta vie, ta vie loin de moi : de longues journées chaudes à laisser filer le temps. Un profond malaise m'habite dans ce rythme de vie lent, je tourne le temps entre mes mains, ne sais comment le tisser. Tout ce que je trouve à faire, c'est te sermonner : « Lorsque tu seras au Québec, tu devras mettre ta fille sur un horaire strict : déjeuner et patin en avant-midi, dîner, sieste et glissade en après-midi, souper, bain, dodo. » Tu me regardes de travers. Je suis une vraie dictatrice du quotidien.

Je fais ce rêve en plusieurs étapes, m'éveillant entre chaque séquence, effrayée par ce vide d'espace à côté de mon lit, comme je le suis par ce vide de temps dans mon rêve.

Au matin, je suis plus épuisée qu'au coucher. Attentive aux oracles de la nuit, je me calme et observe la maison dans laquelle j'ai dormi. Elle est baignée de lumière blanche, lambrissée de pin, débordante de plantes luxuriantes qui portent d'étranges fruits. Sur les murs se succèdent des collections de masques, de poupées ; sur le bord des fenêtres, des animaux de bois, des boîtes de métal, des coquillages, des étoiles de mer, des hippocampes desséchés.

Mon week-end débute.

3 FÉVRIER

Hier, nous sommes allés glisser avec les enfants, creuser des cavernes dans la neige bien dure. Aujourd'hui, nous allons patiner. Vois comme j'observe moi-même l'horaire strict que je t'avais prescrit en rêve.

En rentrant à la maison ce soir-là, je lis les cartes postales de *PostSecret*, comme tous les dimanches. J'ai la surprise d'y retrouver une carte que j'ai envoyée il y a plus d'un an. Je la trouve laide tout à coup, j'ai honte de voir ce secret étalé au grand jour. Je suis toujours ainsi tiraillée, entre le désir de montrer et celui de cacher. Révéler ou dissimuler, dire ou taire, n'y a-t-il pas une voie du milieu à explorer ? Je la cherche ici avec toi, dans mes historiettes que je te fais parvenir pour garder notre amitié vive, pour garder un souffle d'air dans ma gorge entravée. Le paradigme de l'enfermement fleurit en moi comme une plante étrange dont on ne peut arrêter la croissance. Ne me laisse pas seule, ne me laisse pas tomber dans le vide blanc du grand hiver, tu sais que je n'arriverai pas à me relever.

4 FÉVRIER

Montréal. Mes humeurs sont au plus mauvais. Mes cycles sont prévisibles comme ceux de la lune, je peux dire avec exactitude quand je serai scintillante et quand la nuit sera noire. Je suis dans la partie nuit noire, j'ai une journée épouvantable, où tout me contrarie.

La vie est plus surprenante que l'on croit. Le barman du resto qui, pendant quatre heures vendredi dernier, s'est fait tatouer le bras et l'épaule, me demande de lui appliquer délicatement un baume cicatrisant, en suivant les sillages de sa peau boursouflée. Je m'applique, le souffle coupé. Il est jeune, ses biceps sont saillants, la peau de son ventre est ferme, il n'a presque pas de poils. Je suis si sensible aux hommes, à leurs charmes. Lorsqu'il remet sa chemise, la crème traverse le coton et fait des zigzags.

5 FÉVRIER

Pluie fine, comme si Dieu actionnait un brumisateur géant sur toute la ville. Mon visage est heureux.

Lunch avec Yuri, que j'ai appelée en renfort car je ne voulais pas être seule avec le Serbe au café. La sollicitude de ce dernier tout à coup m'agace. Il veut que nous nous voyions samedi soir, que nous sortions ensemble, en couple. Je ne sais comment refuser. Je me sens coupable tout à coup, coupable de tout, tout ce que je n'ai pas fait, mais dont j'ai imaginé les moindres détails. Je ne sais plus être infidèle, même en pensée.

6 FÉVRIER

Après mon avant-midi de travail, j'ai fait des courses : une carte géographique de Calgary, une primevère dont les fleurs sont mauves avec un cœur jaune.

Pour le souper de ce soir, j'ai encore fait cette recette de carré de porc qui est si bonne. Comme la pièce de viande était grosse, j'ai invité Martin.

* * *

2 FÉVRIER ~ **ISABELLE**

La route se fait bien jusqu'à la campagne, et nous arrivons à temps pour le déjeuner. C'est déjà la fête dans le village. La mère et la tante de Mauricio sont arrivées depuis hier ; elles préparent tout, nous sommes traités comme des rois. Ça fait du bien d'avoir quelqu'un pour s'occuper de soi. Nous retrouvons la fraîcheur bétonnée de la maison avec plaisir. Violeta y renoue avec ses jouets salis de terre rouge, ses petits pieds dodus déchaussés s'enfoncent dans l'herbe bleutée du jardin.

3 FÉVRIER

Le Carnaval bat son plein. La tante de Mauricio essaie désespérément de regarder le défilé à Rio diffusé sur une toute petite télévision en noir et blanc dont l'image n'est jamais bien nette. Tout son corps opulent est penché vers la boîte blanche sur laquelle elle cogne régulièrement pour que l'image se stabilise. Elle cligne des yeux, tente de faire le point à travers les dentelles de statique qui mangent l'écran. De temps en temps, elle lâche des cris de joie et d'admiration, alors que nous essayons tous de faire la sieste dans le roulis paresseux des hamacs, où nous nous balançons sur la terrasse. La plupart des chars allégoriques célèbrent les cent ans de l'immigration japonaise. En passant dans le salon pour aller me rafraîchir, j'aperçois à la télé un char flanqué d'un minuscule jardin japonais, superbe d'ingéniosité.

4 FÉVRIER

Il fait une chaleur accablante. Les mouches à fruits nous dévorent le visage. Le plant de *maracuja* n'a pas résisté aux sécateurs du jardinier, qui pensait que c'était une mauvaise herbe. Moi qui me faisais une joie d'en retrouver les fleurs maléfiques, dont tu m'avais fait connaître la beauté tortueuse plusieurs années auparavant, chez toi, rue Rachel. Ma belle-mère a eu pitié de ce pauvre homme qui se dit jardinier et l'a embauché pour l'aider à faire vivre sa famille nombreuse. D'ailleurs, sa plus jeune fille, qui a seize ans, vient d'avoir un bébé, une petite fille, et je lui donne d'anciens vêtements de Violeta.

Miracle ! Il neige à Rio : le char allégorique qui gagne la compétition représente les sports d'hiver. Une piste de ski de quelques mètres a été construite sur l'un des chars, et des athlètes connus la descendent pendant que le reste de la flotte défile sous les yeux subjugués des membres du jury. Tu vois, même à des milliers de kilomètres et tout près du tropique du Capricorne, la neige, cette dévastatrice, parvient encore à tout recouvrir, à voler la vedette.

5 FÉVRIER

Mardi gras.

La journée s'écoule tranquillement, rythmée par le glas de l'horloge de l'église. Violeta joue avec des fourmis de la taille d'une épingle à linge qui transportent des feuilles sur leur dos ; j'essaie de lire un peu, je regarde le ciel lourd, rempli d'oiseaux que je ne reconnais pas. Je les regarde pour toi, je sais que tu les aimes. En sortant de la propriété pour aller cueillir des fleurs, je trouve un chat mort qui a été déposé sur un tronc d'arbre. Il est blanc et noir, son petit corps pend de côté, dans le vide. C'est le deuxième chat mort que je vois depuis que j'habite au Brésil, abandonné ainsi sur le bord d'un trottoir. Je n'ai jamais vu la mort d'aussi près et aussi souvent que depuis que je vis ici. Ce chat est-il un message que tu m'envoies ? Est-ce de mauvais augure pour cette année qui commence ? Quand je rentrerai à São Paulo, m'enverras-tu ton carnet de février pour me dire que tu ne vas pas bien, que tu es ensevelie sous la neige, prête à te laisser mourir ? Est-ce le mercredi des Cendres qui me met ces idées noires dans la tête ?

6 FÉVRIER

Mercredi des Cendres.

Nous rentrons ce matin à São Paulo. C'est un jour gris et déprimant. Nous sommes coincés dans les embouteillages interminables, je maudis toujours cette ville bondée, sale, polluée et laide quand nous rentrons de la campagne. Heureusement, notre femme de ménage nous attend les bras ouverts, avec un déjeuner, une maison impeccable et un sourire réconfortant.

7 FÉVRIER

Violeta commence la garderie aujourd'hui. Je suis très nerveuse, comme si c'était moi qui entrais à l'école pour la première fois. Je me réveille beaucoup trop tôt, je suis prête avant tout le monde et j'attends que Violeta se réveille. Sur le chemin, mon cœur bat la chamade, comme si j'allais à un rendez-vous important, déterminant, même, pour mon avenir. Je reste assise dans l'entrée de l'école Harmonia pendant que Violeta joue avec les enfants. Tout se passe bien. Pour la récompenser d'une bonne première journée, je l'emmène d'un coup de taxi dans un parc d'attractions couvert. Elle s'amuse dans une piscine de balles, nous rions, mais je trouve tout de même l'endroit un peu glauque et je me demande ce qu'elle va attraper à lécher les balles en plastique. Je ne sais pas si c'est la retombée de l'adrénaline de ce matin, mais je me sens seule, découragée aujourd'hui. J'ai parfois l'impression que je fais semblant de vivre ma vie. Est-ce que ça t'arrive ?

* * *

7 FÉVRIER ~ STÉPHANIE

Rêve. Première partie.

Magasin de chaussures. Je cherche sans trouver. Je porte un pantalon mauve en velours côtelé et j'essaie des bottes longues, elles aussi avec du velours mauve. Je trouve que c'est trop similaire, ce n'est pas intéressant. Je suis épatée par une section de la boutique où les vêtements changent sans arrêt, comme si on appuyait sans cesse sur un bouton *refresh*. Je sors.

Deuxième partie.

Je descends des marches de pierre, comme lorsqu'on sort de la grande bibliothèque publique de New York, et me trouve devant une vaste étendue, à la fois verdoyante, avec ses pelouses aménagées, et très achalandée par les automobiles, avec des ronds-points et des intersections.

Je vois passer Joëlle en voiture décapotable; je la salue de la main, elle me rend la pareille et, ce faisant, perd le contrôle de son véhicule. La voiture valse dans le trafic, un peu à la façon d'une auto tamponneuse. Je la regarde, bouche bée. La voiture va et vient, évitant toujours de justesse les accidents, mais ne se remettant pas dans le sens de la circulation. C'est au moment où elle revient vers moi que je me rends compte qu'elle conduit en même temps qu'elle est sur le capot, retenant ses trois enfants (dont le bébé) qui glissent hors de la voiture. Je suis horrifiée. Mais elle semble maîtriser la situation. Sa voiture traverse même sans problème un terre-plein, ceux d'un mètre de haut qui contiennent des fleurs, comme si l'obstacle n'existait pas vraiment. Je m'éveille.

Si certaines voient la maternité comme un manoir sur la mer, moi, je vois la vie de famille comme une décapotable qui dérape.

8 FÉVRIER

Lever tôt, lecture de cinq heures trente à sept heures. Je finis par être en retard, comme d'habitude.

Philippe reçoit une partie de l'argent que sa compagnie lui doit, un poids de moins sur nos épaules. Pour combien de temps ?

Il a fait très froid hier, encore un peu aujourd'hui. Février : les grands froids, la neige, aussi, beaucoup. Le plus creux de l'hiver, tout le monde est déprimé, tout le monde rêve de partir dans le Sud.

Il n'y a rien à écrire, rien à décrire, rien ne se passe, je ne peux qu'observer mes paysages intérieurs.

Je sais que tu regardes fleurir tes hibiscus. Parfois, j'envie ta vie sous les tropiques, je me l'imagine douce en toute saison.

9 FÉVRIER

Sortie avec les Serbes, spectacle de jazz assez peu réussi chez Dièse onze, rue Saint-Denis. Belle soirée tout de même. L'épouse est jolie, maquillée, coiffée, féminine. Je suis fascinée quand ils parlent ensemble, dans leur langue dont nous sommes complètement exclus. Ils ont leur univers qu'ils transportent avec eux. J'essaie d'apprendre quelques mots, il les écrit dans mon calepin : *Dober dan ! Doviđjenja !* Il écrit aussi son nom avec des caractères inconnus, ce qui le rend encore plus étranger à mes yeux.

On rentre, il neige beaucoup. La nuit est belle et blanche.

11 FÉVRIER

« Février, le plus court des mois, est de tous le pire à la fois. » Dicton paysan.

Il fait froid, on ne peut rester un seul instant dehors avec les mains à découvert sans que nos doigts gèlent. Déprime de février généralisée.

Je lis les carnets d'un auteur depuis quelques jours. En faisant des recherches, je tombe sur une photo de ce dernier. Il ressemble à s'y méprendre à l'homme que j'ai aimé auparavant, il y a longtemps. Je t'en ai déjà parlé, il s'appelait François.

C'est saisissant. La force de la mâchoire, la dureté dans les yeux, les cheveux fins comme du sable. Il porte le même prénom. Je referme vite l'écran, comme pour conjurer un mauvais sort, comme si quelqu'un pouvait voir mon trouble.

Je ne lirai plus le livre, je suis incapable d'oublier le visage de l'auteur. Celui-ci écrit qu'un livre qui nous plaît éveille des images que nous portions en nous, à notre insu.

12 FÉVRIER

Philippe prend congé, nous passons la journée ensemble, à travailler, à faire les courses. Nous mettons notre déprime en commun, comme certains partagent un bout de pain. Je commence les préparatifs pour mon voyage dans l'Ouest. Je n'ai vraiment pas envie d'aller à ce mariage, je veux mourir. J'achète des vêtements pour Mathilde, tous noirs ou mauves. Je m'en rends compte seulement par la suite. On dirait que nous allons à un enterrement.

Je n'ai pas trop travaillé, aujourd'hui, somme toute. Mon esprit est préoccupé par le voyage. Mon frère qui se marie scelle son exil loin de nous. Il me manque.

Tout l'après-midi, j'ai fait du rangement dans mon bureau en pagaille. N'est-ce pas rassurant de tout cataloguer et de tout ordonner ? N'aime-t-on pas relire des cartes postales, retrouver de vieilles photos sur lesquelles on ne reconnaît pas nos propres enfants, prendre de nouvelles résolutions qui ne seront pas tenues ? Forte de ce beau travail, je me suis assise à ma table de travail propre et vide et j'ai lu un *Time Magazine* dans la belle lumière de quinze heures qui entrait par les fenêtres de mon bureau.

13 FÉVRIER

Neige. Encore beaucoup. Je garde Georges, je ne sors pas. Je fais cuire des betteraves jaunes pendant des heures. Elles ont une couleur beige, je les jette.

Hier en fin de journée, lorsque je suis allée chercher mon fils à la garderie, je suis arrêtée en passant chez Urban Outfitters, qui vient juste d'ouvrir rue Saint-Denis. J'y ai déniché des boucles d'oreille en plume de paon, comme j'en cherchais depuis des mois. Quand mon fils les a vues, il m'a dit, avec l'air de quelqu'un qui vient de faire une grande découverte: « Maman, tu te transformes en paon ! »

Ça doit être ça, oui.

Ce matin, je les porte encore, petits soleils vert et bleu suspendus à mes oreilles. Parfois, quand je bouge, elles font un froufrou d'ailes.

14 FÉVRIER

Saint-Valentin.

Hier, j'ai traîné mon fils chez Chloé pour une truffe en tête-à-tête ; maintenant, c'est au tour de ma fille et moi d'avoir un moment ensemble. C'est la folie aujourd'hui aux Chocolats de Chloé, j'aurais dû y penser. Il y a foule dans la boutique, grande comme un boudoir. Il fait chaud, les fenêtres suintent, ça sent le caramel et la ganache, on y est bien. Nous faisons la file, patientes. Quand notre tour vient, nous n'avons toujours pas fait un choix, on lèche la grande vitrine en lisant les titres sur de minuscules cartons : fleur de sel, piment d'Espelette, basilic, thé Earl Grey. Ma fille choisit caramel, moi, orange.

C'est ici que ma fille a appris à lire. L'an dernier, durant les rénovations, nous n'avions nulle part où nous installer dans l'appartement trop petit pour travailler sans être dérangées. Mathilde et moi venions ici après l'école, Chloé nous accueillait et nous nous installions sur le petit comptoir pour apprendre les syllabes et les mots, en mangeant des truffes. La Grotte aura eu ça de bon, j'aurai appris à fuir. Mathilde, elle, aura appris la lecture en égrenant en lentes syllabes *cho-co-lat*.

* * *

8 FÉVRIER ~ **ISABELLE**

Après l'école, nous allons au parc avec des amis. Alors que je m'adresse à Violeta en français, un homme dans la jeune quarantaine, grisonnant, s'adresse aussi à elle en français : « Il est bon, ton jus de fruit fabriqué en Afrique du Sud ? » Je ne sais pas s'il lui dit ça pour me montrer qu'il parle la même langue que nous, pour se rendre intéressant en faisant ce commentaire politique ou les deux à la fois. Violeta l'a regardé avec ses yeux verts profonds, l'air interrogateur, comme chaque fois que quelqu'un d'autre que moi s'adresse à elle en français.

9 FÉVRIER

Dans l'après-midi, nous allons chez la sœur de ma belle-sœur ; elle habite dans une toute petite maison avec son mari, Fabio. Ils arrivent d'Angleterre, où ils devaient vivre pour quelques années, le temps que Fabio y fasse son doctorat. J'ai du mal à croire le tableau qu'ils peignent de Londres, une ville inhospitalière où ils se sont sentis comme des moins que rien. Mais il est vrai que nous, Canadiens, subissons rarement le regard raciste des autres. Ce n'est pas le cas pour les Brésiliens, qui sont reconnus pour immigrer illégalement en Angleterre et aux États-Unis, et qui ne sont pas toujours appréciés pour cette raison.

11 FÉVRIER

À dix-sept heures, nous allons à la fête d'anniversaire de Sofia, une petite amie argentine, qui va avoir deux ans. Nous arrivons un peu tard et la fête bat son plein. La mère et la belle-mère de la maman de Sofia sont de passage, respectivement d'Argentine et de France. Elles font un petit spectacle de marionnettes maison en espagnol, portugais et français. La langue dans laquelle les enfants communiquent entre eux reste le portugais, comme c'est la langue qu'ils apprennent tous à l'école. C'est singulier comme situation : les mamans parlent en français, les enfants en portugais.

12 FÉVRIER

Je me lève très tôt pour aller faire faire des prises de sang de routine et une échographie de la poitrine pour vérifier si la petite bosse que j'avais cet été s'est bien résorbée.

Dans l'après-midi, j'emmène Violeta pour son premier rendez-vous ophtalmologique, ce qui est fort intéressant : le jeune médecin utilise toutes sortes de ruses pour examiner ma fille, avec des jouets et des lumières. Diagnostic : elle sera myope comme ses parents.

13 FÉVRIER

Ma sœur Catherine, Jason, son copain, et Max, leur fils, arrivent aujourd'hui pour deux semaines. Je suis très excitée, sur le bord des larmes toute la matinée. Je vais les chercher à l'aéroport et, quand ils arrivent, je pleure de joie dans les bras de ma sœur, elle aussi s'y met, c'est beau à voir. Ça me rappelle mon arrivée à Montréal, quand tu es venue me chercher avec Mathilde et que tu voyais Violeta pour la première fois, que je te voyais pour la première fois étant à mon tour mère. C'était très symbolique, très important aussi, nous avons pleuré quelques larmes pudiques, toi et moi.

14 FÉVRIER

C'est la Saint-Valentin au Canada, mais pas ici. Nous allons au marché en bas dans la rue, Catherine et

Jason s'extasient devant les étals, tout est si beau, disent-ils, les fruits tropicaux, le jus de canne à sucre, les *pastéis* frits à la viande, aux cœurs de palmier, l'eau de noix de coco, les bananes, les noix de cajou si bon marché. Nous achetons un peu de tout en prévision de notre voyage de demain à la plage. Je suis très fière de montrer tout ça à ma sœur, qui « reçoit » mon bavardage avec patience et gentillesse. Si un jour tu te décides enfin à venir me rendre visite, nous ferons tout cela ensemble, à notre tour.

15 FÉVRIER

Le chauffeur de taxi, celui que nous réservons toujours pour les déplacements plus longs, vient nous chercher vers dix heures du matin. C'est Joelson (avec Mauricio, nous nous moquons de ce prénom : entre nous, nous l'appelons Fils-de-Joël) qui conduira les filles à la plage, tandis que les garçons iront dans notre voiture avec Mauricio. Le voyage se passe bien. Sur le bord de la route, nous achetons un régime de mini-bananes qui nous durera la semaine entière. Chaque fois que des amis ou de la famille viennent me rendre visite, j'ai toujours peur que nous ayons un accident de voiture, ou que nous nous fassions braquer dans la rue. Quand ils passent la porte d'embarquement à l'aéroport, de retour vers leur pays d'origine, je souffle enfin, et je me dis : « Un de plus à qui il n'est rien arrivé, ouf ! » Je m'en voudrais à mort s'il arrivait quoi que ce soit à mes aimés dans ma terre étrangère.

* * *

15 FÉVRIER ~ STÉPHANIE

Je sors ce soir pour l'anniversaire d'un collègue, un barman. J'ai mis le grand chapeau de cow-boy noir que j'avais acheté au marché aux puces de Calgary en mai 2005. Je me prépare à ma façon à aborder le voyage. Je me suis procuré de la musique country, j'écoute les ritournelles réjouissantes, je me fais un enduit protecteur contre la peur de ce voyage.

Lorsque j'entre au Holder vers les vingt et une heures avec mon chapeau, je fais fureur. Je suis Sue Ellen. Je suis n'importe qui, n'importe quoi, sauf moi-même. Nous sortons ensuite au Confessionnal, je danse comme une furie avec Jo sur le remix de *Show me Love*. Je sue, j'ai soif. J'oublie.

16 FÉVRIER

Moins vingt-cinq degrés, soleil éclatant.

Nous allons au cours de natation avec les enfants et, en rentrant, nous faisons un arrêt chez Romados pour manger du poulet grillé, de la salade et des petits pains portugais. La peau du poulet est dorée, croustillante et salée, si bonne ; je ne mangerais que ça. Philippe achète des *pastéis de nata* pour dessert, nous

nous régalons vraiment. Nous marchons jusqu'à la maison, dans le soleil qui fouette les joues, et nous nous couchons tous les quatre en boule dans le lit, sous les duvets de plumes.

17 FÉVRIER

Ma mère m'a appris la mort de Jeannine. Sa vie tenait à un fil depuis des années, elle défiait toutes les prédictions des médecins. Coquette, vive, de bonne humeur, elle était d'agréable compagnie, et je garde un beau souvenir d'elle. C'était la meilleure amie de ma grand-mère Madeleine. En fait, c'était toute sa vie. Maintenant, ma grand-mère se réveille la nuit en sueur, elle pense chaque fois qu'elle va mourir.

Qui de nous deux mourra la première ? Voilà une question que je ne me suis jamais posée et qui pourtant ne semble pas si éloignée des interrogations que soulève notre amitié. Cette présence/absence qui caractérise notre relation me hante tant que je n'ai plus le temps de réfléchir à ta mort, à la mienne, trop occupée que je suis à sans cesse te pleurer dans cette mort passagère des départs.

Nous ne nous verrons pas pendant une saison entière. L'hiver se déroulera loin de toi. Mais je sais que tu reviendras comme les outardes lorsque les jours allongeront, que le sol se réchauffera et que les premiers bourgeons apparaîtront sur les tiges des clématites au jardin.

18 FÉVRIER

Deux degrés.

La neige fond, laissant des plaques de glace sur le trottoir et de grandes flaques au coin des rues.

Devant le métro, des ballons bleus et blancs sont accrochés aux branches nues d'un arbre. Ils sont dégonflés ; il ne reste presque plus rien d'eux, comme le souvenir d'une fête. Un seul est rond et gros, vert tendre et strié, comme une gadelle de début d'été, pas encore mûre.

Rêve. Canmore, Alberta. Je suis à l'hôtel Radisson, mais plutôt qu'être dans une petite ville nichée au milieu des Rocheuses je suis dans une ville très achalandée, comme Tokyo. Je fais mon *check out* à l'hôtel, je paie pour les trois jours, tel que convenu, puis je sors par la porte qui donne sur l'allée d'un grand centre commercial. Il y a de la musique country, ou alors l'annonce d'un spectacle, un chanteur, avec son attirail : les jeans, le chapeau, les bottes, tout ça.

Je paie, donc, et je sors : c'est alors que je me rends compte que je n'ai passé que deux jours en ces lieux. Il me reste une autre journée, une journée en entier à passer ici, et j'ai déjà fait mon *check out*, j'ai même payé pour cette journée. Je sors tout de même, je me dis que ça s'arrangera.

19 FÉVRIER

En marchant rue Saint-Denis, je vois en vitrine d'un bouquiniste *L'Almanach surréaliste du demi-siècle.*

Je m'arrête un instant pour l'admirer, me décide à entrer.

Ce sont des textes colligés par André Breton ; on y retrouve des écrits de Julien Gracq, de Benjamin Perret, d'Octavio Paz, de même que des gravures de toutes sortes. Je m'assois à une table, sur une banquette de cuirette vieux rose, et je tiens cet objet de désir entre mes mains. Soixante-quinze dollars. Trop cher. Peut-être est-ce le seul en Amérique du Nord, comme l'album de Proust de mon rêve de janvier. Je laisse l'almanach là. Je sors.

20 FÉVRIER

Pleine lune et éclipse complète.

Dès vingt et une heures, nous nous installons dehors sur le trottoir. Exceptionnellement, je vais tirer Georges du lit, je lui chuchote à l'oreille que la lune fera son spectacle ce soir, la lune, sa lune qu'il aime tant. Veut-il venir la voir ?

On s'habille : l'habit de neige, la tuque, les mitaines. Je laisse Mathilde dormir, elle va à l'école demain et la lune ne l'émeut pas. Je sors la chaise, les lunettes d'approche : tout le barda est sur le trottoir. On s'installe vers le sud, vers le square Saint-Louis, la lune est juste là, au-dessus des branches. Lentement, tranquillement, petit à petit (« C'est long ! » soupire Georges), à l'insu de tous les passants qui ne lèvent pas les yeux, la lune se voile. « Oui, c'est long, mon Georges ! » Mais il est patient, malgré le froid qui traverse sa doudou, il veut rester dehors jusqu'à la fin, alors que la lune devient une belle boule orangée.

Dorénavant, chaque fois qu'il trouvera que quelque chose prend du temps, qu'on procède lentement, Georges demandera: « Est-ce que c'est long comme une éclipse ? »

* * *

16 FÉVRIER ~ **ISABELLE**

Barra do Sahy, à la plage.

Il fait grand soleil aujourd'hui.

Nous passons la matinée à la piscine et l'après-midi à la plage. Tout se passe comme un charme avec Catherine et sa famille. Nous dînons dans un restaurant du village. La table qu'on nous assigne est la plus éloignée de toutes, la plus chaude aussi, sans ventilateur à proximité. J'apprends plus tard par Tomas, notre ami et le propriétaire de l'hôtel où nous logeons, que la femme qui gère le restaurant déteste les enfants. Son personnel a pour ordre de mal asseoir les familles pour qu'elles ne reviennent plus. Je suis abasourdie.

17 FÉVRIER

Même petite journée agréable de fin d'été. Nous allons manger une pizza chez Tomas et sa femme

Theodora. Ils habitent dans une humble maison de pêcheur tout à côté de la plage. Quand je les ai connus, ils habitaient dans une autre ville et dans une très belle maison d'architecte qu'ils avaient fait construire sur la plage de Maresias. Cette dernière est une plage de *surfers*, une place à la mode, très bruyante, un peu jet set, où les jeunes aiment se retrouver les fins de semaine. Ce n'est pas vraiment un lieu familial, contrairement à Sahy, où nous sommes en ce moment. Au bout de leur jardin, à l'époque de Maresias, il y avait une clôture, comme chez toi d'ailleurs, plus basse, et de l'autre côté, au lieu d'être la ruelle, c'était la plage. Mais le voyage, tous les jours, pour se rendre à l'hôtel, a eu tôt fait de les fatiguer. Ils ont vendu leur maison à prix d'or.

18 FÉVRIER

En ce moment, je relis ce livre dont je t'ai déjà parlé qui s'appelle *Autoportrait*. Édouard Levé (l'écrivain qui s'est suicidé au mois d'octobre dernier) s'y décrit par sentences ou maximes, par des phrases qui se tiennent les unes sans les autres, c'est une tournure qui donne une force de vérité aux propos et en même temps, qui donne à lire une tonalité enfantine qui me réjouit. Ça commence comme suit :

> *Adolescent, je croyais que* La Vie mode d'emploi *m'aiderait à vivre, et* Suicide mode d'emploi

à mourir. J'ai passé trois ans et trois mois à l'étranger. Je préfère regarder sur ma gauche. Un de mes amis jouit dans la trahison. La fin d'un voyage me laisse le même goût triste que la fin d'un roman. J'oublie ce qui me déplaît. J'ai peut-être parlé sans le savoir avec quelqu'un qui a tué quelqu'un.

Je trouve que ce livre se démarque de l'insouciance de ces jours-ci sur la plage et j'apprécie ce décalage entre ce que je lis et ce que je vis.

Dans l'après-midi, quand nous sommes arrivés à Juquehy, la plage voisine, j'ai crû que le ciel allait exploser de sa noirceur. Il est trop tôt pour faire les boutiques, rien n'est ouvert ou presque. Nous admirons les nouveaux appartements à vendre qui donnent sur le sable, nous achetons une glace aux enfants ; ma sœur essaie des lunettes de soleil. L'orage qui nous menace m'inquiète, me rend fébrile, un peu irritable aussi, sans doute à cause de cette chaleur qui nous étreint aujourd'hui, de l'humidité tropicale. Le taxi revient nous chercher à l'heure dite. Ses virages un peu trop serrés sur les routes sinueuses de la montagne me font peur. Il y a de l'électricité dans l'air. Retour à nos chambres. Finalement, après l'orage, nous passons l'après-midi à la plage, où nous prenons des photos des enfants à contre-jour, dans le coucher du soleil. Bonheur simple d'une lumière parfaite.

Mauricio nous quitte, il doit retourner travailler à la ville. Il reviendra mardi soir et nous repartirons tous mercredi, les filles avec le Fils-de-Joël, les garçons avec Mauricio.

19 FÉVRIER

Dernière journée de piscine et de plage avant le départ demain. Je ne veux pas partir, j'adore la langueur de ces journées au soleil à ne rien faire, à ne rien pouvoir faire à cause de la chaleur, sauf peut-être boire un cocktail de lait de coco trop sucré sur une plage endormie du début de semaine. Je ne veux pas retourner à la ville, où c'est plus difficile de s'occuper des invités, où il faut inventer les menus pour le déjeuner et le dîner, penser à des activités pour tous les âges. Ici, il suffit, pour être comblé, de prendre sa serviette et de suivre le petit passage ensablé, entre les maisons, qui mène à la plage.

Quand Mauricio arrive le soir, vers vingt heures, nous sommes à table, nous terminons de dîner. Violeta est très heureuse de le voir et, pour mieux l'embrasser, elle se lève sur sa chaise haute. Il se fâche et lui dit de s'asseoir mais elle ne veut pas. Il se met en colère et la gronde assez fortement devant tous les clients du restaurant. Elle se met à hurler et à vomir, c'est une scène de fin du monde. Je te l'ai déjà dit, nous ne savons pas comment nous retrouver, c'est très étrange. Je la prends dans mes bras et je cours à la chambre d'hôtel ; je la punis à contrecœur en la couchant sans rien dire. Elle me regarde avec ses yeux luisants de larmes, dans le noir, sans comprendre ou en comprenant tout, car elle ne dit pas un mot et s'endort.

20 FÉVRIER

Ce matin, Maurcio s'excuse auprès des autres personnes qui étaient présentes hier soir dans le restaurant de l'hôtel. Je suis morte de honte et de tristesse, mais il faut sévir parfois, je le sais. Nous préparons nos bagages pour le grand départ vers São Paulo. Nous partons vers treize heures. Il fait très chaud et le temps est lourd.

Le Fils-de-Joël nous dit qu'il a acheté des crabes en retournant vers la ville après nous avoir déposées vendredi ; il est fier de nous dire que c'était une commande pour son ami, le père du grand joueur de foot, Raí. Les crabes à vendre, je les vois toujours sur le bord de la route, ils sont attachés vivants, en rond, comme un collier, comme un bijou perlé de pattes grouillantes.

21 FÉVRIER

Nous retournons au marché dans ma rue, Catherine achète des noix de cajou et des babioles de toutes sortes. Je vais chez le pédiatre avec Violeta dans l'après-midi car elle se plaint de douleurs à une oreille. Finalement, nous apprenons qu'elle a une otite, rien de grave, quelques gouttes à mettre dans l'oreille infectée. Catherine est horrifiée : au Canada, me dit-elle, on ne met jamais rien dans les oreilles des enfants.

Ce soir, nous avons fait garder les petits malgré la fièvre de Violeta, et nous sommes allés à pied dîner au Brasil a Gosto. La chef, une amie maintenant, a tenté de me convaincre de mettre Violeta à la section enfants du lycée français où ira son fils l'année prochaine (le père de cet enfant est un autre chef, français celui-là). Je lui dis que c'est bien trop loin pour moi pour l'emmener en taxi, elle me répond que nous pourrions envoyer nos enfants ensemble dans une voiture avec un chauffeur.

* * *

21 FÉVRIER ~ STÉPHANIE

Rêve. Je reçois une lettre de François. Je ne reconnais plus son écriture : ni sa calligraphie ni son style. Cela me semble insensé. Comment pouvons-nous être devenus si éloignés l'un de l'autre ? Ne plus reconnaître son écriture, c'est comme avoir oublié son visage.

Je vais le voir et lui dis : « Je ne te connais plus. » Puis, je me souviens clairement que je lui ai dit cette phrase : « Il n'y a pas d'auteur dans cette lettre. »

C'est alors que je lève les yeux : il a quatre-vingts ans. Comme un élastique qui revient me fouetter en plein visage, je comprends tout : le temps a passé. Je suis vieille, très vieille moi aussi.

Je m'éveille.

22 FÉVRIER

Départ pour Calgary.

Tout se déroule à merveille dans l'avion avec ma mère et ma fille, malgré notre angoisse à toutes les trois. Nous adorons voyager, nous ne nous en lassons jamais. Je conduis la voiture de l'aéroport jusqu'au centre-ville de Calgary, où j'ai imposé à tout le monde une pause de deux heures afin de me dénicher une paire de bottes de cow-boy. Nous marchons dans la rue piétonnière, Stephen Avenue. Je retrouve très rapidement mes aises dans cette ville que j'ai visitée il y a trois ans à peine avec mon père. Il fait beau ici, le soleil nous chauffe la peau, il fait au moins douze degrés : tout mon épiderme se réveille, ma sève monte, j'ouvre mon œil de Montréalaise à la recherche d'une terrasse : cela ne semble pas faire partie des mœurs locales ici. Dommage, car ça sent le printemps.

Après avoir essayé toutes les bottes disponibles dans la pointure neuf, j'arrête mon choix sur un modèle classique en cuir chocolat et nous remontons en voiture. Nous écoutons avec délice ma compilation de musique country en quittant la plaine pour entrer dans les Rocheuses. Il est quinze heures, Willie Nelson chante *You Are Always on my Mind* et c'est le *wedding rehearsal* à Canmore dans deux heures.

Giddy up! J'ai si hâte de voir mon petit frère.

23 FÉVRIER

« Ne me presse pas de te quitter et de m'éloigner de toi, car où tu iras, j'irai, où tu demeureras, je demeurerai, ton peuple sera mon peuple, et ton Dieu sera mon Dieu. Là où tu mourras, je mourrai et là je serai ensevelie ! Que Yahvé me fasse ce mal et qu'il y ajoute encore cet autre, si ce n'est pas la mort qui nous sépare ! »
LIVRE DE RUTH 1, 16-18.

Je pleure beaucoup. Tous pleurent, les mariés d'abord, qui peinent à prononcer leurs vœux dans la chapelle. Il fait beau, mais froid, toutes les demoiselles d'honneur gèlent dans leur robe à bretelles. La mariée est très sensuelle, généreuse : elle semble offrir son amour, son corps et son futur en entier à mon frère. En guise de surprise et d'ultime offrande, elle descendra l'allée centrale avec un chandail blanc des Canadiens de Montréal par-dessus sa très délicate robe, au bras de son père, qui arbore un chandail des Maple Leafs. Qui prend mari prend pays.

Mon frère est beau, je ne me lasse pas de le regarder. C'est un homme, maintenant. Il vit si loin que je ne l'ai pas vu vieillir. Dans mon esprit, il est resté le petit garçon blond qui était mon seul ami après l'école.

Mon surplus d'émotion, que j'ai réussi à contenir depuis plusieurs semaines, se déverse. Je ne me contiens plus. De voir mes parents réunis pour la première fois depuis leur séparation, d'entendre la très belle lecture de la ministre du culte, de voir mon frère s'engager ainsi, je pleure sans arrêt dans le creux des Three Sisters, dans les sillons de la Bow River qui serpente la ville.

24 FÉVRIER

Je prends l'apéro avec mon frère chez mon père et sa blonde, qui ont une suite en face de la nôtre. Alors que nous discutons du Banff Springs, hôtel somptueux construit par le CP à la fin du XIXe siècle dans l'écrin des Rocheuses, je relève la légende qui circule sur cet établissement. L'histoire, me semble-t-il, tournait autour du nombre de fenêtres. Le nombre était-il différent si l'on comptait à l'extérieur ou à l'intérieur ? Ou alors, le nombre de fenêtres changeait sans cesse. Cette histoire de fenêtres me faisait rêver. Je croyais que c'était mon frère qui m'avait raconté la légende lorsque nous avions visité Banff il y a trois ans. Il n'en a gardé aucun souvenir.

Après quelques recherches, je retrouve des légendes sur le Banff Spring Hotel. Je te les rapporte ici, pour ton divertissement.

La Jeune Mariée

Une jeune mariée descendait l'immense escalier central dans sa robe nuptiale. Un courant d'air a soulevé son voile et les bougies disposées tout au long des marches ont rapidement enflammé le tissu léger. En voulant éteindre le feu qui risquait de la consumer, la jeune mariée a trébuché et a déboulé l'escalier de marbre, trouvant ainsi la mort le jour même de son mariage. Les employés de l'hôtel prétendent voir régulièrement flotter au-dessus des marches un spectre en robe blanche. D'autres rapportent avoir vu danser la jeune femme dans la salle de bal.

La Chambre Cachée

Lors de la construction de l'édifice à la fin du XXe siècle, l'architecte aurait commis une légère erreur dans les plans. En effet, une chambre a été conçue au bout d'un corridor, sans fenêtre et sans porte. Les hommes sur place, charpentiers et maçons, ont simplement fermé la pièce sans en piper mot. La chambre, du coup, a totalement disparu. Ce n'est que lors du grand incendie de 1926, qui a brûlé une partie de l'hôtel en bois, que la chambre cachée a été découverte.

Room 873

Dans un moment de grand désespoir, un homme a tué sa femme et ses enfants pour ensuite se suicider.

La chambre, depuis, a été complètement refermée et l'ouverture de la porte, condamnée. Celle-ci a complètement disparu, rien ne la distingue du reste du corridor. Rien n'indique plus qu'il y a eu un jour une chambre à cet endroit. La raison pour laquelle la chambre a été condamnée est la suivante : les empreintes digitales des enfants sur les miroirs n'ont jamais pu être effacées.

25 FÉVRIER

Départ au matin, retour vers Montréal.

Le ciel est bleu et clair, le soleil claque sur les sommets blancs. De la ville de Canmore, on peut voir la montagne, qui ressemble à un sein de femme, un sein qui aurait très froid à plus de deux mille mètres d'altitude. Les gens d'ici ont baptisé ce sommet Squaw Tit. Mon frère m'explique que, lorsque le temps est clair et que les jeux d'ombre s'y prêtent, se découpe dans les sommets le corps d'une femme de profil.

Ce matin, enfin, je la vois : Lady McDonald est couchée à jamais, la hanche large, le sein fier et haut, dur de la beauté des siècles et des pierres.

Ce sera ma dernière image des Rocheuses. Je ne sais pas comment font les gens pour vivre au creux des montagnes. Ces dernières sont oppressantes, elles grugent l'horizon, volent le bleu du ciel. Je ne les trouve ni enveloppantes ni protectrices, mais écrasantes, étouffantes. Il faut lever la tête très haut pour attraper un bout d'azur, un peu d'air, pour laisser filer le regard. Je préfère la plaine et le fleuve. Je rentre à la maison.

26 FÉVRIER

«And when the snow falls you're found in St. Moritz
With the others of the jet-set
And you sip your Napoleon brandy
But you never get your lips wet, no you don't».
PETER STARSTEDT, *Where Do You Go to My Lovely.*

Il neige, il ne cesse de neiger. Ce soir, j'ai regardé le film de Wes Anderson, *The Darjeeling Limited.* Je ne savais rien de ce film, sinon que tu avais aimé le train. J'ai tout compris en le voyant. Les plumes de paon qu'on souffle et qu'on enterre, les grandes valises numérotées qu'on traîne comme un passé, et les chansonnettes, j'ai adoré. Ça m'a fait penser que j'aimerais bien faire un voyage avec mon frère, comme je l'avais fait à dix-neuf ans, l'été avant de partir en appartement. Nous avions visité la Gaspésie sur le pouce, avec une tente et un sac à dos sur les épaules. Nous fumions du tabac roulé pour économiser l'argent. Chaque fois que je sens l'odeur des Drums, je repense à ce voyage.

Je sais, je sais, je m'accroche trop au passé, il est révolu, le temps où mon frère et moi étions tout l'un pour l'autre. Il habite au loin, et il a maintenant une épouse qui porte son nom et, bientôt on le pressent, son enfant. Je me découvre possessive : je ne laisse pas facilement une nouvelle femme percer le cercle de ma famille.

Le *cercle* n'est peut-être pas la figure appropriée, il y a quelque chose de l'ordre du lasso dans ma conception de la famille : un cercle solide, une longue corde tenue auprès du corps et qui s'emmêle aisément si l'on n'y prend garde. Un nœud coulant qui se referme dès qu'on tire un peu trop fort.

* * *

22 FÉVRIER ~ **ISABELLE**

Sainte Isabelle.

C'est encore à toi que j'écris ces jours-ci, à toi que je destine ces carnets, mais tu vois, pendant que ma sœur est là, je m'occupe d'elle et je te délaisse, je te parle moins, comme si je ne pouvais avoir qu'une seule femme dans ma vie à la fois. Mais tu le sais, tu es toujours première, après Violeta peut-être. Mais peut-être pas.

Nous avons aimé notre soirée d'hier, nous avons un peu bu et bien mangé, Catherine et Jason étaient ravis de goûter à toutes ces saveurs différentes. Ce matin, nous partons pour l'aquarium. Nous sommes étonnés de voir qu'il est si petit ! Nous sommes seuls à déambuler dans les allées sombres de ce lieu bizarre où nous regardent d'énormes poissons de l'Amazonie, de la même espèce que ceux que nous avons justement mangés hier soir au restaurant. Les enfants sont heureux, c'est ce qui compte.

Dans l'atelier de céramique où nous allons dans l'après-midi, j'aperçois des coupelles minuscules en forme de fleurs de nénuphars. Ma sœur y achète quelques cadeaux, puis nous allons marcher au parc. Journée de vacances bien remplie. Je n'ai pas le temps d'écrire, tu le vois, je ne prends que quelques notes descriptives pour ne pas oublier les faits.

23 FÉVRIER

Nous mangerons aujourd'hui de la *feijoada*, le plat national. Ma sœur le connaît déjà, mais elle est si heureuse de le faire connaître à son copain. La *feijoada* (composée de toutes les parties du porc, nobles et moins nobles comme les oreilles et les pieds, ainsi que de haricots noirs, d'un légume vert de la famille des épinards, et de riz blanc) ne se mange que le mercredi et le samedi dans les restaurants, car il est si long à préparer que la ville a choisi ces deux jours pour s'en délecter. Nous passons la matinée chez le coiffeur, Catherine et moi : elle se fait faire sa couleur, les ongles ; elle est princière, hautaine même sur la chaise surélevée avec son beau profil d'actrice des années 1940. La coiffeuse, une femme encore jolie, d'un certain âge, s'adresse à ma sœur dans un français impeccable.

Les garçons ont emmené les enfants au vivarium pendant ce temps-là. Mauricio me raconte par la suite que Violeta disait aux serpents : « Coucou, le serpent, bonjour monsieur le serpent. » Nous nous sommes donné rendez-vous au Jockey Club. Il s'agit d'un bâtiment des années 1930, une splendeur de décadence en marbre. Les bonnes familles de São Paulo s'y retrouvent tard le samedi (jamais avant quatorze heures) pour y manger une *feijoada*.

24 FÉVRIER

Mauricio nous quitte pour la journée : il doit aller aux quatre-vingts ans d'une tante. Nous partons donc déjeuner à l'autre institution de São Paulo : Fogo de chão, qui veut dire « feu dans le sol ». C'est la manière des cow-boys d'ici de faire le barbecue. Nous nous régalons. Ensuite, nous allons prendre le café chez Célia, la belle-sœur de ma belle-mère (elle est mariée au frère de feu le mari de ma belle-mère). Toute la famille de ce côté est là : les cousines, Mariana, les enfants ; c'est un dimanche très chaleureux, tout simple. Nous nous faisons la remarque avec ma sœur que ma mère ne sait plus faire ces choses-là, ne sait plus recevoir sa famille. Nous rêvons d'une famille unie.

25 FÉVRIER

J'envoie Violeta à la garderie ce matin car nous allons dans le vieux centre de la ville, au marché municipal, une sortie un peu chaotique pour elle. Je me sens enfin légère dans les allées désertes du grand marché, libre de mes mouvements, comme si j'avais déposé au vestiaire mon immense bagage que je traîne partout. Nous trouvons une petite boutique d'épices si pittoresque que nous prenons des photos. Pour y entrer, il faut se pencher pour ne pas toucher les épices accrochées pêle-mêle sur tout le kiosque. À l'intérieur, on dirait une grotte tapissée d'anis étoilé, de gingembre moulu, d'immenses bâtons de cannelle, de cumin. Max est aux anges et nous aussi. Ma sœur achète toutes sortes de choses, Jason trouve de la guarana en poudre qu'il apportera à sa collègue brésilienne à Halifax. Ensuite, nous allons sur la Vinte e Cinco de Março, l'avenue la plus achalandée de la ville, où l'on trouve de tout à bas prix. Catherine veut aller dans l'immeuble des perles ; on y achète des boucles d'oreille pour l'équivalent d'un dollar la paire.

26 FÉVRIER

Ma sœur veut faire des courses toute la journée pour rapporter des cadeaux. Nous allons au supermarché que j'aime tant, où l'on trouve toutes sortes de choses importées du monde entier. Catherine et sa famille s'envolent en soirée, s'en retournent au Canada. Je suis triste, j'ai l'impression que tout ce que je fais, c'est dire au revoir aux personnes que j'aime, mais je suis tout aussi heureuse de retrouver mon lit.

27 FÉVRIER

J'ai une phrase aujourd'hui qui me vient à l'esprit : « Je me prends pour Stef », parce que j'élabore des histoires fantasques avec un voisin que je croise ce matin. J'ai peur de ces désirs extraconjugaux, je me demande toujours si c'est le début de la fin.

29 FÉVRIER

Comment fait-on si on naît le 29 février ? Quand fête-t-on son anniversaire ? C'est une date ingrate. J'aperçois le tout premier citron minuscule sur mon citronnier dans le jardin. Mauricio et moi sommes émerveillés de penser que nous aurons des citrons verts bientôt, directement du jardin, sur un balcon suspendu au dixième étage, dans une ville si polluée. À l'image de ce petit citron encore jaune, le mois se referme sur un nouvel espoir de conception, sur l'idée que mon ventre pourra s'arrondir bientôt et m'offrir un deuxième bébé.

* * *

28 FÉVRIER ~ **STÉPHANIE**

Je travaille à la maison. Puisque je suis désormais incapable d'écrire du fond de mon bureau au sous-sol, où il fait froid et surtout très noir, j'ai réaménagé le salon à ma guise. J'ai mis le banc de piano devant la fenêtre qui donne sur le trottoir, j'ai tourné le grand sofa vers cette même fenêtre. À travers la vitre, je vois les branches du seringa de la voisine, lesquelles, au début de l'été, sont couvertes de fleurs blanches au parfum lourd. J'ai installé mon portable sur le banc de piano et je bois du thé à la menthe en observant l'orchidée que mon frère et sa blonde m'ont offerte en cadeau lors de leur départ précipité de Montréal en mars dernier. Depuis quelques semaines, une hampe florale s'allonge et des boutons se gonflent tranquillement, promesse de fleur pour l'anniversaire de son départ.

29 FÉVRIER

Sont bissextiles les années divisibles par quatre mais non par cent, ou divisibles par quatre cents.

Marche du petit matin, avenue Laval vers le square Saint-Louis. Le soleil est déjà haut au-dessus des maisons. On ne peut voir tomber la neige, mais mille paillettes d'argent scintillent, comme en suspension dans l'air froid. Il va neiger plus tard, une grosse neige lourde, mais, pour l'instant, la ville se fait coquette comme une femme qui a un secret.

1er MARS

Une promenade en famille nous mène au parc Drolet. Avec plaisir, nous découvrons que les familles avoisinantes ont construit un igloo assez élaboré, avec chambre principale et pièces attenantes. Philippe s'étend dans la grande pièce et somnole un peu pendant que je surveille les enfants qui entrent et sortent par les ouvertures. À son réveil, il m'invite à venir le rejoindre. Je suis réticente, je déteste les endroits clos et oppressants. J'y vais, seule. Il fait très blanc à l'intérieur, tous les sons nous parviennent assourdis. Les parois ont été creusées avec une pelle, on en voit les marques, on pourrait croire que ce sont des traces d'ongles. Je veux sortir.

La neige est si haute et compacte que Mathilde grimpe sans difficulté aux branches du cerisier dans lequel nous accrochons les décorations pour l'anniversaire de Georges aux beaux jours de l'été.

En rentrant, rue Duluth, je vois une jeune Japonaise marcher avec difficulté sur les trottoirs enneigés avec de délicats souliers en cuir verni rouge. Derrière elle, la neige conserve la trace des semelles de bois.

2 MARS

Je suis engourdie. Il fait grand soleil dehors, mais je ne veux pas sortir. Difficile d'imaginer que ce sera le printemps dans vingt jours. Il y a encore deux mètres de neige dans la cour arrière, les enfants y jouent, j'ai parfois peur qu'ils s'enfoncent et qu'on ne les retrouve plus qu'après la fonte, le dégel. Je dors sur le sofa devant la fenêtre, sous la couverture rouge.

3 MARS

Semaine de relâche. Je travaille ce matin, il tombe une pluie verglaçante et le froid est cru, il mord la peau sous les couches de vêtements. Il fait gris et triste. Je pense à la fin avril, tu as dit que tu viendrais me voir à Montréal.

Rêve. Je dois aller à une fête, je sais que j'y aurai beaucoup de plaisir. Il y aura des garçons et, sans doute, on dansera. Je suis heureuse d'y aller, excitée. Par contre, je n'ai pas eu le temps de m'habiller, je porte ma grande robe de nuit blanche, comme celle que je portais pour allaiter. Je suis indécente, je ne peux absolument pas sortir ainsi, je m'inquiète qu'on voie mes seins au travers du tissu. J'apporte mes effets, je dois aussi me maquiller. Je suis en retard. Je cours partout pour trouver la fête, il y a beaucoup de gens. Je me retrouve dans un immense centre de ski, mais qui ressemble à un grand centre commercial, avec un large espace au centre et des ascenseurs vitrés. Il y a des gens partout avec des skis, des bottes : je me sens nue en robe de nuit. Je cherche la fête, mais je me sens coupable : Philippe y sera et je ne dois pas avoir trop de plaisir, je ne dois pas trop m'amuser. Je sais que ça lui fait de la peine quand j'ai du plaisir. Ma mère y sera aussi, et je dois rester auprès d'elle, ne pas montrer non plus que je me divertis.

C'est un décor de film de science-fiction : il y a des gondoles partout, disposées à intervalles réguliers, comme autant d'ascenseurs, qui montent à la verticale et circulent également à l'horizontale. J'entre dans une de ces gondoles, ressors à l'étage suivant, sans succès. Je frappe aux portes des chambres d'hôtel alignées le long des corridors.

Je ne sais pas si je cherche ou si je fuis quelque chose.

4 MARS

« Le mois de mars doit être sec,
Avril humide et mai frisquet,
Pour que juin tienne ce qu'il promet. »
Dicton.

Métro Mont-Royal, le stand de tire d'érable est ouvert. Il faudrait que je passe avec les enfants pour leur faire goûter cette gâterie et, par le fait même, gommer un peu leur habit de neige.

Le kiosque où l'on vend de la tire est là, mais tout nie que le printemps vient, jusqu'à l'immense monticule, haut comme trois hommes, devant la station. Rien ne laisse encore présager le printemps, si ce n'est la tire et la lumière, qui nous éveille tôt le matin et qui veille plus tard le soir.

6 MARS

La tempête de grésil d'hier a laissé beaucoup de neige dans les rues. Ce matin, au coin Saint-Denis et Rachel, les camions se succèdent devant Georges et moi. Les déneigeuses de trottoir passent à toute allure, on doit se coller contre le mur en pierre de l'ancienne banque pour ne pas se faire écraser. L'autobus a du retard, comme d'habitude, mais la journée est belle et il fait moins cinq. Une jeune fille passe, toute de noir vêtue (leggings, bottes sans talon, petit blouson et lunettes fumées). Elle a les cheveux blond vénitien, la peau laiteuse, de grands anneaux argentés à ses oreilles. Georges la regarde passer et lance :

— Elle ferait une bonne gardienne !

— À quoi vois-tu cela ?

— Elle est belle, et elle a de grosses boucles d'oreille.

* * *

1er MARS ~ **ISABELLE**

Violeta est chez Leila, ma belle-mère. Nous allons donc au ciné voir *Persépolis*. Je suis étonnée que Mathou ait aimé, elle est plus vieille que je le pense, plus mûre. J'ai beaucoup aimé entendre les voix de Chiara Mastroianni et de Catherine Deneuve, j'ai vraiment été fascinée par ce film. En sortant, nous discutons des décisions que l'auteure a prises, son bonheur, la peur de ne plus jamais revoir sa famille. Nos pas nous mènent tout naturellement chez Arabia, le grand restaurant où nous mangeons du taboulé, du houmos et des pâtisseries libanaises.

3 MARS

Nous allons au parc en fin d'après-midi et une petite fille vient voir Violeta pour jouer avec elle. Elle a un petit chien qui s'appelle Gina. Je n'arrive pas à savoir si sa mère est la concierge de l'immeuble ou si elle habite vraiment dans la rue dont elle me parle. Elle me semble très simple pour vivre là. Je me fais la remarque que ce genre de pensée n'existait pas dans ma tête avant d'arriver au Brésil. Ici, tout est affaire de classe sociale, de niveau de vie, de richesse ou de pauvreté.

4 MARS

Mauricio part aujourd'hui pour deux semaines. Il va travailler à la Canadian Music Week à Toronto, ensuite il passera quelques jours à New York, puis ce sera Austin pour South By South West. Je suis assez contente d'être seule pour quelque temps, je me sens agressive envers lui ces jours-ci, je dois souffler un peu, reprendre pied. La température ne nous aide pas : ce sont les fameuses eaux de mars qui nous tombent dessus sans arrêt.

5 MARS

Vers neuf heures quinze, alors que je viens tout juste de déposer Violeta à l'école et que je commence à travailler à l'ordinateur, j'entends trois coups de feu tirés tout près de la maison. Je regarde dans la rue et je vois une femme couchée sur le trottoir, juste en face de chez moi, qui baigne dans une mare de sang. La voisine d'en face me dit qu'elle vient de recevoir une décharge de revolver dans le ventre de deux types qui voulaient lui voler son sac et qui sont partis en courant. Deux policiers arrivent et ramassent la femme, dont le mari est hystérique, et ils l'emmènent à l'hôpital sans même attendre l'ambulance. Je me mets à pleurer, je passe la journée à écouter les infos à la télé ou à consulter des sites Web pour avoir des nouvelles. J'apprends plus tard qu'elle a reçu un coup dans le foie et l'autre dans la jambe, une troisième balle aurait été perdue. On nous dit qu'elle va s'en tirer. Cela fait tout de même les manchettes aux nouvelles de dix-sept heures. Je sais que ce genre de tragédie arrive ici, mais je n'en avais jamais vu d'aussi près. Je me sens terrorisée, très seule tout à coup.

6 MARS

Les médias cherchent à en apprendre plus sur cette architecte qui habite à côté de chez moi et qui n'a pas voulu donner son sac.

7 MARS

Je laisse Violeta chez Leila et je vais faire des courses. Le soir, je sors avec Thaïs, une amie ; nous allons au cinéma, puis nous dînons dans un restaurant tzigane. Je fume quelques cigarettes, je bois deux *caipirinhas* ; ça faisait longtemps que je n'avais pas fait ça ici, sortir sans Mauricio. Je le faisais très souvent à Montréal, puis à Cambridge, mais ici, tu vois, tout cela me manque.

8 MARS

Anniversaire d'Anne-Catherine.

Ce matin, c'est ma première réunion de parents d'élèves. Mon père se moque de moi : Violeta n'a pas deux ans et je dois déjà faire face à ce genre de rencontres. Je bavarde en anglais avec une maman étrangère. Je dois être prête dans une heure pour aller à la plage : ma belle-mère vient me chercher.

* * *

8 MARS ~ **STÉPHANIE**

Tempête, une belle à part ça.

La sœur de Philippe vient passer le week-end à la maison, avec son mari et ses grands enfants. Nous sommes neuf à la table, j'ai une pensée pour toi qui aime tant les grandes familles. J'ai préparé du poulet grillé et de la caponata. Après le souper, la sœur lit sur le canapé et le mari joue du piano. Lorsqu'on joue du piano dans ma maison, j'ai toujours l'impression de reculer d'un siècle et d'appartenir à la grande bourgeoisie. Je suis crevée car je suis sortie tard hier au Plan B pour fêter le départ en Europe d'un serveur. Je profite donc de l'ambiance très détendue et familiale pour m'étendre avec une couverture sur le canapé et fermer les yeux en écoutant la musique. Je vais monter me coucher tôt pendant que les hommes jouent aux cartes. Dehors, c'est le blizzard, la neige tombe, la neige monte, le vent la souffle, il y en a partout, on ne voit pas à deux mètres devant.

Ce soir, c'est la fermeture de l'Étoile, rue Saint-Hubert, et je n'y suis pas.

9 MARS

Au réveil, je descends les marches. Par la porte vitrée, je suis aveuglée par toute cette lumière blanche. Dehors, le paysage semble en à-plat, sans relief; on a perdu une dimension sous la neige.

Tout n'est que soleil et neige et froid. On ne distingue plus la rue des trottoirs, les voitures des escaliers. Pendant que Philippe prépare le déjeuner pour la bande, je sors avec Mathou et Gio, nous allons chercher le petit voisin. Les enfants grimpent sur les bancs de neige qui recouvrent les jardins et glissent jusqu'au trottoir.

10 MARS

Fin de la relâche.

On a avancé l'heure pour faire comme les États-Unis, mais c'est trop tôt. Impossible de lever les enfants, il fait nuit noire dehors. L'école est fermée à cause de la tempête du week-end.

Je n'en crois pas mes oreilles.

13 MARS

Il fait très froid, moins dix au thermomètre dans la cour. J'ai une journée de déprime. Je vais à la Grande Bibliothèque pour me remonter un peu le moral. Les monticules de neige sur le chemin de la BAnQ sont impressionnants. On a condamné certaines rues et entrées pour les transformer en dépôts de neige, on ne sait plus où la mettre.

14 MARS

J'entends encore ce bruit. Est-ce enfin le cri des outardes ?

Je sors de la douche en peignoir, m'étire la tête par la fenêtre, pleine d'espoir.

Ce sont encore les mouettes ; elles volent, elles crient, à la recherche de nourriture. Je m'imagine que ce sont des vautours, des charognards, qui tournent autour de ma maison, qui attendent ma mort pour s'emparer de mon corps, le morceler. Je ne dois pas baisser la garde, nous ne devons pas mourir de cet hiver qui n'en finit plus.

* * *

9 MARS ~ **ISABELLE**

Nous sommes dans la ville portuaire de Santos, où habite la tante de Mauricio. Elle a un petit appartement qui fait face à la plage. C'est une ville de classe moyenne, pas du tout une plage chic, ce qui nous réjouit toutes : nous pourrons laisser nos complexes au vestiaire. Violeta s'extasie devant tant de sable et d'eau, elle est heureuse. Nous passons une bonne partie de la matinée à l'empêcher de se lancer à l'eau et de nager au large. Leila dit que nous passons le week-end comme de vraies Paulistanas : nous allons à la plage pour une journée seulement. Nous rentrons déjà cet après-midi.

10 MARS

Je fais mettre des filets de sécurité aux fenêtres aujourd'hui, car Violeta commence à être plus grande et pourrait se pencher un peu trop au bord du gouffre, du haut de notre dixième étage. J'ai commencé à avoir peur de cette hauteur quand elle est née. Une seule chose m'obsédait : la peur de jeter mon bébé par la fenêtre. Je ne sais pas pourquoi. J'ai eu peur que le *baby blues* me pousse à une tragédie semblable.

J'achète aussi une barrière pour mettre à la porte de la chambre de Violeta afin de l'empêcher d'en sortir, et j'en pose aussi une autre à son matelas. Le but de toute cette sécurisation des lieux : la faire changer de lit.

11 MARS

Violeta change officiellement de lit : elle dort maintenant dans mon lit de jeune fille. En fait, cela fait plusieurs mois qu'elle nous demande de changer pour aller dans le « grand lit ». Comme elle ne fait toujours pas ses nuits, j'ai pensé que ça ne pourrait nuire à personne d'essayer. Elle dort donc dans le lit que mes parents m'ont offert en 1995, quand j'ai emménagé sur le Plateau. Je ne sais pas si je devrais avoir honte de la faire dormir là. Mais en fait, je crois à la mémoire des meubles : Violeta participe de cette mémoire qui continue à stocker de la vie.

12 MARS

J'ai invité Sofia et Valentin à venir jouer cet après-midi pendant que nous, les mamans, nous prenons un café. Marina et Gabriela, leurs mères, sont toutes les deux argentines de Buenos Aires. Je les aime beaucoup, elles sont si chaleureuses, et cela nous aura pris seulement quelques semaines à nous sentir comme de vieilles amies.

13 MARS

J'appelle mes pythies aujourd'hui parce que j'ai eu mes règles. Je pense que c'est un bon moment pour les consulter, leur demander conseil, les entendre me parler de l'avenir de ce second enfant qu'il me tarde de concevoir, les écouter me dire ce qu'il faut faire. Quand j'arrive au salon, je suis la première ; il pleut à boire debout et la ville est déjà paralysée en ce matin gris, il n'est que neuf heures trente. Telma arrive, puis Rosana, et ensuite Neia, toutes trois m'installent, et s'installent, et là commence le rituel qui me calme, me revigore et me remet sur le chemin de la bonne santé mentale. L'une me fait les ongles des mains, l'autre ceux des pieds et la troisième épile ma demi-jambe. Mes pythies commencent alors à jacasser entre elles, à parler des embouteillages, thème inépuisable dans cette ville de dix-huit millions d'habitants. Je leur coupe le sifflet rapidement et je leur dis que je ne suis toujours pas enceinte. Elles se regardent, réfléchissent, et chacune y va de son remède de bonne femme : faire l'amour sur le ventre, arrêter le café, ne plus y penser, tout oublier, rire avec son mari, faire semblant de ne pas vouloir tomber enceinte… Je ressors du salon en leur promettant de tout essayer et de leur en parler dans deux semaines.

14 MARS

Nous avons battu tous les records d'embouteillages hier : à dix-neuf heures, il y avait un bouchon de deux cent quarante-deux kilomètres au centre de la ville. On prévoit qu'en 2010, si rien n'est fait, la ville de São Paulo va tout simplement s'arrêter. J'ai hâte de voir ça. J'emmène Violeta chez sa grand-mère et je vais au cinéma seule, voir le dernier film d'Arcand, que je n'aime pas.

15 MARS

Il fait froid ce matin, vingt degrés. Les eaux de mars nous tombent toujours dessus.

Je dors trop ce matin (je suis seule, sans mari, sans enfant) et j'arrive en retard chez le coiffeur. Il me fait une coupe trop courte, mais je me dis que ça va pousser. Il me fait la remarque qu'il serait temps de camoufler mes cheveux gris. Puis, en partant, il me lance : « Tu ressembles tellement à la mère d'une de mes amies. » J'aurais préféré qu'il me compare à son amie. Il tue le peu d'amour-propre qu'il me reste pour la journée. Je vais prendre un café à côté de chez le coiffeur : l'endroit est glauque, sombre, je sors de là rapidement. Quand j'arrive à la maison, je range mon bureau, j'aligne les agendas colorés devant moi, les gris-gris, les petites photos, je mets de l'ordre sur mon autel voué à l'écriture. Quel bonheur que cette solitude passagère !

16 MARS

Nous allons déjeuner dans une ferme avec la famille de Mauricio, son cousin Ricardo et ses enfants. Il y a plusieurs monitrices pour jouer avec les petits pendant que nous déjeunons, mais ma fille ne veut rien savoir : elle ne veut pas rester seule avec les autres. Je suis toujours étonnée de me sentir aussi bien avec la famille de Mauricio. Les rapports sont amicaux, simples, tendres.

17 MARS

Mauricio revient aujourd'hui. Violeta a vingt-trois mois ! Il pleut sans arrêt.

* * *

16 MARS ~ **STÉPHANIE**

Il fait plus doux aujourd'hui, nous allons au cinéma en famille. De la maison au Quartier Latin, de grandes flaques d'eau ponctuent le chemin. Nous rentrons tard, il est dix-huit heures trente, mais il fait encore jour. Au square Saint-Louis, j'ai cru les entendre, j'ai levé les yeux au ciel, j'ai cherché, cherché. Je n'ai vu que des branches nues sur un fond de tableau bleu-gris. Les outardes ne peuvent pas arriver si tôt, après tout, c'est encore l'hiver ici.

17 MARS

Moins cinq degrés.

Il fait de nouveau froid, de grandes plaques de glace noire ont remplacé les flaques qui couvraient les trottoirs hier. On voit des objets prisonniers de la glace, des boîtiers à lunettes, des gants. Les écoles sont encore fermées à cause de la neige sur les toits. Je vais devoir faire des miracles d'organisation pour réussir à aller travailler, nous avons désespérément besoin d'argent. J'aimerais tant avoir l'aide de ma famille comme toi tu as l'aide de ta belle-mère. Je me sens seule et abandonnée dans ma maison, dans l'hiver.

19 MARS

Trois jours maintenant que les enfants sont sans école parce qu'il y a trop de neige sur les toits. Ce matin, il neigeasse de gros flocons mouillés, on annonce encore vingt centimètres.

Je pourrais te dire les records, les centimètres accumulés. Je vais seulement te dire que, lorsque je regarde par la fenêtre, il n'y a que de la neige. Il y a un amas de neige de la hauteur d'un homme, un beau, un grand homme, sur mon balcon.

JE NE SAIS PLUS LA DATE

Trois jours de tempête, et voilà quatre jours que les écoles sont fermées. Le congé de Pâques s'en vient en plus. Je suis très fatiguée, nous n'avons plus d'argent, je suis crevée. La lassitude qui m'habite me semble sans fin, comme le blanc sur la ville. Je ne fais plus la distinction entre le dehors et le dedans, je suis l'hiver qui écrase tout. J'irais me coucher pour trois jours, pour une semaine. Mais je dois sans cesse porter la maisonnée : nourrir les enfants, laver les vêtements, ranger les jouets, inventer des divertissements. Juste trouver un moyen d'aller travailler au bureau semble relever de l'impossible. Je ne peux m'étendre, peut-être est-ce mieux ainsi, peut-être que je ne me relèverais jamais. Les mouettes, dehors, crient, elles appellent la mort de mon corps pour se nourrir. À moins que ce soit dans ma tête que je les entends jour et nuit.

Quand je plonge à l'intérieur de moi-même, je n'y trouve rien.

* * *

18 MARS ~ **ISABELLE**

J'ai une première élève de français qui veut faire ma rencontre aujourd'hui. Je lui sors le grand jeu, café, eau, thé, maison propre et agréable. Elle ne semble pas très motivée, mais je le suis pour deux, me dis-je, parce qu'il me faut absolument une étudiante au moins pour me prouver que je peux enseigner le français et faire de l'argent. Je baisse mes prix.

19 MARS

En allant à la gymnastique après l'école de Violeta, je tombe sur une minuscule église sertie au milieu d'immeubles géants. Le contraste est frappant. Je pense à toi et à ton aventure avec Georges dans l'église rue Rachel. Il y a très peu d'églises ici, pas comme à Montréal, où chaque paroisse à son autel. Dans mon quartier, il y a deux églises assez fréquentées, dont une que je trouve très belle mais qui est un peu trop voyante. J'y suis entrée l'année dernière, pendant le carême, à un moment où toutes les statues avaient été voilées d'un tissu violet foncé. C'était très théâtral, inquiétant aussi. C'est une coutume qui vient de Rome : on voile les statues en guise de respect pour Jésus jusqu'au Vendredi saint. L'autre église est pour les aristocrates, c'est une toute petite église, très jolie, perdue dans le cœur des Jardins (le nom de mon quartier), sur une place bucolique. C'est là que nous voudrions nous marier, Mauricio et moi, si nous étions croyants, célibataires et aristocrates.

C'est la fin de l'été aujourd'hui ; déjà, il fait plus frais. Nous nous verrons à l'été montréalais, qui approche. Je vivrai deux étés cette année. J'ai de la chance.

QUATRIÈME SAISON

20 MARS — 20 JUIN

20 MARS ~ STÉPHANIE

Une heure quarante-neuf : équinoxe. Te souviens-tu lorsque Mauricio habitait Montréal, quand il n'était pas encore ton mari ? Il n'avait jamais vu la neige ; l'hiver au Québec n'est pas comme au Brésil. Il croyait que tout mourait pendant l'hiver et qu'on devait tout replanter au printemps. Tout. Les fleurs, les arbres, les arbustes, le gazon, tout. Il a fallu lui expliquer. Tout ne meurt pas. Mais certaines choses, oui.

21 MARS

Pleine lune.

23 MARS

Pâques.

Comment déterminer la date de Pâques ?

Le premier dimanche qui suit la première pleine lune du printemps (pleine lune advenant après ou pendant l'équinoxe).

Cette année, Pâques est exceptionnellement tôt. La prochaine fois que cette fête sera un 23 mars, c'est en 2160. Pâques pourrait être encore un jour plus tôt, le 22 mars. Cette éventualité se produira en 2285, quand j'aurai trois cent dix ans et que tu auras trois cent dix-sept ans.

Les fêtes comme Noël et Pâques nous projettent dans un temps sacré, nous extirpent du continuum du temps profane. Dans ma famille, ça se manifeste comme une grande réunion où les oncles, tantes, cousins et cousines se retrouvent et partagent un repas. Depuis son divorce, ma mère refuse de participer à ces festivités et fuit vers un autre pays, en général les États-Unis. J'y vais tout de même, car je trouve important que mes enfants goûtent aux plaisirs d'une grande famille réunie, rencontrent les gens d'autres générations, voient un peu de qui ils descendent. Mais mon cœur n'y est pas cette année, je me sens encore une fois orpheline, sans ma mère (et bien sûr, sans mon père), il manque une marche dans le grand escalier des générations, ça fait un trou dans lequel on risque tous de tomber.

Ma mère a grandi sur une ferme d'élevage de volailles. Les poulaillers sont encore remplis de poules, de pintades, de cailles, de perdrix et de faisans au plumage brillant. Les dindes sauvages se promènent dehors et lancent des cris qui déchirent l'oreille quand on s'approche trop. Mon oncle a repris la ferme depuis la mort de mon grand-père, rien n'a vraiment changé, ni l'abattoir ni l'affiche devant la grande route. Avant sa mort, mon grand-père a construit une petite cabane à sucre en bois rond, qui accueille uniquement la famille, et où ses enfants (ma mère, mes oncles) vont travailler en se relayant lors de la saison des sucres : qui ramasse l'eau d'érable en tracteur, qui passe la nuit à nourrir le grand feu en ajoutant des bûches provenant des arbres morts de la terre à l'arrière.

Je ne vais plus à la ferme depuis quelques années, sinon lors de la réunion de Pâques. Selon les années, il fait plus ou moins chaud, mais Pâques est tout de même la fête du renouveau, le printemps est là, avec nous. La chaleur fait fondre la neige dans le grand champ qui, inondé, reçoit des colonies d'outardes de passage. Mes oncles racontent des histoires de chasse abracadabrantes, du temps où ils allaient chasser à l'île d'Anticosti avec leur père. J'ai toujours eu l'impression d'être la petite fille de la ville quand je les écoute, d'être faite de carton-pâte, d'être fausse, d'avoir perdu ce savoir de la terre et des animaux, ce savoir tangible, ancré dans le réel. Je ne suis pas agronome, horticultrice, fermière, éleveuse, professeure, infirmière. Ils ont tous de vrais métiers. Du concret, du solide. Ils peuvent expliquer comment tailler un arbre au printemps, comment tuer trois canards en vol avec une seule balle (et de la chance), à quelle date entailler les érables.

Cette année, Pâques est tôt, très tôt. Les dindes sauvages sont à l'intérieur des poulaillers, les érables ne sont pas entaillés, la neige recouvre tout, la forêt et le grand champ. Il est encore loin, le temps où les outardes viendront se poser sur la terre inondée. Nous nous abritons à l'intérieur de la cabane autour de la table, faite du même bois que les murs, et nous envoyons les enfants jouer dehors. Nous les rappelons fréquemment, pour vérifier que leurs mitaines et leurs bottes ne sont pas trop mouillées. Nous faisons sécher les habits détrempés près du poêle à bois, où réchauffent la soupe aux pois de ma tante et la grosse oie que mon oncle a fait cuire dans une cocotte en fonte. Mon cousin a fait son pudding chômeur, qu'on mangera avec de la crème glacée. J'ai la bonne idée de faire de la tire d'érable pour les enfants, je demande à mon oncle d'aller me chercher un litre de sirop de l'an dernier, qu'on fera bouillir sur le poêle. J'aime bien l'idée de manger de la tire ; en plus, cette année, il y a de la neige pour l'étendre. Mon oncle est réticent à mon idée, il m'avertit : le sirop, il faut le surveiller, sinon ça déborde et ça colle. Je me porte garante. Je ne sais peut-être pas dépecer un orignal, mais je sais cuisiner. Je trouve un chaudron – il n'y pas beaucoup de choix –, je le flanque sur le poêle, et j'annonce à tout le monde que la tire s'en vient. Je suis pas mal fière de moi. C'est alors que mon fils rentre en pleurnichant qu'il a les bottes pleines de neige après être monté sur l'immense butte derrière la cabane. Je m'occupe de lui, le déshabille. Pas plus de deux minutes. *Pschiitttt.*

Ma tire ! Le chaudron déborde, et une intense fumée emplit le petit espace de la cabane. Tout le monde crie, les enfants paniquent. Je me lance vers le poêle. J'avais vraiment mal estimé la chaleur d'un poêle à bois. On n'y voit plus rien, les petits toussent et ça sent la tire éponge, les adultes ouvrent les petites fenêtres, le froid s'engouffre, mais la fumée ne semble pas sortir. Je suis honteuse, tu ne peux pas savoir comment. Mon oncle ne dit rien, mais je sens ses reproches. L'air frais entre enfin, on peut y voir quelque chose. Le poêle est couvert de sucre caramélisé, ça descend jusque par terre, ça forme une gomme brûlante, qui fait de petites bulles. Je voudrais pleurer, j'ai tout fait rater. Il n'y a rien à faire, je resterai toujours la petite fille de la ville.

* * *

20 MARS ~ **ISABELLE**

Aujourd'hui, c'est l'automne ou le printemps, selon l'hémisphère où l'on se trouve. J'ai du mal à penser que Violeta est une fille de l'automne car, pour moi, elle est résolument du printemps, de la sève qui monte, de l'énergie végétale et vitale, de la renaissance, et non « du crêpe autour des cornes », comme les escargots de Prévert qui « s'en vont dans le soir/ Un très beau soir d'automne ». L'enfance et l'automne me font inévitablement penser à ce poème. Quand je le relis, c'est toute une époque qui s'ouvre à moi, l'odeur de la craie sur mon petit tableau noir et de l'éponge mouillée pour effacer les mots, le froid humide du préau, la soupe médiocre de la cantine, la robe-tablier et les nattes remontées, l'impression d'être toujours entre deux sentiments. Comment peut-on être si mélancolique à sept ans ?

21 MARS

Nous partons pour la campagne en famille. Nous arrivons en fin d'après-midi, et la mère de Mauricio nous a cuisiné la morue traditionnelle portugaise du Vendredi saint. Elle est faite à l'huile d'olive, avec des tomates, des poivrons verts et rouges, des olives noires et des pommes de terre. C'est un vrai délice. Vers vingt heures, nous allons sur la place de l'église pour participer à la procession du Vendredi saint : nous avons tous un cierge et nous suivons des statues de la Vierge Marie transportées magiquement dans les airs par les fidèles. Ce soir, c'est à toi et à ta ferveur pour la Vierge que je pense, je me demande pourquoi ton dévolu s'est posé sur elle : parce qu'elle est la mère qui n'a jamais été déflorée ? Parce qu'elle est la mère de toutes les mères ?

22 MARS

Le soleil citronné d'automne se pointe le nez. Violeta met un tablier que j'ai porté petite quand je faisais des gâteaux de la marque Betty Crocker dans le minuscule four vert en plastique, rue Beaconsfield, à Notre-Dame-de-Grâce. Elle cueille notre première carambole dans le jardin. Mauricio est fier de son verger, qui commence à fleurir. Le vieux cajou que son père a planté il y a longtemps et que sa mère veut chaque année faire abattre donne encore des fruits. Je plaide toujours en sa faveur, pensant qu'il est la mémoire de ce jardin et du père de Mauricio aujourd'hui mort.

23 MARS

Quand Violeta se réveille de sa sieste de l'après-midi, nous faisons la chasse aux œufs. Mais tout est mal organisé, rapide, fait à la va-vite parce que la tante de Mauricio ne veut pas manquer le début d'une partie de foot très importante. Ah ! ce satané foot ! les Brésiliens en sont vraiment fous. Tout arrive toujours en même temps, de toute façon, c'est le lot de nos vies. Je me faisais un tel bonheur de cette première chasse aux œufs. Ce sera pour l'année prochaine.

25 MARS

De retour à la ville. Je vais au parc après l'école avec Violeta ; Marina et Valentin sont là, ainsi que Natasha et Orson. Marina m'annonce qu'elle est enceinte, je suis très heureuse pour elle, mais c'est toujours un coup dur. Je me retourne vers Natasha et je lui dis : « Tu n'es pas enceinte, toi, au moins ? » Elle rougit, et me dit : « Oui, justement, je le suis, j'allais te le dire ! » Je suis bouche bée, je cache mal mon malaise. Quand vais-je me raisonner ? Laisser la nature suivre son cours ? Je supporte mal ces nouvelles grossesses. À quand mon tour ?

* * *

26 MARS ~ **STÉPHANIE**

Mathilde dit que ça sent le printemps dehors. Que l'air a la même odeur que la grande serre tropicale au Jardin botanique.

27 MARS

Il neige ce matin, de gros flocons lents. Je n'en peux plus. Toujours pas d'outardes, mais des cris de mouettes désespérées résonnent dans toute la ville.

30 MARS

Début d'un printemps. On a acheté une nouvelle trottinette à Gio. Les enfants roulent dehors sur les trottoirs quelque peu dégagés. La neige du jardin monte encore par-dessus le lilas. Il est dix-sept heures, la lumière de fin de journée est belle. Je bois un gin tonic sur le balcon avec mon père et sa blonde. Celle-ci vient de faire des biscuits avec ma fille, la maison sent encore le beurre et le sucre. Ça va aller mieux.

31 MARS

Vers la fin de la nuit, cinq heures quinze, je ne dors plus. Je pense à me lever, à t'écrire. Je pense à rester couchée, à me rendormir.

Je pense que je les entends. Les outardes. J'espère leur cri comme la fin de l'hiver.

Je pense que ce sont les mouettes. Ou alors, des cris, des cris dans ma tête. Vais-je devenir folle, Isabelle ? Dis-moi, je ne sais plus reconnaître ce qui provient de l'extérieur ou de l'intérieur de moi. Je suis toute tendue vers cette attente, cette attente du retour des oies sauvages et de la vie qui pourra enfin reprendre dans cette province désolée.

1er AVRIL

Enfin, quatorze degrés, il fait soleil, je m'éveille. La neige a cette texture particulière du printemps. Elle fond. Elle est granuleuse. Elle a de gros grains sales, comme du sel.

C'est le premier avril, les enfants s'amusent à nous faire de petites farces, ils savent qu'ils peuvent se jouer de nous sans conséquence. Je colle des poissons de papier dans le dos de Philippe et des deux enfants.

2 AVRIL

On voit les branches du lilas apparaître sous la neige. J'ai sorti mon imper crème et mon béret assorti que Sandra m'a rapporté de Paris.

J'ai eu ma paie, alors ce matin, après avoir conduit Mathilde à l'école, je vais me procurer une bouteille de parfum, *Fahrenheit*, comme toujours, comme depuis que j'ai seize ans. J'attendais ce moment depuis plusieurs semaines, j'étais à court de sous, ce n'était pas un achat nécessaire, mais tout de même. Je me sens nue sans ce parfum.

Alors que j'attends l'autobus, devant l'Hôtel-Dieu, je mets la main dans ma poche pour saisir ma passe que j'y avais glissée plus tôt et mes doigts tombent sur des tickets mauves de la RATP. Un peu de Paris dans ce mois d'avril, comme si j'étais tombée sur un peu de toi oubliée dans cet imper.

3 AVRIL

Rêve. Ça commence comme un beau rêve. Nous sommes ensemble, dans un wagon de train, une lumière douce entre par les fenêtres. Je ne sais pas où sont les fenêtres, car les murs sont couverts de rayonnages vert menthe avec des livres partout. Nous sommes à la fois dans un train et dans une petite librairie sympathique (Olivieri de la première époque). Les gens sont assis sur des banquettes face à face et sur des chaises d'appoint. Tu es loin de moi. Tu vas parler. Nous donnons une conférence, assez informelle, improvisée. Tu parles, tu es à l'aise, j'admire ta facilité à te mouvoir dans l'esprit universitaire, tu cites des théoriciens, tu fais des liens intelligents. Je suis en retrait, je t'écoute, tu es le centre de l'attention, je t'admire tant. Un bruit de verre brisé, tout à coup, interrompt ton discours. Tous se retournent vers un homme qui a laissé tomber son mouchoir. À l'intérieur, il y avait une ampoule, qui s'est cassée. Tu reprends le fil de ta communication. Soudain, tu as terminé, tu te retournes vers moi. Je panique, je ne croyais pas devoir parler. Tu me présentes comme une spécialiste de Doubrovsky. Mon trouble grandit. C'est complètement faux, il y sept ans que je suis en dehors du milieu, des études universitaires. Je n'ai pas relu une ligne de cet auteur depuis tout ce temps. Je ne saurai pas quoi dire, mais je me lance, je veux être à la hauteur, à ta hauteur. Alors, naturellement, j'enchaîne sur la seule chose que je connais, la seule chose à propos de laquelle je me sens apte à discourir : son enfermement.

* * *

26 MARS ~ **ISABELLE**

Ma pulsion de mort prend le dessus aujourd'hui, ce plaisir du morbide et du mélancolique que je cultive. Je ne sais pas si c'est l'annonce de ces deux naissances à venir qui me plonge dans cet abîme. J'écoute en boucle le disque de Yoñlu, un jeune musicien brésilien autodidacte (il a appris tout seul dans sa chambre le piano, la guitare, les claviers, comment faire fonctionner un studio d'enregistrement; l'anglais aussi) qui a composé de nombreuses chansons très noires avant de se suicider dans sa salle de bains en s'asphyxiant au dioxyde de carbone à l'aide d'un petit barbecue maison. Dans un forum sur le Web, il y a encore son dernier message, un message troublant et terrifiant, un message d'aide pour savoir comment supporter assez longtemps la chaleur qui émane du barbecue. Le lien existe encore : je vais le lire et le relire sans arrêt, en me disant chaque fois que, dans une heure, il va mourir, que dans l'heure qui a suivi ce message, il était mort. Je me demande sans relâche comment sa mère, une psychanalyste, peut survivre à l'idée que, n'importe quand, elle a accès à ce message qui marque la fin de la vie de son fils.

27 MARS

Je vais au Café des Petits, organisé par la communauté française. C'est là que je fais la connaissance de Chloé, une Québécoise qui arrive d'Inde et dont le mari travaille au consulat, et de son fils Arnaud. Je suis hystérique quand je la vois, je suis si heureuse de parler à une Montréalaise, je suis très *seeker* et j'ai peur qu'elle rentre chez elle en pensant qu'il ne faut surtout jamais me revoir.

28 MARS

Nous allons voir *Ivan le Terrible* joué par l'orchestre symphonique de l'État de São Paulo. Nous arrivons tôt pour prendre une flûte de champagne, manger un peu dans le foyer, où l'on sert de la soupe et des petits-fours salés. C'est très mondain, je suis enchantée. Après le concert, qui fut magnifique (avec un chœur d'enfants si beau), je dis spontanément à Mauricio que la soirée a été très civilisée et que cela faisait longtemps que je n'avais pas ressenti cela. Cela : une détente sans culpabilité sociale, en toute sécurité, bref, la façon dont on se sent en permanence dans les pays du premier monde. Je médite là-dessus toute la soirée.

29 MARS

Vers treize heures, nous allons manger une *feijoada* avec Adriana et Luciano, qui sont de passage de Bahreïn. Ils aiment leur nouvelle vie même s'ils nous racontent toutes sortes de choses avec lesquelles j'aurais bien du mal à vivre, comme la coutume pour les femmes de ne pas porter de manches courtes (alors qu'il fait quarante degrés). Mauricio et moi allons ensuite au cinéma, nous allons voir *The Savages,* que nous aimons bien. Cette histoire entre un frère et une sœur me fait penser à toi. Tu me parles si peu de ton frère, et je suis étonnée quand tu me dis que tu étais très proche de lui. Comment c'est d'avoir un frère, un fils ? Tu as dans ta vie ces relations masculines qui me font défaut. Je ne sais pas ce que c'est, je ne peux même pas les imaginer.

Le soir, nous sommes allés dîner chez l'associé de Mauricio et j'ai fait semblant que j'étais une prof de français d'expérience, ce qui m'a valu une nouvelle étudiante. Je suis ravie.

31 MARS

Entre-temps, l'histoire de Yoñlu ne me laisse pas en paix et, pourtant, un fait divers qui défraie la chronique ce matin parvient à occulter le suicide du jeune musicien. Un couple de classe moyenne (ici, la presse le mentionne toujours : pauvre, classe moyenne, riche) a eu une dispute d'amoureux dans la nuit de samedi à dimanche. Dans leur voiture, il y avait leurs deux enfants, deux garçons, l'un de dix mois et l'autre de trois ans, et en plus, la fille de l'homme, Isabella, cinq ans, qu'il a eue avec sa première femme. La belle-mère, par jalousie, aurait asphyxié Isabella, puis le couple aurait camouflé le crime en la jetant du sixième étage de leur appartement. Quand la police arrive sur les lieux de l'accident, le couple invente une histoire d'invasion de leur domicile par un tiers, mais tous les indices pointent vers le père et la belle-mère. Je ne sais pas pourquoi cette histoire m'ébranle, comme elle ébranle tout São Paulo aussi. On ne parle plus que de ça, partout, dans tous les magazines à la télé : les sociologues, les psychologues, les criminalistes, les juristes, tous se penchent sur ce cas qu'ils tentent d'expliquer. Je n'ose penser que c'est parce qu'il s'agit là de l'une de mes peurs les plus viscérales, comme je te l'ai déjà dit : jeter de fureur ma fille par la fenêtre du dixième étage. Quand je ne dors pas la nuit, je pense à ce couple et à ce qu'ils doivent ressentir, à la façon dont on peut en finir avec sa propre vie dans l'instant d'un acte fou, d'une folie momentanée. L'idée me glace le sang. Je repense aussi à Marguerite Duras qui, dans les années 1980, avait été voir la mère du petit Grégory, autre fait divers qui a marqué mon enfance. La femme avait été accusée d'avoir tué son jeune enfant et de l'avoir jeté dans une rivière, pieds et poings liés, puis elle avait été relâchée, faute de preuves. Duras avait écrit un texte sur cette mère, Christine Villemin, qu'elle appelait « sublime », un adjectif qui avait été critiqué à l'époque pour parler d'une possible infanticide. Naissances à venir, infanticides, suicide : mon mois de mars est baigné par les forces de la création et de la noirceur.

* * *

5 AVRIL ~ STÉPHANIE

Huit degrés, soleil.

Je sors en vitesse en avant-midi ; je vais acheter un présent pour l'anniversaire du copain de Gio. Devant la vitrine du fleuriste, les bulbes sont sortis : des tulipes en bouquet, des jonquilles enrubannées, des primevères en pot. Je m'arrête un instant, j'hésite devant des renoncules et leur jupon de pétales aux couleurs vives. J'ai pensé à toi, j'ai pensé au film *The Hours*, quand le personnage de Clarissa, joué par Meryl Streep, s'en procure un gros bouquet.

J'en prendrai pour égayer la maison lors de ton arrivée, dans quelques semaines.

En après-midi, je flâne avec Mathilde. Nous décidons d'aller au centre-ville après son cours de natation. Après avoir mangé des sushis sur l'esplanade de la Place-des-Arts, nous traînons au Belgo sans rien y voir d'intéressant, si ce n'est quelques photos d'Angela Grauerholz. Nous allons ensuite voir du côté du Musée d'art contemporain, où nous nous perdons dans le labyrinthe composé par Yannick Pouliot avec des chaises et des lustres à pampilles. Mathilde ne veut plus en sortir.

7 AVRIL

Je parle longtemps avec la mère de Mia à l'entrée de la cour d'école ce matin. Son copain est malade (cancer) et se fait opérer demain. Je suis atterrée par la nouvelle. Naïvement, je croyais mon petit monde, l'école, le quartier, cette communauté qui palpite autour de moi, à l'abri de tout ça. J'espère que le père de Mia s'en sortira.

Je repense à ce grand Christ en douleur dans leur salon.

8 AVRIL

La neige fond rapidement, laissant apparaître au grand jour les scories de l'hiver. La ville est sale, laide, mais les gens sont souriants. Drôle de contraste. Ta venue approche, je la prépare.

9 AVRIL

Je marche rue Notre-Dame pour aller travailler au Delmo. Il fait soleil, j'ai retiré mes gants pour sentir le soleil sur mes doigts, il fait bon.

Alors que j'approche de l'enseigne faite d'hippocampes en fer forgé, les cloches de Notre-Dame sonnent un carillon joyeux. Il n'est pas midi, je ne sais pas pourquoi la basilique chante ainsi. J'en déduis que c'est uniquement pour parfaire mon bonheur de ce printemps.

10 AVRIL

Début des séries éliminatoires de hockey. La ville respire en trois temps : bleu, blanc, rouge. C'est une même pulsation qui fait battre tous les cœurs. Ça occupe beaucoup l'esprit et les conversations des hommes.

11 AVRIL

Au sortir de la maison, vers huit heures trente ce matin, c'était bien vrai. Une volée d'outardes est passée au-dessus de ma tête, dans un grand V, avec leurs cris qui résonnaient en creux dans la ville. Je suis enfin apaisée, je sais que c'était le signal que j'attendais. Tout ira mieux maintenant.

Si à l'été je voyais notre amitié comme deux clématites qui s'enroulaient l'une dans l'autre, il me semble qu'aujourd'hui, après cet hiver éprouvant et ce printemps qui tarde à venir, je doive me tourner vers le vol des oiseaux migrateurs pour comprendre où réside notre attachement. N'est-ce pas là, dans l'attente et dans l'envol, dans cette fidélité qui lie l'oiseau à la terre, dans la mouvance et l'immobilité que se trouvent les bases de notre amitié ?

12 AVRIL

Ma mère a pris les enfants pour le week-end. Je suis légèrement indisposée (petit virus que les enfants m'ont refilé, c'est la saison), mais qu'à cela ne tienne, je passerai un beau week-end. Hier soir, nous avons commandé du Tampopo et regardé un film, comme au temps de la rue Rachel. Ce soir, nous irons au cinéma avec Martin et Éric, puis souper en tête-à-tête chez Pintxo, juste à côté.

La vie est si facile quand on n'est responsable de personne. Nous nous levons tard, nous faisons l'amour, nous brunchons au Réservoir. Je travaille dans mon bureau en bas, Phil lit dans la chambre en haut. J'aime bien quand l'espace nous sépare ainsi, et le silence aussi. C'est dans ces moments que j'ai envie de lui.

J'avais du travail à faire au jardin, mais ça attendra à demain.

* * *

1er AVRIL ~ **ISABELLE**

J'écoute Yoñlu en boucle, je pense à cette enfant qui est morte, mais je dois chasser mes idées noires.

Je donne mon premier cours de français ce soir à la jeune fille qui est venue à la maison, il y a quelques semaines, pour voir si elle m'aimait bien. Je suis un peu nerveuse mais je souhaite relever le défi. À la fin du cours, je me rends compte que le plus grand défi sera de supporter ma propre voix pendant une heure et demie.

2 AVRIL

Au coin de ma rue, il y a un rempailleur de chaises qui ressemble à l'ancien directeur du département d'études françaises. De revoir ce visage qui m'était si familier mais dont pourtant je ne connais rien (que ce soit ce type dans la rue ou même l'ex-directeur), me fait penser à *La Métamorphose* de Kafka, je ne sais pas pourquoi. Ces dédoublements de personnalité, ces sosies, ces ombres qui naviguent dans les villes étrangères, qui portent la marque de la familiarité me glacent le sang.

4 AVRIL

Vers dix-huit heures, je sors pour aller à la pharmacie et je vois quelques juifs hassidiques marcher en direction de leur synagogue. Les femmes ont coiffé leur perruque, elles sont en jupe longue, elles portent des chaussures fermées, et les hommes sont en habits traditionnels ; sur la tête, ils ont leur *schtreimel* et ils portent leur *tallith* sur les épaules. J'aime beaucoup cette heure du vendredi soir où le quartier s'anime d'une énergie particulière, où les juifs hassidiques s'en vont prier, où les employés de bureau sortent heureux à l'orée du week-end, où les jolies filles riches prennent un verre en terrasse alors que la nuit tombe, au moment où les arbustes de dame-de-la-nuit, cette plante odorante nocturne, commencent à embaumer l'air. C'est à la faveur de ces instants de fin de journée que je me sens le mieux, au croisement de ces vies que je ne connais pas.

5 AVRIL

Nous allons à la fête d'anniversaire d'Ernesto, qui a huit ans aujourd'hui. Juste après le gâteau, alors qu'on nous demande de nous lever pour réarranger les chaises et faire un peu de place – je pense alors : « Ah ! nous allons assister à un petit spectacle d'enfants » – les invités se bousculent vers le minuscule autel niché sous l'escalier central de la très belle maison, qui est une réplique des habitations simples en chaux blanche du XVIIIe siècle. Le fêté, cet enfant qui a une coupe au bol et qui ressemble à un Indien de l'Amazonie, se prépare à célébrer une messe catholique. Il en connaît tous les rituels et les détours, les chants et les paroles ; il nous fait même communier. Mauricio a eu le temps de s'enfuir vers le jardin, mais moi, je reste coincée là à l'observer, ensorcelée par ce curé en devenir.

8 AVRIL

Ma seule étudiante de français annule ses cours : elle n'a plus d'argent. Je suis étonnamment soulagée. Il est vrai qu'elle n'était pas très dynamique ni très intéressante. Finalement, bon débarras.

9 AVRIL

Anniversaire de Marcelo A.

Marina, mon amie argentine qui quittera définitivement le Brésil fin mai, m'invite à petit-déjeuner à l'hôtel où elle loge. C'est ce qu'on appelle un *flat* ici, c'est-à-dire deux pièces avec les services d'un hôtel, plus une petite cuisine. Son fils Valentin va à la même école que Violeta et nos enfants s'entendent bien. Elle me parle de Buenos Aires, que je connais peu, et de ses parents. J'aime cette ville hispanophone, ce Paris sous les tropiques, comme tout le monde dit, c'est là que j'ai passé ma lune de miel, en pleine crise économique. C'est là aussi que j'ai voyagé pour la dernière fois avant d'accoucher. Buenos Aires : de bons airs pour célébrer les moments cruciaux de la vie.

10 AVRIL

En rentrant de l'école ce matin, j'entends un bruit d'anorak : un colibri s'ébouriffe dans le ciré de Violeta qui est par terre, et le chat s'amuse avec lui du bout d'une patte. Je réussis *in extremis* à attraper l'oiseau avant que mon félin n'en fasse qu'une bouchée, et je le renvoie dans ses quartiers, par la fenêtre.

11 AVRIL

J'ai fait un test de grossesse : négatif.

12 AVRIL

Anniversaire de Rafael.
Nous allons fêter Rafael chez la tante de Mauricio, Célia. Toute la famille y est, c'est toujours doux de les voir, doux comme quand la famille est un mot heureux.

13 AVRIL

Je refais un test de grossesse juste pour être sûre : toujours négatif.

* * *

13 AVRIL ~ **STÉPHANIE**

Les enfants reviennent vers dix heures. Je voulais nettoyer mon jardin, enlever les déchets de construction qui sont apparus avec la fonte des neiges. Mais voilà que dehors, il neige, puis il grêle. C'est éprouvant, ces retours en arrière.

Je fais des collages avec Mathilde, je désire terminer un projet pour demain. Mélanie et moi travaillons à un cahier de rêves, version collage. Je me sens un peu infidèle envers toi, envers notre amitié, nos projets, mais l'appel de la nouveauté est trop fort.

Vers les quatorze heures, le soleil sort. Ma fille et moi mettons le nez dehors. J'emplis un sac à poubelle entier de branches cassées, de clous, de bouts de bardeau. Mon lilas est en piteux état.

15 AVRIL

Il fait froid à vélo, même avec des gants. Quelques plaques de neige subsistent sur la pelouse du square, comme une gale mangeant de la peau ravagée.

Pourtant, un érable, au coin de l'avenue Laval et de la rue du Square-Saint-Louis, semble porter sur ses branches des bourgeons, comme autant de petits pompons pour encourager le printemps.

16 AVRIL

Coin Saint-Denis et Rachel, Georges et moi attendons l'autobus. J'ai vraiment l'impression d'avoir passé tout l'hiver ici, plantée au coin de ces rues, à attendre.

Aujourd'hui, une immense pelle mécanique John Deere détruit l'immeuble adjacent à l'ancien Conti. Nous admirons le spectacle.

Rue Saint-Christophe, avec Gio, toujours en trottinette. Nous entendons, clair et haut, le chant du cardinal, mais nous n'arrivons pas à le repérer. Alors, nous nous arrêtons. Bien en poste, nous scrutons. Il est là, tout au faîte ! Jolies plumes rouges dans le gris des branches encore nues.

17 AVRIL

Je sors au Delmo pour l'anniversaire des jumeaux Holder. Les deux lanternes rouges sur la devanture éclairent mon chemin. Avec Céleste, nous allons prendre ensuite un verre au Holder. Il y a une nouvelle serveuse, une brune avec du chien. Je danse beaucoup avec elle au Confessionnal ensuite. Maude est là aussi, et les serveurs du Holder. Comme d'habitude, je ris avec eux, je danse, des gens qui ne le devraient pas s'embrassent, l'atmosphère est à la fête. Comme dans un rêve.

18 AVRIL

Dans les jardins voisins, les perce-neige éclatent au soleil, comme des perles rescapées d'un collier égrené. Quelques crocus ajoutent de la couleur au paysage.

Toujours rien dans mon jardin.

19 AVRIL

Morin-Heights.

Vers seize heures, nous partons pour la maison de campagne de mon père. Nous souperons là et, demain, mes grands-parents viendront manger pour l'anniversaire de mon grand-père Yvon, qui est né le même jour exactement que le nouveau pape.

Il y a énormément de neige, plusieurs mètres, ça oui, sur le terrain. Les enfants entrent et sortent, jouent avec les petits voisins. Je me rends compte qu'ils grandissent, je les laisse aller sans trop de souci.

Je regarde mon père et je vois en lui mon frère. En fait, je ne sais plus qui ressemble à qui. Mon frère vieillit en ressemblant beaucoup à mon père : dans sa façon de parler, d'incliner la tête sur le côté, dans l'intonation de ses fins de phrases. Mon frère me manque déjà, encore, et les tics que j'ai vus chez mon frère me rappelant mon père, je les vois maintenant chez mon père me rappelant mon frère.

La soirée se déroule bien, les plats sont réconfortants, le vin coule à flot. Alors que mon père fait la vaisselle et que moi, je l'essuie (il laisse tant de mousse blanche sur la vaisselle, c'est incroyable !), les Stones entonnent *As Tears Gone by*, avec cette langueur qui s'allie doucement à cette fin de soirée bien arrosée. Mon père me confie que cette chanson lui rappelle toujours la nuit du 20 juillet 1969, alors qu'il était en camping avec trois amis. Richard Paquin avait apporté sa guitare, et les gars chantaient cette chanson des Stones en regardant la lune, sur laquelle un homme marchait pour la première fois cette nuit-là.

Qu'il me confie cette anecdote, au milieu de la cuisine, m'a beaucoup touchée. Je ne l'avais jamais entendue. Il y a tant de choses que je ne sais pas de mon père, tant de choses.

20 AVRIL

Pleine lune.

Nous rentrons des Laurentides en fin d'après-midi. Je remarque qu'il n'y a plus de neige dans le jardin, les feuillages des bulbes poussent pour sortir.

Nous sommes crevés, les voyages en voiture semblent en tout temps nous pousser au bout de nos ressources d'énergie. Nous mettons les enfants dans leur chambre et nous faisons une sieste. Ensuite, je vais conduire Philippe en voiture chez sa sœur, où il va faire nos déclarations d'impôts. Les enfants se crachent dessus à l'arrière, ça crie, ça chahute, j'en ai ma claque.

En rentrant, nous arrêtons à la fruiterie pour faire quelques provisions pour la semaine. Coin Roy et Saint-Denis, la lumière est rose et la ville est tranquille : ça ressemble à une fin de journée d'été à Montréal. J'ai un instant de grâce.

* * *

14 AVRIL ~ **ISABELLE**

Les forces antithétiques qui régissent ma vie m'empêchent maintenant de dormir. Je veux tomber enceinte et en même temps je voudrais travailler. Ma voisine et amie Gabriela me conseille de l'accompagner au cours de yoga qui se tient dans la salle commune de notre immeuble. Révélation.

15 AVRIL

Aujourd'hui, c'est mon deuxième cours de yoga et je dois dire que je trouve le professeur tout à fait de mon goût. C'est une beauté un peu sauvage, entre Gaël Garcia Bernal et Jude Law. Je sais, le mélange paraît impossible et, pourtant, c'est bien ça, c'est bien lui, Hélio (quel nom !). Je lui dis que je veux tomber enceinte et il me propose donc tout un programme de « fertilisation » par le yoga. Je suis enthousiaste au point de vouloir suivre un cours tous les matins comme Gabriela. Après nos exercices, nous allons tous petit-déjeuner chez elle : elle nous fait un pain grillé écrasé dans la poêle avec du *ghee*, le beurre clarifié ayurvédique. Hélio nous parle de son récent voyage en Inde : je suis sous le charme.

16 AVRIL

Demain, je reçois dix-huit adultes et treize enfants pour les deux ans de Violeta. Je veux faire des *cupcakes* : je compte qu'il m'en faudra au moins soixante. Je mets donc la main à la pâte dès aujourd'hui : j'en fais trente-six à la fraise en soirée.

17 AVRIL

Les deux ans de Violeta.
Quand je suis entrée à la maternité tôt le matin du lundi 17 avril 2006 pour accoucher, il pleuvait, il faisait gris. Quand j'en suis sortie le jeudi 20 avril, il faisait beau et chaud. C'est un peu ce qui se passe aujourd'hui aussi : ce matin, il fait froid et mauvais, puis le soleil sort dans l'après-midi pour accueillir les amis. Papi nous paye le champagne rosé, qui coule à flot. Je bois un peu trop.

18 AVRIL

À la tombée de la nuit, une dame me demande de marcher avec elle dans une rue près de chez moi ; elle me dit qu'un individu la suit et qu'il lui a baragouiné quelque chose. Elle est effrayée et même effrayante, elle marche penchée comme une sorcière. Quand je me retourne, je ne vois personne, et c'est moi qui prends peur tout à coup : je me demande si ce n'est pas une feinte de sa part pour m'amadouer, me distraire et en profiter pour me voler Violeta dans un moment d'inattention.

24 AVRIL

Je pars, je prends l'avion ce soir pour aller passer une semaine seule à Montréal. C'est une fuite en avant pour moi, encore une fois ; tout ce que je sais faire, c'est ça, fuir et voyager pour ne pas affronter mes démons. Violeta trempe son biscuit dans les dernières gouttes de mon café quelques minutes avant que je sorte prendre mon taxi. C'est la dernière image que j'ai d'elle en quittant ce pays, une enfant blonde qui aime le goût amer du café mélangé au sucre mouillé.

* * *

21 AVRIL ~ **STÉPHANIE**

Il y avait une belle fête au resto pour fêter les cinq ans du Holder. Je passerai rapidement sur les détails, la soirée s'est mal terminée entre Philippe et moi. J'ai eu trop de plaisir avec les garçons, ça le rend fou. J'aurais dû rester assise près de ma mère, j'aurais dû boire moins de *tea off* de Sébastien, le barman (porto blanc, tonic et glaçons). J'aurais dû ne pas me coller de trop près aux serveurs, j'aurais dû m'ennuyer plus, m'amuser moins. Mais voilà, je suis excessive, je me suis laissée emporter par la fête et par mon plaisir. Je ne sais pas comment les gens font pour être *raisonnables* tout le temps. On ne peut pas passer sa vie à se retenir.

22 AVRIL

Il fait beau, nous allons jouer avec les enfants dans la cour d'école après le souper. Tout près, dans une courette de la rue Drolet, un magnolia est en fleur. Je traverse la rue avec Mathilde pour sentir les fleurs blanches étoilées. Je repense à Boston, à ce printemps magnifique où je suis allée te rejoindre quelques jours aux États-Unis, au campus fleuri de l'université Harvard.

23 AVRIL

Congé. J'écris en avant-midi. Je vois le Serbe au café qui me parle de Yuri, encore. Ensuite, je poursuis le grand ménage de la terrasse, je la lave à grande eau, je la frotte à quatre pattes, je sors les plantes, le hamac, je veux que ça soit l'été pour toi qui arrive, que ça soit propre, que ça soit prêt. Je m'étends ensuite dans le hamac pour fumer une clope en pensant que c'est peut-être le dernier été ici, sur cette terrasse, à l'ombre du pommetier, de l'érable et du frêne, que peut-être, bientôt, nous n'aurons plus d'argent pour tout ce luxe, que le temps de l'abondance est révolu, pour de bon cette fois.

24 AVRIL

Tu arrives demain.

Tu arrives, tu seras témoin de ce printemps qui surgira juste pour toi, qui donnera des fleurs pour tes yeux, de la chaleur pour ta peau. Je voudrais t'offrir une saison en entier. Je marche ce matin vers le métro. Dans les branches des arbres, il y a ce vert tendre qui ne dure pas, les bourgeons sont sur le point d'éclore, ils t'attendent comme moi.

Rue Drolet, vers le square, le marronnier est déjà en feuilles et les boutons des fleurs montent en grappes inclinées. Les marronniers me font penser à Doubrovsky : lorsqu'il écrivait à Paris, il en apercevait un de sa fenêtre. Je pense qu'il les aimait car ils lui rappelaient Sartre. Les fruits vont nouer avant même que je m'en rende compte, l'été sera passé, et toi, repartie.

* * *

25 AVRIL ~ **ISABELLE**

Alexandra vient me chercher à l'aéroport. Nous allons déjeuner au restaurant Le Pavillon, où travaille son fiancé. Il fait encore froid, il y a de la neige partout. Je me rappelle soudain que je m'étais juré de ne jamais revenir au Québec en avril à cause de la température peu clémente. J'ai la mémoire courte. Je dîne chez toi ce soir avec ta famille, tu as lavé la terrasse pour mon arrivée, je vais dormir en bas dans ton sous-sol, nous allons être colocataires pour quelques jours. Je suis si heureuse d'être là, chez toi, sans attaches.

26 AVRIL

Petit-déjeuner avec ta famille, puis promenade entre filles avec Mathou et toi sur la rue Saint-Denis. Ensuite, nous rejoignons Phil et Gio au sushi bar sur Mont-Royal, puis nous allons au cours de natation des enfants. Nous bavardons, toi et moi, assises devant la grande fenêtre en regardant Mathou nager. Elle nous fait des signes auxquels nous répondons distraitement car nous sommes dans une conversation prenante. Nous parlons de couple et d'amour, comme toujours.

Comme chaque fois que je reviens à Montréal, je me rends compte que les gens me dévisagent dans la rue, mais ce n'est pas moi qu'ils regardent ; simplement, c'est leur manière de faire. Le contact est plus impersonnel dans les rues de São Paulo.

27 AVRIL

Hier soir, nous avons dîné au Petit Conti avec les amis, comme avant. Nous avons pris plein de photos, nous faisons semblant que nous sommes un *band* de passage à Montréal, nous avons tout à coup vingt ans, nous avons vingt ans sous ce porche dans la pluie printanière, vingt ans en fumant une cigarette, en attendant que notre table se libère, vingt ans pour toujours, ou pour ce soir en tout cas.

28 AVRIL

Mauricio m'appelle pour me dire que Violeta a eu une crise de faux croup cette nuit. Je suis désolée de cette nouvelle, mais je m'arrange pour l'oublier le plus vite possible, je fais l'exercice mental de tout oublier pour une semaine. Je déjeune ce midi avec Martin au Meat Market, et je me réjouis d'être avec lui, comme toujours. Il pleut et il fait froid, je peste contre ce printemps mouillé. Martin et moi sautons dans un taxi, puis je vais prendre un café avec François, puis je soupe chez vous ; vin, travail au bar (Phil fait le barman et nous fait rire).

29 AVRIL

Nous passons la journée ensemble. J'aime tout de cette journée, jusqu'au temps, sec cette fois-ci, mais un peu frais. On se croirait en septembre ou en octobre. Nous commençons avec une séance de travail le matin, puis nous déjeunons au Réservoir. Nous allons prendre un café chez Olimpico (une merveille, un autre monde que je ne connaissais pas), et ensuite, nous nous achetons des albums chez Drawn & Quatterly. Journée sucrée en ton exquise compagnie.

30 AVRIL

Je décide que je ne peux plus me promener avec des cheveux blancs à l'âge que j'ai. Je veux un noir Amy Winehouse, mais Martin, avec qui je vais à la pharmacie, n'est pas d'accord, il pense que ce sera trop dur pour mon teint. J'opte pour un brun foncé. Je vais ensuite prendre un café seule au Eldorado, un endroit que je n'aime plus. Je regarde avec amusement la table où tout a commencé avec Mauricio et où se trouve aujourd'hui un petit vieux qui parle seul. Je déguerpis. J'ai l'impression d'avoir été assommée par un *flash forward*.

Le soir, tu me fais la teinture avant notre dîner annuel chez Chao Praya. Nous demandons conseil à ta gardienne, qui semble plus au courant que nous. Ça marche ! Je suis brun foncé, sans fils gris. Ai-je rajeuni ?

* * *

25 AVRIL ~ **STÉPHANIE**

La terrasse est couverte de fleurs sans pétale, tombées des branches du frêne. Avec leur long pédoncule, elles ressemblent à des centaines de chenilles écrasées.

Je n'ai pris aucune note de ton arrivée hier ni de cette journée, ce samedi. J'étais trop dans la joie de te revoir, j'ai dû laisser mon calepin au fond de mon sac à main et maintenant, voilà, je suis aux prises avec l'oubli. Je me souviens que tu es arrivée avec ta sœur, que tu portais de lourdes valises, que tu allais habiter chez moi pour quelques jours. Que nous avons bu du vin et fumé des Lucky Strike. Que les enfants jouaient dans la ruelle. Je ne sais plus ce qu'on a mangé, ce qu'on a fait ou dit. J'étais tout à mon contentement de t'avoir pour moi, pour moi seule, pour moi jour et nuit.

26 AVRIL

La journée a dû passer à faire nos trucs habituels, je ne me souviens de rien. Seulement de la très belle soirée avec les copains, au Bílý Kůň, puis au Petit Conti, où nous avons attendu notre table sous la pluie. Martin prenait des photos comme si nous étions en voyage, dans une autre ville, dans une cité qui ne serait pas la nôtre, dans une vie qui ne serait pas la nôtre, où nous serions jeunes et musiciens, membres de ce *band* formé le temps de quelques photos : The Continentals.

28 AVRIL

Il pleut, il fait froid. Sans gant et sans chapeau, je gèle. Dans le square Saint-Louis, le gazon est encore terne. Près de la fontaine, pourtant, des arbustes fleurissent, des forsythias d'un jaune éclatant et, à leurs côtés, d'autres arbustes à fleurs blanches.

Au souper, Georges fait une demande particulière :

— Maman, est-ce qu'on pourrait faire comme mon copain Émile ?

— Et qu'est-ce qu'il fait, ton copain ?

— Il s'installe dans le sofa et écoute un peu le hockey.

Va pour le hockey ! Ce sont les séries éliminatoires, après tout, et regarder le hockey participe d'un rituel masculin dont je ne voudrais pas priver mon fils. Nous faisons une entorse à la sacro-sainte règle de « pas de télé après le souper en semaine » et nous nous installons tous les quatre, selon les instructions de Gio, sur le sofa au sous-sol (dans ta chambre) pour regarder la première période. Pendant ce temps, tu parles au téléphone en haut. Nous sommes tant gorgées de la présence de l'autre que nous avons dorénavant nos activités distinctes sous le même toit.

Je n'avais pas regardé le hockey depuis des années. Je le faisais, toute petite, avec mon père au sous-sol. Je m'endormais à ses côtés. La voix du commentateur semble encore me porter vers le sommeil.

Nous devons expliquer les règlements aux enfants, tenter de nous en souvenir nous-mêmes. Les enfants sont épatés de voir que de grands gaillards sont, comme eux, envoyés en punition lorsqu'ils se conduisent mal. Mathilde pense d'ailleurs que deux minutes, ce n'est pas bien long, elle récolte souvent sept minutes quand elle frappe sur son frère (et encore, elle ne le frappe même pas avec un bâton).

À la fin de la période, Georges se retourne vers nous :

— Comment ça s'appelle, déjà, ce qu'on regarde ?

— Le hockey, Georges !

— Ah oui ! Le hockey à patins !

— Le hockey sur glace, mais c'est la même chose.

29 AVRIL

Encore froid et mouillé. Je vais reconduire Gio à vélo avec la barre tandem à l'arrière qui raccroche son vélo d'enfant au mien. Ce sera notre nouveau moyen de locomotion pour l'été, nous formons une drôle de caravane.

J'ai pris congé aujourd'hui pour que nous travaillions ensemble, toi et moi, sur notre projet. Nous nous asseyons à table, j'ai fait du thé, disposé des verres d'eau. Nous sommes comme nos filles qui jouent à la dînette : aussi sérieuses dans notre mise en scène. Nous travaillons, écrivons et élaborons des échéanciers. Dehors, des gouttes tombent sans relâche de la gouttière fendue, le bruit est hypnotisant.

Je suis si heureuse d'avoir une journée seule avec toi, je veux tout faire. Nous nous dirigeons vers le Réservoir pour manger, on y papote un peu avec Jean B. qui passait là par hasard. Vous parlez du Brésil ensemble, vous semblez vous comprendre. Je vois bien que je n'y entends rien, que mon Brésil est encore fait de cartes postales, de chansons des années 1940 et de plumes de carnaval. Je sais qu'il semble impardonnable que je n'aie pas encore visité ton pays, ta maison. Pourtant, c'est ainsi.

Nous poursuivons cette journée comme ça, en flânant dans le Mile End : nous achetons des chocolats chez Geneviève Grandbois, nous sirotons un café chez Olimpico, nous bouquinons chez Drawn & Quaterly. Journée parfaite, car d'une autre époque, faite de proximité, de temps libres, d'absence de responsabilités.

30 AVRIL

Imperceptiblement, mais, oui, pourtant, il a neigé ce midi.

* * *

1er MAI ~ **ISABELLE**

Le mois de mai au Brésil est celui de la floraison des camélias, des zinias, des becs de perroquets.

C'est férié aujourd'hui là-bas, c'est la fête du Travail. À São Paulo, il y a aura des défilés organisés par toutes les forces syndicales du pays, qui profiteront de ce temps d'arrêt dans le calendrier des politiques pour reprendre leurs revendications séculaires.

Ma grand-mère a été hospitalisée pour un caillot de sang dans le bras. Mes parents me disent qu'elle se trouve dans une chambre avec six autres patients et qu'elle est en observation, car les médecins pensent qu'elle a contracté la bactérie C. difficile. Pour aller la voir, il faut s'envelopper dans des épaisseurs de tissus, porter un masque, ne toucher à rien. Je feins la possibilité d'être enceinte pour ne pas aller la voir. Je peux paraître sans cœur, mais je ne veux pas risquer d'attraper cette saloperie pour aller entendre ma grand-mère de plus de quatre-vingt-dix ans qui a toute sa tête se plaindre pendant des heures des services hospitaliers. Elle songe déjà à traîner en justice le ministère de la Santé. J'attendrai son retour à la maison, prévu pour plus tard cette semaine si elle n'est pas contagieuse. Au Brésil, on ne cesse de me vanter la santé publique au Canada. S'ils savaient...

2 MAI

Ce matin, je pars dormir chez ma sœur comme tu quittes les lieux pour le week-end. Mes parents, qui viennent me chercher en voiture, m'attendent dehors et je les vois en grande conversation avec une femme qui habite de l'autre côté de la rue. Quand je leur demande de quoi ils jasaient, mon père me dit le plus naturellement du monde : « Des Canadiens, bien sûr ! »

3 MAI

Il ne fait pas très beau, j'essaie de prendre l'apéro avec Éric et Martin sur la terrasse derrière chez eux, mais nous devons rentrer dans la maison parce qu'il fait trop froid. Décidément, je n'ai pas de chance avec le temps à Montréal. Éric repart bientôt pour la France. Nous nous émerveillons en écoutant la chanson-titre du film de Martin, je ne cesse de vouloir l'écouter. Les paroles sont naïves à souhait, c'est un vrai réconfort de chanson, une chanson-bonbon, une chanson fuite en avant, ce sera la nouvelle bande sonore de ma vie.

4 MAI

Après avoir éteint la lumière pour me coucher, je me rends compte que j'ai oublié de penser à Violeta depuis plusieurs heures. Faut-il oublier pour aimer?

5 MAI

Je prends l'avion en fin de journée. Je suis anormalement nerveuse, je ne parviens pas à me concentrer. Je suis heureuse d'aller déjeuner avec toi, cela me calme de faire semblant qu'il s'agit d'une journée comme une autre. Le soleil se fait voir enfin, c'est très animé dans le Vieux-Montréal à cette heure-ci, cela me soulage de ne pas faire partie de cette horde de travailleurs. En rentrant, je pense à notre projet d'écriture, je travaille sur la table dehors et la voisine pense que je suis ma sœur, elle me parle de choses que je ne comprends pas.

* * *

1er MAI ~ STÉPHANIE

« Mai, mois de fleurs, mois de pleurs. »
Proverbe.

On dit que, cette année, les outardes ont rebroussé chemin parce que trop de neige couvrait les terres, que les ours ne se sont pas réveillés de leur hibernation, que vingt mille chevreuils sont morts de faim dans les ravages.

Il me semble que le pire est passé, que le muguet tendra bientôt ses clochettes, que tout cet hiver de froid et de neige sera derrière nous, sera un flou souvenir blanc.

2 MAI

C'est la lumière du matin qui donne la couleur émeraude à la pelouse du square Saint-Louis. Un homme nourrit les pigeons, debout, tout de noir vêtu, au milieu de la foule grouillante d'oiseaux. Son profil se découpe sur fond vert. Il a trouvé la façon de ne pas être seul.

Tu quittes ma maison aujourd'hui, tu vas habiter chez ta sœur pour un temps car je pars pour le week-end en dehors de la ville.

5 MAI

C'est aujourd'hui que tu repars pour le Brésil. J'ai tellement profité de ta présence pendant la semaine où tu as habité chez moi que je ne ressens pas la grande peine qui habituellement me serre la gorge lors de tes départs. Ce midi, tu viendras manger avec moi au Holder, nous regarderons les garçons, nous mangerons notre salade, notre repas, en prétendant que ce n'est pas le dernier que nous partageons. Je le sais, c'est ce que nous faisons toujours.

Tu viendras ensuite voir avec moi le Delmo. Le beau rouge framboise des murs aura disparu pendant le week-end, le restaurant a été repeint en blanc crème, comme dans mon rêve de cet automne. Nous nous quitterons au coin des rues Notre-Dame et McGill.

Je ne t'ai pas dit mon moment préféré de ton séjour. Il y en a eu beaucoup, mais celui-ci n'a duré que quelques secondes. Nous étions boulevard Saint-Laurent dans l'autobus 55 vers le nord. En sourdine jouait *Wish You Were Here*. Dans le parc Lahaie, au coin de Saint-Joseph, on pouvait voir des enfants courir après les pigeons, et les bourgeons qui annonçaient le retour du beau temps devant la façade exubérante de l'église Saint-Enfant-Jésus. Souvent, quand j'entends cette vieille chanson, je pense à mon frère ou à toi. Cette fois, tu étais là, à mes côtés, dans le printemps de Montréal, et ce moment que j'allais te décrire ici, tu l'auras passé assise à côté de moi, dans l'autobus 55 vers le nord.

Peut-être même t'en souviendras-tu.

6 MAI

Mon frère a appelé de l'Alberta : sa femme est enceinte, enfin, déjà.

7 MAI

Yuri et moi nous promettions de sortir ensemble depuis longtemps. Nous sommes montées à vélo jusqu'à la rue Saint-Zotique pour manger une pizza à La Bottega, sympathique resto de quartier. Les deux frères propriétaires, Fabrizio et Massimo, s'activaient au bar, où nous étions assises. Yuri a une façon bien à elle de s'accouder au comptoir, avec une élégance sûre qui creuse la chute de ses reins et renvoie sa tête vers l'arrière. Nous avons bu du Pino Grigio, dégusté des entrées délicieuses et une pizza margherita très fraîche à la sauce tomate, basilic et *mozzarella di Buffala*. Nous sortions fumer sur le petit porche qui peinait à contenir deux personnes : dehors, il pleuvait doucement et, tout au long de la soirée, la pluie s'est intensifiée. Un des frères est parti. Nous avons été déraisonnables et avons partagé pour dessert une pizza au Nutella.

Enfin, nous sommes sorties fumer une dernière cigarette. C'était le déluge dehors. Le jeune Fabrizio nous a accompagnées. Il saluait par leur nom chaque client qui sortait. Nous l'avons supplié de nous révéler le secret de sa sauce tomate. Il ne s'est pas fait prier très longtemps : d'abord, c'est sa mère qui la confectionne en cuisine. Aussi ne faut-il pas faire cuire la sauce. Et tout réside dans son four italien qui cuit la pizza à neuf cents degrés. « Le four, c'est le seul à Montréal comme ça ! Il vient d'Italie. En plus, j'ai mis le revêtement de céramique rouge Ferrari. C'est le plus beau. »

Ces Italiens... Comment leur résister, dis-le-moi ?

Fabrizio a tenu la porte pour une dame qui sortait avec un bébé dans son siège pour enfant. Il était fier, ça se voyait. Yuri et moi sommes reparties à vélo, dans le froid et la pluie, frigorifiées, mais avec le secret de la pizza de La Bottega.

8 MAI

Mathilde est malade ce matin, je reste à la maison avec elle. Je combats le même virus, je dors jusqu'à onze heures trente. Nous sortons faire quelques courses, acheter des comprimés à la pharmacie. Nous mangeons rapidement chez SoupeSoup où le revêtement de notre table, fait de grandes tuiles de céramique carrées, nous plonge dans une fascinante discussion sur les racines carrées.

Toutes nos énergies passent dans ces calculs : nous retournons nous coucher, nues et fiévreuses, dans le grand lit.

11 MAI

Fête des Mères.

Au lever, j'ai la gueule de bois à cause d'une petite fête avec les serveurs qui s'est terminée tard hier soir. Qu'à cela ne tienne, cette année, on me fête en grand ! Traditionnellement, nous allions à Ottawa voir la mère de Philippe, mais puisqu'elle n'est plus là, nous restons à Montréal et passons la journée ensemble.

Je ne suis même pas encore sortie du lit que les enfants me couvrent de cadeaux faits à la main : des bricolages à mon nom, des constructions avec photos, de l'art qui intègre des pâtes alimentaires, c'est merveilleux. Philippe m'apporte un petit-déjeuner au lit. Comme je suis légèrement nauséeuse, je bois mon thé tranquillement. Ensuite, nous brunchons au Réservoir, où l'atmosphère est à la fête. C'est très long pour avoir nos plats, mais comme nous mangeons à la grande table, nous discutons avec nos voisins.

Nous décidons ensuite d'aller au parc Drolet. Le cerisier est sur le point de fleurir et un merle chante, caché dans le feuillage de l'érable. Mathilde grimpe dans les arbres et participe à la construction d'une structure de sable qui me semble bien compliquée (un château-sablier), dirigée par un père de famille architecte qui a apporté avec lui tous ses instruments.

Le soleil est si fort que les pages de mon livre m'aveuglent. Je ferme les yeux et somnole un peu.

* * *

6 MAI ~ **ISABELLE**

J'arrive juste à temps pour aller chercher Violeta à l'école avec Mauricio. Elle si heureuse en me voyant, j'en ai les larmes aux yeux. Fernando, l'administrateur de l'école, m'offre un expresso, nous bavardons, nous rions, Violeta court partout, c'est la fête. Je suis enfin de retour chez moi. En descendant la rue vers la maison, je tombe sur mes deux amies italiennes, blondes, si belles, et si chic toutes les deux. Je me sens comme une loque, je n'ai même pas pris le temps de me laver avant d'aller chercher Violeta.

8 MAI

Les quarante ans de François.

Violeta est malade, je la garde à la maison, je profite d'elle, de ses cheveux, de ses yeux, de ses mains qui sentent le biscuit, je m'enivre de mon amour qui m'a tant manqué.

9 MAI

En fin de journée, Mauricio rentre plus tôt du travail et nous allons voir l'exposition d'art des enfants à l'école. Ils ont peint et dessiné à la manière de Jackson Pollock et d'Andy Warhol. Nous avons un petit débat tous les deux sur l'utilité de ce genre d'activités. Mauricio pense que ce n'est pas nécessaire et moi, je trouve que les enfants peuvent en prendre, comme on dit.

La ville de São Paulo bat aujourd'hui un nouveau record d'embouteillages : à dix-neuf heures trente, il y avait deux cent soixante-six kilomètres de bouchons. Nous réussissons tout de même à nous rendre au spectacle de Rufus Wainwright qui, lui aussi, commente les bouchons de circulation. Il a eu peur de rater son entrée sur scène. Nous sommes à Montréal le temps d'un spectacle, il chante Cohen aussi, je suis avec toi tout à coup, le temps d'un *Hallelujah*.

11 MAI

Fête des Mères.

Nous petit-déjeunons à la boulangerie du coin, puis nous allons voir une exposition de fleurs qui me déçoit un peu. C'était pourtant très prometteur : un maître-fleuriste qui fait tous les bouquets pour l'hôtel George V à Paris exposait ses merveilles. Il fait si froid dans l'après-midi que nous faisons un feu de cheminée. Ma fille est émerveillée par la chose, c'est la première fois qu'elle participe activement à l'allumage. Nous jouons par terre devant les flammes.

12 MAI

L'école a organisé une réunion d'explication sur le thème des morsures. Les enfants se mordent entre eux, c'est normal, c'est une façon de faire passer leur agressivité. La séance terminée, je leur dis que Violeta se mord quand elle est frustrée. La psy me dit que ce n'est pas très grave, qu'il faut ignorer ce comportement. Je me souviens de m'être mordu les bras pendant longtemps, pour anesthésier ma peine. C'est avec la naissance de Violeta que ce comportement est revenu colorer de nouveau mes bras : dans les moments de colère et de nuits mal dormies, quand l'envie de secouer le bébé me prenait, je me mordais.

Quand Gabriel, le pédiatre, alors qu'il examine Violeta, passe son doigt le long des ecchymoses violacées sur mes bras et me demande ce qui s'est passé, je lui mens.

* * *

12 MAI ~ **STÉPHANIE**

Le pommetier de la voisine est couvert de fleurs roses, on dirait un bouquet géant lorsque nous sortons dans la cour arrière. C'est la plus belle semaine de l'année pour manger sur la terrasse, la lumière est rosée, un délicat parfum embaume l'air, on voit la vie en rose.

13 MAI

Mélanie part pour deux semaines en Europe avec sa fille et son mari. Je suis un peu jalouse, nous avions aussi prévu d'aller en Europe cette année avec les enfants, mais notre débâcle financière ne nous en donne pas la chance. Je serai seule pour garder le fort au bureau. J'appréhende la tâche. Déjà que depuis plusieurs mois je travaille à temps plein, je vais bientôt craquer. Je deviens morose, acariâtre, je me mets à détester mon travail, mes collègues, je ne prends plus plaisir à rien.

Mélanie va me manquer, sa présence, et surtout les rires que nous partageons sans cesse, pour aucune raison. *We like to giggle.* Je trouve qu'il n'y a pas de mots en français pour traduire ce rire léger. Ou peut-être rions-nous pour la seule raison que nous passons nos journées collées l'une sur l'autre, au travail comme aux repas. Nous habitons encore notre amitié comme lorsque nous étions adolescentes. Comme à seize ans, nous brodons autour des mêmes sujets de discussion, seulement parfois un peu plus gravement : les vêtements, les garçons, le travail, les projets, les voyages.

14 MAI

Les clématites, les deux mauves, celles qui, l'an dernier, poussaient en grimpant, en s'enroulant l'une dans l'autre, reposent toujours par terre. Je n'ai pas remplacé leur tuteur, brisé lors des rénovations de cet hiver. Elles ne savent plus à quoi s'agripper pour monter, elles n'ont que peu de feuilles et encore moins de boutons. Je me sens négligente. Nous ne sommes qu'en mai et déjà mon jardin est couvert de mauvaises herbes. Les tulipes ne donnent pas de fleur, que du feuillage. Même chose pour le lilas qui, sans que je m'en aperçoive, a pris quelques centimètres de bois vert. Où sont les fritillaires que j'ai plantées en octobre ? Les écureuils ont dû s'en nourrir. Seules les pivoines étirent leurs tiges vers le ciel et offrent leurs boutons à la vue des passants. Tout le reste du jardin s'en va à vau-l'eau, je travaille trop, je n'y arriverai pas.

15 MAI

La bague au doigt.

C'est un ancien modèle de verre pour enfant, comme en possédait ma grand-mère Rose alors que j'étais petite. Le verre imite un cornet et, par-dessus, on pose un couvercle qui, lui, fait mine d'être une boule de glace. Sur la boule, un peu décentré, il y a un trou pour y glisser une paille.

Je n'utilise pas souvent ces verres mais, ce matin, j'y ai versé le jus de pomme de Georges et je lui ai servi son déjeuner. Philippe était à l'étage à se préparer pour le travail, et moi, je suis descendue au bureau pour vérifier ma correspondance. Soudain, j'ai entendu Gio crier : « Je suis coincé ! »

J'ai monté l'escalier en courant, et j'ai trouvé mon fils en pleurs, l'index en lieu et place de la paille, pris dans le petit trou de la boule de glace. Ça faisait une coupelle à son doigt, comme une collerette, une fraise, une antenne parabolique.

Voilà que m'est revenu un souvenir. Lorsque j'avais l'âge de mon garçon, il m'est arrivé un incident de même nature. Je portais à l'époque le jonc en or de mon père, jonc fin qu'il avait reçu bébé. Alors que j'étais au chalet de mes grands-parents, Rose et Yvon, j'ai voulu retirer de mon doigt le jonc, mais ce dernier était coincé. Les adultes autour ont tout tenté : de la salive, de l'eau, du savon, encore plus de savon. Rien n'y faisait. Enfin, de tout cela je ne me souviens plus vraiment, la seule image qu'il me reste de cet incident est celle de mon bras allongé sur la table de la cuisine, un adulte (mon père ? ma mère ?) me tenant le poignet pendant que mon grand-père, avec sa petite égoïne à métal, sciait le jonc à même mon annulaire. Je hurlais de peur qu'on me coupe le doigt. Je me souviens de la voix sûre de mon grand-père, affirmant : « Ne crains rien, je sais ce que je fais. »

Je ne sais plus où est le petit jonc aujourd'hui. Toute mon enfance, je l'ai vu épinglé au sous-sol de la maison de banlieue, derrière le bar que tu aimais tant. Puis, la maison a été vendue, mes parents se sont séparés. Petit jonc en or scié, mauvais souvenir d'un été.

Nous avons mis le doigt de Georges sous un filet d'eau. Avec du savon d'abord, et encore plus de savon ensuite, nous avons pu retirer la coupelle en boule de glace.

15 MAI

Ce matin, en rentrant de l'école où j'avais été mener Mathilde, j'ai encore vu un écureuil tomber devant moi du grand érable. Une chute de vingt mètres, un bruit sourd d'une petite masse qui s'écrase. Puis il est reparti.

Les chutes me fascinent, la mienne m'angoisse énormément.

16 MAI

Dernière journée au travail avant le long week-end de la fête de la Reine. Ce jour férié, toujours le troisième lundi de mai, a souvent changé de nom. Présentement, il se nomme la fête des Patriotes, mais tout le monde continue de dire « fête de la Reine ».

Je ne planterai pas de fleurs dans le jardin et dans les bacs, comme le veut la tradition non officielle d'ici (on dit qu'avant cette fête il y a encore des risques de gel au sol). Je ne planterai pas de fleurs, j'ai plutôt choisi la fuite – enfin, on m'y invite : trois jours entiers au chalet du lac Papineau.

17 MAI

Les huards sont arrivés sur le lac hier, leur chant triste et long témoignait de leur présence. C'est la propriétaire du Langley Cottage, Barbara, qui nous a affirmé que c'était la première fois de la saison qu'on les entendait. Ma mère était bouleversée, les cris de ces oiseaux l'émeuvent sans cesse. Elle en pleure.

Moi, j'ai cherché les *log books,* mais ils n'étaient plus dans le bahut, Barb les avait rapportés pour l'hiver à leur maison de Hawkesbury. Devant la fenêtre de la cuisine, le pommetier, qui toujours porte ses petits fruits lors de nos habituels séjours en août, est couvert de délicates fleurs blanches.

Nous passons nos journées à faire des feux : feu dans la cheminée au matin pour se réchauffer, feu dans le barbecue pour nous nourrir au souper et feu de camp en soirée, près du lac, où nous faisons griller des saucisses et des guimauves et où nous chantons fort et mal. La copine de Mathilde pleure sans cesse, sa mère lui manque. Je commence à regretter de l'avoir amenée, plus pour elle que pour nous.

Philippe et moi dormons seuls au grenier. Nous avons collé deux petits lits côte à côte et passons de l'un à l'autre pour faire l'amour sans bruit, comme des adolescents.

18 MAI

Il pleut beaucoup pendant ce week-end, alors nous faisons des casse-tête, des bricolages et des gâteaux. Georges adore les avions de papier. Avec les filles, les grues japonaises ont beaucoup de succès (on ne s'en sort pas sans un livre d'origami, par contre). J'essaie de travailler, sans grand résultat. Je préfère lire les bandes dessinées que j'ai apportées, dont *Changement d'adresse* de Julie Doucet, que j'avais déjà lu.

IDÉES POUR LE CHALET LORSQU'IL PLEUT

- Fouiller partout. Immanquablement vous trouverez un trésor (un jeu de parchési, un livre de recettes des années 1950 avec des photos dégoûtantes), à vous d'improviser.
- Passer à la bibliothèque avant de partir, pour avoir un bon stock de nouveaux livres.
- Imposer une sieste de deux heures à tout le monde.
- Apprendre quelques pliages de base en papier pour faire des canards, des avions, des coin-coin.
- Laisser les enfants faire des cabanes avec des draps, de préférence dans une des chambres pendant que vous lisez un magazine au salon.
- Ne pas quitter la maison sans apporter avec vous des crayons de toutes sortes et un jeu de cartes, domino, mikado. Évidemment, je ne pars jamais sans quelques voiturettes non plus.

J'aime particulièrement les coin-coin (en anglais, le nom est aussi joli, *fortune teller*), car ils sont faciles à réaliser pour les petits, et qu'on peut inscrire les messages de notre choix sous les replis. À la maison, nous laissons toujours les enfants choisir des messages un peu vulgaires (mais pas offensants), ce qui a un effet libérateur et assure la rigolade !

* * *

13 MAI ~ **ISABELLE**

Nous sortons ce soir, Mauricio et moi, dans notre resto préféré, Due Cuochi Cucina, un petit bistro italien spectaculaire. Nous formons le vœu d'aller vivre en Italie quelques mois et puis aussi à Paris. Nous rêvons à voix haute, mais qui sait ? Peut-être l'année prochaine. Tu pourras venir nous rendre visite dans notre hameau sicilien...

14 MAI

Il y a dix ans exactement, jour pour jour, mourait Frank Sinatra. Je m'en souviens parce que je regardais la télévision dans un hôtel à Boston avec mon nouvel amoureux, Mauricio. Nous faisions notre premier voyage ensemble, nous avions conduit jusqu'ici depuis Montréal pour voir si nous étions capables de passer un week-end ensemble. Nous nous fréquentions depuis le mois de février, mais la relation n'était pas encore tout à fait sérieuse, nous ne savions pas si nous nous aimions, ou plutôt nous ne nous l'étions pas encore dit. Sur la route du retour, dans la voiture, entre Boston et Montréal, il m'a dit qu'il m'aimait.

16 MAI

Nous allons au théâtre municipal ce soir pour entendre l'orchestre symphonique. Avant la représentation (*Le Corsaire* de Berlioz, l'ouverture ; *Symphonie numéro un en do majeur* de Bizet ; *Symphonie en ré mineur*, opus quarante-huit de Franck, le tout dirigé par Yan Pascal Tortelier, le père d'un étudiant que j'ai connu à Harvard), je prends deux coupes de champagne. Avec la fatigue de la semaine et l'alcool, mes yeux me jouent des tours : je vois des bulles passer devant moi et j'ai l'impression que j'hallucine. En face de moi, de l'autre côté de l'orchestre, j'aperçois une femme tout en blanc, assise seule. Je me demande bien ce qu'elle fait là. Est-ce un fantôme ? Est-ce toi venue me rendre visite incognito ?

17 MAI

Le matin, nous petit-déjeunons avec Natasha chez Santo-Grão, notre café fétiche. Nous y rencontrons la maman de Francesca, qui nous donne une bonne nouvelle : bébé Emma Flor est née cette nuit ! Natasha et moi sommes émues.

21 MAI

En revenant de la gymnastique, je tombe sur quelques malabars habillés tout en noir, avec un joli logo doré dans leur dos. Ils sont musclés, grands et jeunes, oisifs ou inoccupés, ils attendent quelque chose. Je regarde le camion qui leur fait de l'ombrage : c'est une compagnie de déménagement. Ils sont chics pour des déménageurs. Quelques minutes plus tard, je rencontre l'une de mes amies italiennes : elle porte une robe chemisier beige, des talons hauts en bois et en cuir bleu acier ; elle balance sur son épaule un joli sac à main, elle porte aux oreilles de petits anneaux en diamants. Elle est sublime, elle me dit qu'elle s'en va à son cours d'anglais et m'invite la semaine prochaine à l'ouverture d'un grand magasin luxueux où son mari supervise l'ouverture de l'une des boutiques. Elle me dit qu'elle trouve ça barbant parce que c'est très jet set et qu'elle aimerait que j'y aille avec elle. Je suis flattée, et je me demande comment je peux être plus intéressante que le jet set brésilien. Notre conversation se termine parce qu'on ne peut plus s'entendre : un hélicoptère atterrit à côté de nous à l'hôtel-boutique Émiliano. Mais c'est un rendez-vous, elle glissera l'invitation dans l'agenda de Violeta à l'école. Que vais-je porter ?

22 MAI

Anniversaire de Catherine.

C'est jour férié. Il fait un temps superbe, une de ces journées glorieuses où le soleil n'est pas très chaud, et le ciel, d'un bleu pervenche. Nous célébrons une fête qui s'appelle Corpus Christi, c'est-à-dire que l'Église catholique commémore la présence réelle et substantielle du corps du Christ au moment de l'eucharistie. Cette année, le Corpus Christi tombe le dimanche suivant celui de la Pentecôte. Violeta est chez ma belle-mère, nous allons déjeuner rapidement au restaurant, Mauricio et moi. En sortant, nous tombons sur ma sage-femme, qui est aussi conseillère en allaitement et qui est venue m'aider quelques fois au tout début de mon allaitement difficile, tu te souviens ? Je t'appelais en larmes et toi, si loin de toutes ces préoccupations, toi, occupée à tes propres larmes et émois amoureux, tu ne savais plus quoi me dire pour que je règle mes problèmes. Elle venait souvent le soir pour regarder Violeta téter et essayer de comprendre pourquoi elle ne prenait pas de poids. C'est une femme que j'ai vue trois fois en tout, mais qui a marqué ma vie d'un sceau indélébile. C'est elle qui m'a fait reprendre mes esprits. Je lui dois beaucoup. Je lui dis tout ça, comme ça, sur le trottoir, devant le restaurant, les yeux en larmes. Elle est en famille avec ses deux filles ainsi que sa mère, tout le monde me sourit poliment en hochant la tête. Je me dis que cette rencontre est peut-être un signe, le signe que je vais tomber enceinte ce mois-ci.

* * *

19 MAI ~ **STÉPHANIE**

Il fait un peu plus beau aujourd'hui, mais l'herbe est détrempée. Les huards passent sur le lac devant la maison. Ma mère, patiente, les attend assise au bout de la grosse roche qui sert de quai.

Je marche un peu autour de la maison, les sous-bois sont couverts de trilles, de violettes et de pervenches. Une idée germe en moi.

Je décide de confectionner des violettes cristallisées pour toi. Tu en cherchais lors de ton passage à Montréal, en vain. Ne reculant devant rien, j'appelle Céleste en ville pour qu'elle me déniche une recette et je pars avec les filles à la cueillette des jolies violettes qui poussent autour de la maison. Il y en a tant, entremêlées au muguet, dont la floraison commence à peine. J'apprends aux filles à différencier les violettes des pervenches, car les deux fleurs se ressemblent beaucoup. Nous sommes un peu embêtées par les moustiques, mais nous arrivons à notre objectif, soit cueillir cent violettes parfaites (nous écartons rapidement celles en bouton et celles dont les pétales commencent à flétrir). La recette est longue et fastidieuse, il faut faire plusieurs trempes dans un sirop toujours de plus en plus épais. Finalement, après des heures de travail, ça ne ressemble plus à rien. Je couvre les pauvres fleurs de sucre cristallisé, et on dirait des araignées pralinées.

20 MAI

Pleine lune.

J'ai rapporté à Montréal un beau bouquet de muguet et de violettes. Je le pose sur le comptoir de la cuisine, dans un fin vase blanc.

Les voisins ont planté de jolies fleurs dans des bacs. Mon jardin est à l'abandon, de grandes tiges de mauvaises herbes poussent.

Le pommetier de la voisine a presque terminé sa floraison, la cour est nimbée de lumière verte, l'érable, le frêne, la grande vigne, tout pousse et verdit grâce à la pluie des derniers jours. Je retourne m'enfermer dans mon bureau du huitième étage où quantité de travail m'attend pour la semaine.

21 MAI

Je suis si stressée, je dois faire quelque chose. Je décide de m'abonner au gym, celui-là même où nous allions, il y a quoi, huit ans ? dix ans ?, celui au coin de Christophe-Colomb et de Gilford. Nous nous entraînions et ensuite nous sortions manger à l'Ouzeri, boire du gros rouge et fumer cigarette par-dessus cigarette.

Je m'inscris donc au comptoir puis je monte à l'étage. Même si l'endroit est tenu par de nouveaux propriétaires, rien n'a vraiment changé. Je reconnais le même gymnase où se donnaient les cours de « rage-robie ». Même vestiaire à la gauche, mêmes casiers bleus. Les toilettes, les douches, tout est au même emplacement. J'avance jusqu'au fond, où il y avait le sauna sec. Tu te souviens, nous y jacassions, enroulées dans notre serviette, prétendant être dans un film de Denys Arcand. À la place de la porte d'entrée, il n'y a plus qu'un mur peint en marron. Mais si on y regarde de plus près, si on s'approche, on peut y voir, à la lumière des fenêtres, le fantôme de la porte condamnée.

23 MAI

Vendredi soir, mon chum me sort. Il s'est fait tout un réseau social au Café Crème de la rue Victoria, le café à côté de son bureau où il passe la plus grande partie de ses journées, à travailler sur son portable. Dimanche prochain, il est invité à un vernissage, et ce soir à un spectacle multidisciplinaire. Un des serveurs du café, Chris, un grand Congolais, l'a invité au O Patro Výš pour un spectacle de danse contemporaine auquel il participe en chantant ses compositions. Nous allons d'abord souper rapidement au Feu, puis nous nous dirigeons vers la salle de spectacle. À l'intérieur, j'ai le plaisir de revoir Bruce Roberts, qui fera de la peinture pendant que Chris chantera. Il est assis au bar, vêtu d'une chienne blanche de peintre, et il taille des crayons à l'huile dont il se servira pour la performance. Il rit toujours aussi fort, il a l'air un peu malpropre mais n'a rien perdu de son charme.

— Bruce, on va chez vous dimanche après-midi ?

— Oui ! Vous êtes invités à l'exposition de ma femme, c'est sa première.

— J'ai bien hâte de voir ça !

— On a commandé des sushis d'un grand chef qui vivait au Mexique.

Toutes ces paroles sont bien sûr entrecoupées de rires tonitruants. Le spectacle de danse, *Roots*, était plutôt dérangeant, féminin et violent (viol, vomissement, abus, folie, jalousie), alors qu'en contrepoint, le chant de Chris était doux et éthéré, un véritable repos. Bruce Roberts a fait deux toiles : un portait d'homme noir et une femme-girafe rouge. Il s'est sauvé rapidement, nous n'avons pas tardé à suivre son exemple.

24 MAI

Le lilas fleurit partout à Montréal. La troisième voisine, qui sait combien j'aime ces fleurs, m'a invitée à en cueillir quelques branches chez elle. Le mien est toujours sans fleur ; de plus, il penche vers l'avant, il faudrait que je lui trouve un tuteur bien solide.

Nous avons convié à souper Pierre et Joëlle, que nous n'avions pas vus depuis très longtemps. « Avec trois enfants, plus personne ne nous invite », affirme

Joëlle en riant. Qu'à cela ne tienne, nous avons pris l'apéro pendant que son petit dernier dormait dans le hamac et avons mangé des grillades sur la grande table, dehors, jusqu'à ce que la nuit tombe. Puis, nous sommes rentrés dans la maison, qui sentait bon le lilas.

25 MAI

Mathilde et la petite voisine d'en arrière (celle qui parle fort) font une vente de garage improvisée sur le trottoir. Le grand érable argenté perd ses hélicoptères, le sol en est jonché. Les filles décident de vendre des graines d'érable. Ce n'est pas un succès.

Plus tard dans la journée, Georges va à une fête d'enfants pendant que nous mettons le cap sur Westmount pour le vernissage d'Anna. Les maisons sont bordées d'iris mauves, c'est vraiment un joli quartier autour de la rue Victoria. Nous nous arrêtons en chemin à une vente de garage où je fais plusieurs bons achats, notamment un manteau en cuir blanc qui me donne des airs de pilote automobile. Je serai rebaptisée par Georges « Mom Racer », à mon grand plaisir.

L'expo n'était pas mal, pour une première. J'ai bien aimé un collage et un monotype, portrait d'Ulysse, le poisson rouge de la famille. Les sushis du chef mexicain étaient réussis. Bruce m'a proposé d'illustrer un de mes textes. Je pense qu'il veut juste coucher avec moi.

* * *

23 MAI ~ **ISABELLE**

Il pleut à boire debout, c'est un vrai jour d'automne où il faut allumer les lumières dès le début de l'après-midi. Je dois aller avec mon amie à l'ouverture du nouveau grand magasin mais, comme il pleut, elle pense que c'est mieux si on laisse tomber. Je suis soulagée, je n'avais plus envie d'y aller. Elle m'invite tout de même à aller chez elle la semaine prochaine. Tu te dis : « Mais la pluie… et alors ? » C'est que la ville s'arrête littéralement d'avancer quand il pleut, et nous serions sans doute bloquées dans les embouteillages jusqu'à demain matin. On ne parle pas d'une pluie fine, ici, mais bien d'un déluge tropical qui dure plusieurs heures.

26 MAI

Je donne (j'avais écrit « Je dors un cours de français », ce qui cache à peine l'ennui que je ressens quand je *donne* en effet un cours) un cours à Fénicia, ma voisine du cinquième qui fait des sacs à main et qui veut vendre ses créations à la communauté française. Nous nous mettons d'accord sur un troc comme nous n'avons, ni l'une ni l'autre, de l'argent à dépenser en futilités (le français, les sacs à main) : je lui donne cinq cours et elle me donne une de ses petites beautés en chamois et en paillettes pour le mariage d'Alex. Mauricio voit dans notre immeuble un véritable écosystème qu'il trouve fort intéressant : Gabi, du neuvième étage, organise les cours de yoga, Fénicia, du cinquième, et Isabelle, du dixième, font du yoga, Fénicia fait des sacs pour les tapis de yoga d'Hélio, je donne des cours de français à Fénicia (avec possibilité d'en donner à Gabi et à sa sœur en août), Gabi fait les cartes de visite de tout le monde : une vraie microsociété qui vit du troc.

27 MAI

Anniversaire de Marcelo.

Je reviens du yoga et je suis dans un tel état de transe tranquille, de repos cérébral, qu'il faudrait que je puisse ressentir ce calme pour les jours à venir. Après le cours, nous allons toujours prendre un café avec les filles et nous nous émerveillons du charisme d'Hélio, de l'énergie incroyable qu'il dégage.

Rêve. Je suis dans une grande maison habitée par plein de gens, des amis sans doute : tout le monde travaille à son ordinateur, chacun dans sa chambre. Une amie me demande de taper un manuscrit pour elle cette nuit, ça presse, ça ne peut pas attendre à demain. En fait, je dois attendre qu'elle l'écrive à la main pour ensuite le taper. Je suis contrariée car je n'aurai plus le temps pour mes choses à moi.

28 MAI

J'ai invité Marina à dîner, ainsi que son mari Walter et leur fils Valentin. Ils retournent vivre à Buenos Aires.

C'est un peu le problème des amitiés internationales : elles se terminent toujours abruptement par un déménagement. Mais c'est drôle, une fois qu'on rentre dans le cercle des déracinés (j'avais six ans quand j'y suis entrée), on ne s'en sort plus. La plupart de mes amies ici sont étrangères. Pour le dîner, Mauricio nous fait des pâtes fraîches et je fais une sauce *arrabiata*. Pour le dessert, je fais un clafoutis aux abricots. Les enfants s'amusent ensemble et nous buvons du très bon vin argentin.

29 MAI

Il fait froid, il pleut, c'est l'automne. Il ne se passe rien du tout dans mon jardin, c'est le calme plat. Nous organisons tout de même un pique-nique, qui aura lieu dans le salon de Natasha, pour dire encore au revoir à Marina. Nous buvons du thé avec du lait froid, les enfants mettent de la nourriture partout, mais tout le monde est heureux de cette rencontre. J'aime nos après-midi onusiens où toutes les cultures se mélangent et où les parents ne savent plus dans quelle langue parler.

30 MAI

Il pleut encore aujourd'hui. Nous allons jouer chez une amie dans son grand appartement qui paraît tout droit sorti du film *L'Année dernière à Marienbad*. Francesca vient aussi avec sa maman, de passage de

Milan, son bébé naissant et son fils. Nous prenons le thé dans le mobilier *high tech* blanc italien, il n'y a pratiquement aucun meuble dans l'immense salon. Les fenêtres donnent sur la rue la plus chic d'Amérique latine. Je vois la porte entrebâillée qui mène vers le couloir des pièces plus intimes, les chambres, les salles de bains. Je meurs d'envie de lui demander d'aller voir mais je ne n'ose pas. J'apprends quelques jours plus tard que l'un des enfants avait la scarlatine.

31 MAI

Sofia, la nouvelle gardienne, vient à la maison ce soir. Nous allons au cinéma puis dîner rapidement. Quand nous rentrons, elle nous dit que Violeta ne voulait pas dormir et qu'elle s'est entourée d'une pile de livres, qu'elle en a fait un fort pour ne pas la voir et qu'elle s'est endormie au milieu de ses livres de Caillou, de Caroline, de Martine et *tutti quanti*. Je souris à cette image.

* * *

26 MAI ~ **STÉPHANIE**

Mélanie revient demain, elle me manque terriblement. Le bureau du huitième étage est vide et triste sans elle, et mes lunchs sont fort ennuyants. Il pleut et j'ai trop de travail.

28 MAI

Hier soir, alors que j'étais au lit, j'ai entendu par la fenêtre entrouverte les cris suraigus d'un engoulevent. Ils sont de retour avec le printemps et la chaleur.

30 MAI

Rien n'est plus éblouissant que le soleil qui ruisselle dans l'eau de la fontaine au square Saint-Louis, le matin, vers les neuf heures. Tous se dirigent vers le métro, le travail, sans ralentir le pas devant la sculpture d'eau et de lumière.

1er JUIN

« *(Points out window)*
That's a secret and private world you're looking into out there. People do a lot of things in private that they couldn't explain in public. »
HITCHCOCK, *Rear Window*.

Dans le but de faire un peu d'espace dans la maison et de remplir notre porte-monnaie, nous organisons une vente de garage avec les jouets des enfants, les livres et les vêtements trop petits. Maude se joint à nous, ainsi que les jeunes voisins. Georges travaille fort : il a appris par cœur quatre blagues et les vend à bon prix aux passants. Les sœurs du couvent voisin sont de bonnes clientes. Mathilde, pour sa part, fait des portraits « mixte média » avec tout ce qui lui tombe sous la main : mine, feutre, fusain. Elle se fatigue vite. La pluie met fin de façon précipitée à notre événement.

Nous partons en famille à la grande librairie dépenser tout l'argent gagné, les enfants sont aux anges, je le suis tout autant. J'achète un bouquin et un film.

En soirée, nous revoyons *Rear Window* avec un réel plaisir. Je crois que c'est le Hitchcock que je préfère car il y a là tout ce que j'aime : l'enfermement, le voyeurisme, le quotidien, et l'élégance des décolletés en V et des perles de Grace Kelly.

2 JUIN

Le marronnier de la rue Drolet est en pleine floraison. Lorsqu'on s'approche, on peut voir que ses grappes sont composées de toutes petites fleurs aux pétales blancs, jaunis et lumineux, parsemés de taches rose pâle. Je ne sais pas pourquoi me vient en tête le caraco de la commode trouvé par Duras dans sa maison de Neauphle.

3 JUIN

Je vais écrire au café. J'adore avoir congé en semaine et me consacrer uniquement à cette tâche. J'avance très bien, je suis satisfaite de mon rythme. Le Serbe travaille, il rôde autour de moi, je sens son regard se poser sur ma nuque. Je suis flattée, rassurée dans mon perpétuel désir de plaire. Il vient me voir, me fait des compliments maladroits, m'apporte de délicats gâteaux aux fruits. On se croirait dans un reportage du *National Geographic* sur la parade nuptiale.

Que va-t-il advenir de cette histoire ? Rien, je le sais désormais. Tout ça, ce n'était que des inventions pour faire passer mon mal pendant l'hiver trop long.

5 JUIN

Anniversaire de Philippe.

Comme depuis plus d'une vingtaine d'années, Philippe prend congé et prépare un repas d'anniversaire pour des amis triés sur le volet. Il y a un noyau d'amis, inchangés depuis longtemps, puis, chaque année, de nouvelles additions. Il fait beau et chaud pour un début juin, ce qui nous permet de manger des grillades et des salades fraîches à l'extérieur sur la terrasse. Cette année au menu : côtelettes d'agneau, cailles tandoori, champignons portobello farcis au romarin, parmesan, pignons et ail, salade de poivrons grillés. C'est délicieux et agréable. Un ami perdu pendant des années et retrouvé depuis peu est présent, c'est le nouvel invité de l'année. Yuri porte une très légère robe chemisier blanche des années 1950 dont les motifs sont noir et doré. Jason et Thu n'ont apporté que leur petit dernier, Colin ; Phil Mackenzie a bricolé une carte d'anniversaire en collage et a offert au fêté un beau plant de cœur-saignant. Martin anime la conversation avec ses anecdotes hilarantes. C'est une très belle soirée, chaude et éclairée aux bougies. On a dévoré le gâteau et ensuite tout le monde est parti. Vers minuit, nous étions au lit.

6 JUIN

Le Grand Prix tient la ville en otage. Où que nous nous trouvions dans la cité, on l'entend qui fait gémir la piste, qui lui arrache la peau. Le Grand Prix emplit l'espace audible. Impossible de l'ignorer pour peu qu'on tende l'oreille. Les hommes viennent de partout pour voir ce spectacle, pour entendre les cris inhumains de la piste qui se fait lacérer.

J'ai réussi à dégoter des billets dans les tribunes pour demain. Je réserve toute une surprise à mon Georges.

En attendant, ce soir, nous partons en virée dans la Petite Italie voir la parade des Ferrari, Lamborghini, Maserati. Ce sera la fête des voitures, du rêve, des hommes, des garçons. Nous mangeons un sandwich et buvons un Brio chez Sportivo, comme au temps où j'étais jeune fille et habitais dans le quartier avec Julie. Georges est subjugué par la tôle anguleuse des Ferrari rouges. Je comprends tout à fait son émoi.

Nous rentrons en catastrophe dans l'autobus 55, les enfants sont crevés et intenables, ils crient et pleurent. Nous avons honte, nous sommes exténués.

7 JUIN

L'été s'abat subitement sur Montréal. Il en est toujours ainsi dans cette ville. Encore cette semaine, les matinées étaient fraîches, le souvenir de la neige et de l'hiver n'était pas encore tout à fait oublié. Aujourd'hui, il fait déjà chaud au réveil, humide et lourd. Nous partons de bon matin, mon fils et moi, vers l'île Notre-Dame. Le métro est bondé d'hommes arborant les couleurs de Ferrari, la foule est une marée rouge. Je traîne un énorme sac à dos avec tout le barda : casse-croûte, eau, crème solaire, lunettes d'approche. Il est long le chemin jusqu'à notre tribune, mais jamais Georges ne rechigne. Nous attendons longtemps à la queue pour entrer et nous marchons encore plus. Après plus de quarante-cinq minutes de déambulation au soleil brûlant, nous sommes arrivés à notre tribune, mais le bruit est tellement insupportable (même avec les bouchons), que Georges, en panique, en pleurs, en cris, réclame de partir. Il fait une chaleur immonde, les estrades sont arrosées au boyau tellement ça chauffe. Nous rebroussons chemin et pique-niquons plus loin dans l'herbe près d'un étang, juste pour avoir l'impression d'avoir fait quelque chose dans cette aventure. Finalement, je l'ai entendu, ce Grand Prix, mais je n'ai vu aucune voiture, sinon un capot filant à toute allure. Mon fils, pour sa part, rentre à la maison enchanté par sa visite au Grand Prix.

* * *

1er JUIN ~ **ISABELLE**

En ce mois plus froid, il faut diminuer l'arrosage des plantes et les protéger des gelées matinales. C'est le mois où fleurissent les azalées, les iris, les orchidées grenouilles, mais surtout, l'arbre typique du Brésil qui s'appelle îpé et qui n'a pas de feuilles, seulement de très belles fleurs violacées.

Retour du froid, donc, et des fêtes *Juninas*, déjà un an que nous avons commencé le projet qui se termine ce mois-ci, un an d'écriture régulière. Comme toi, l'exercice va me manquer et, en même temps, je vais me sentir soulagée. Je dois trouver un costume pour Violeta pour la fin du mois. Elle sera une petite paysanne rose.

3 JUIN

Ce que je retiens de mon dîner hier soir avec Letícia et Gabriela : cette dernière me raconte que sa mère avait embauché, quand elle était jeune, un homme dont le seul travail était de ranger les chambres de tous les membres de la famille. Il ramassait les vêtements par terre, arrangeait les chaussures dans le placard, faisait les lits, organisait les tiroirs. Un jour, quand elle a eu seize ans, elle ne supporta plus que cet homme manie ses petites culottes et demanda à sa mère de lui interdire l'accès à sa chambre. Je n'arrive pas à savoir ce qui me choque le plus dans cette histoire : un domestique qui travaille exclusivement dans les chambres ou un homme qui tripote les culottes de toute la maisonnée pendant des années.

6 JUIN

Je passe quelques heures alanguie dans une bergère chez Gabriela avec Léticia aussi. Gabi, qui est designer, termine un travail pour une cliente pendant que Léticia se repose de ses achats avec sa fille de un an. Gabi est mystérieuse, dans un drôle d'état : comme elle a eu une crise d'angoisse plus tôt dans l'après-midi, elle a pris un anxiolytique puissant. Elle est maintenant très décontractée et nous demande même de terminer son travail pour elle. Je lui donne un coup de main : il faut dessiner un collier et choisir des couleurs pour le fond de la carte professionnelle de sa cliente. Sur sa table de salle à manger, il y a une théière avec dedans une fleur étrange que je n'ai jamais vue : une tige très longue avec, tout en haut, en collerette, de petites trompettes corail. Elle me promet de m'en donner une bouture pour en planter dans mon jardin.

7 JUIN

C'était la grande fête d'anniversaire de notre filleule, Ana, qui a eu deux ans. Sa mère a embauché deux jeunes pour se déguiser en Winnie l'Ourson et en Tigrou. Il y avait aussi une piscine de balles et un trampoline : la vraie fête, quoi ! Nous n'avons parlé à personne. Parfois, même dans ce pays où les gens sont si chaleureux, on peut tomber sur de riches snobs désagréables. Cette nuit, je rêve que j'ai un liquide qui me coule des seins, signe irréfutable que je suis enceinte. Au réveil, je pense que c'est possible, je pourrais enfin porter ce deuxième bébé tant attendu.

8 JUIN

Nous sommes allés au théâtre avec Violeta cet après-midi et je n'ai pas du tout aimé la pièce. Décidément, ce genre ne me dit vraiment rien, le théâtre en général ne me touche pas (je dis à Gabriela que comme mes quarante ans approchent, je me permets maintenant de dire ce que je pense : je n'aime pas le théâtre, voilà, c'est fait). J'ai eu très chaud d'ailleurs pendant la représentation, sans doute parce nous subissons un redoux étrange, de nouveau un mini-été des Indiens. L'herbe dans le jardin a arrêté de pousser, mais l'hibiscus avec ses six fleurs d'un rouge obscène rivalise avec les larmes du Christ qui s'épanchent au-dessus de la rambarde de sécurité. Le bougainvillier aussi est en fleurs, finalement : c'est un arbuste qui fleurit en automne sous l'Équateur. Pendant que j'observais le jardin tôt ce matin, j'ai aussi aperçu un petit oiseau jaune qui se détachait contre le ciel bleu miraculé de toute pollution.

9 JUIN

Hélio m'envoie un message texte quelques minutes avant notre cours de yoga pour savoir où je suis. Je suis dans les toilettes en train de gérer ma déception de voir tout ce sang entre mes jambes. Gabriela ne veut pas faire de yoga aujourd'hui, je suis donc seule avec Hélio. Il me fait mal en me réajustant et je me mets à pleurer ; il sait pourquoi, il me dit de me calmer et de m'investir de toute la patience du monde. Il me dit que ce bébé viendra, que la nature, de nature, « s'exprime ». Je ne cesse de penser à mon jardin qui entre en dormance malgré l'explosion des hibiscus rouges et je me compare à lui avec mon ventre, en dormance aussi. Le cours se fait dans le tremblement de ma respiration que je n'arrive pas à contrôler, dans l'éboulis constant de mes larmes silencieuses. Il fait un temps superbe, le ciel est d'un bleu bébé éblouissant. Je l'ai écrit sans même y réfléchir : un bleu bébé.

11 JUIN

Pendant que je lis sur le sofa, je vois que, de l'autre côté de la rue, une maman a eu un enfant : sur sa grande terrasse, une nounou berce un tout petit bébé. La maman apparaît de temps en temps dans la porte-fenêtre, dans le voilage blanchâtre, les traits tirés. Son ventre est encore rond.

Rêve. Gabriel, le pédiatre, m'examine les seins car j'ai un liquide qui en coule. Quand une infirmière entre dans la salle d'examen, il fait mine de lire mon dossier. Il porte une toque de chirurgien bariolée.

12 JUIN

Dia dos Namorados (« jour des amoureux », Saint-Valentin brésilienne).

La fête des amoureux est célébrée aujourd'hui car il s'agit de la veille de la Saint-Antoine, le patron du mariage. Je fais de petits gâteaux roses pour l'occasion, que je vais apporter cet après-midi chez Alexandra, qui reçoit les amis français pour jouer. Gabi devait venir les faire avec moi mais, après le cours de yoga, elle s'est mise à pleurer et elle s'est enfuie chez elle.

Nous sortons, Mauricio et moi, pour aller voir *Sex and the City* en amoureux.

Rêve. Mon père est jeune, il est très bien habillé : costume trois pièces dernier cri. Je marche à côté de lui sur une route de terre battue, à la campagne. J'ai mon imperméable bleu. Il me dit qu'il a gagné beaucoup d'argent, qu'il est très riche. Il me dit qu'il ne sait pas quoi faire de tout cet argent et qu'il pense se lancer en affaires de nouveau, dans le vin. Je mets mes mains dans mes poches, qui sont vides, et je me dis qu'il pourrait vraiment me donner cet argent, à moi qui suis sans le sou.

* * *

IO JUIN ~ **STÉPHANIE**

Je passe à l'école récupérer les plantes que j'avais envoyées à la professeure de Mathilde pour égayer la classe durant l'hiver. Je suis estomaquée de voir combien ma fleur de la passion a bien profité de son séjour à l'école : grâce à un système de cordes auxquelles ses vrilles s'accrochent, elle grimpe jusqu'au plafond et ses tiges sont couvertes de boutons. La prof l'a tuteurée avec une vieille règle de bois de la CECM. Quand je veux la lui rendre, elle refuse, prétextant que la règle est en pouces et n'est plus utile. Je l'enfoncerai dans le jardin, cette large règle, elle sera parfaite comme tuteur pour mon lilas, qui en a bien besoin.

Un orage éclate alors que je rentre à la maison. Orage d'une rare violence, que j'observe du balcon à l'étage. La force du vent est à couper le souffle. Plusieurs arbres seront d'ailleurs déracinés et plus d'une dizaine de camions poids lourds seront renversés sur le pont Champlain. Tomber en bas d'un pont en voiture : ma plus grande peur.

11 JUIN

Surprise au matin : deux pavots ont éclos au jardin. Leurs pétales rose saumon, qu'on dirait faits de papier crêpe, ont l'air fragiles. Les pavots me rappellent année après année que l'anniversaire de Karine approche.

Lorsqu'on s'approche de la haie de buis de la voisine, au matin, ça sent le jardin du Luxembourg.

Les pivoines sont à leur apogée, j'en ai cueilli deux pour égayer la maison, une fuchsia et une blanche. J'ai trois boutons à mon rosier, promesse de belles roses parfumées sur leur longue tige piquante. La lavande aussi profite bien, le bosquet est fourni et odorant, les clématites se sont remises à grimper depuis que je les ai relevées et bien solidifiées à leur treillis sur le poteau du balcon. Elles ont beaucoup de boutons. L'an dernier, elles avaient fleuri juste après la Saint-Jean-Baptiste, alors je prévois qu'elles seront magnifiques pour ton retour à Montréal au début de l'été.

12 JUIN

Avec Mélanie, je vais voir le film *Helvetica* au cinéma du Parc. Je sens ta présence partout autour de la Cité maintenant. En sortant, nous voulons farfouiller chez Nota Bene, mais la boutique est fermée. Nous revenons sur nos pas et nous arrêtons à l'épicerie japonaise au-dessus du cinéma. Mélanie achète des Pocky, et moi des cerises fraîches, que nous mangeons dehors sur un banc public au coin de Prince-Arthur et Parc. Un sentiment d'infidélité m'assiège, à manger ainsi les fins biscuits recouverts de glaçage rose avec quelqu'un d'autre que toi, comme si déguster des Pocky était une tradition qui nous appartenait en propre. Tout le quartier autour de la Cité retentit des clameurs provenant du stade Percival-Molson, avenue des Pins, où jouent les Alouettes. Voulant ensuite prendre un verre, nous nous dirigeons vers le seul endroit que je connaisse dans le coin : la sombre Brasserie des Pins. La buvette est vide, nous commandons des Heineken. Elles coûtent ridiculement cher pour un endroit aussi glauque. Ensuite, dans un rituel qui nous rappelle nos seize ans, nous manigançons un mauvais coup. Nous rigolons beaucoup, imaginons tous les scénarios possibles. Ni vu ni connu, nous exécutons notre plan et filons à vélo. Il est dix heures, nous ne voulons pas vraiment rentrer. Nous nous retrouvons chez Mélanie, avec des croustilles et du maïs soufflé, et nous regardons la première saison de *Sex and the City*. L'épisode où les quatre filles se retrouvent dans un *baby shower* au Connecticut avec des mères de famille épouvantables, complètement en fusion avec leurs enfants, nous trouble énormément. Sommes-nous devenues ainsi ? Nous engloutissons notre maïs soufflé en silence.

13 JUIN

C'est une chaude journée et une chaude soirée. Une fois les enfants couchés, je m'installe au lit avec Philippe, lui étendu la tête sur l'oreiller et moi en face, les pieds sur le mur. Nous discutons sans bouger dans la chaleur de la chambre, en écoutant attentivement le disque d'Amy Winehouse que Yuri lui a offert pour son anniversaire. Nous observons les photos de la chanteuse, ses cheveux, ses tatouages. Je trouve qu'elle ressemble à la mère de Mia. La soirée est agréable et tout va bien jusqu'à ce qu'on se mette à parler d'argent et qu'il m'apprenne que nous avons tout épuisé : les retours d'impôts, l'héritage, tout. Je me tourne pour dormir en me répétant que nous sommes encore des privilégiés, et que tout cela passera. Je n'y crois plus vraiment. Le sommeil tarde à venir.

14 JUIN

Anniversaire de Karine.

C'est notre dernier week-end avec la voiture de mon père, il rentre de voyage bientôt avec sa blonde, alors autant en profiter. Nous partons toute la famille pour le marché aux puces de Saint-Eustache. Ce marché dont j'ai tant arpenté les allées quand j'étais toute jeune, à la recherche d'un trésor. Nous partons avec le même but. Les enfants ont un petit budget dont ils peuvent disposer à leur guise. Mathilde choisit un joli kaléidoscope rouge et décide de faire un tour de poney. Georges s'achète un jouet japonais et plusieurs petites voitures. Je déniche une vieille photo noir et blanc d'un couple inconnu près d'une maison de bois, un joli collier de pacotille mauve, avec trois rangs de billes comme des grains de chapelet irisés. Je ne peux résister à un plat de service en porcelaine anglaise aux motifs de quenouilles, de pissenlits en aigrettes et de feuilles d'automne. C'est un plat à petits-fours, tu sais, avec trois assiettes une par-dessus l'autre sur une tige. Je la paye une bouchée de pain.

Ma plus belle trouvaille est un objet de dévotion. Je ne sais trop quelle terminologie employer pour décrire la chose. Lorsque j'étais petite, ma grand-mère maternelle, très religieuse, m'avait offert exactement le même, sans doute pour nourrir ma foi naissante. Ma mère était contre la religion et ses accessoires, alors je me cachais le soir pour prier à genou devant ce petit temple. Il est fait de plastique blanc et il est haut comme une main. Sur une base ronde et blanche, une petite vierge a les yeux dans le vague au loin. Derrière elle, un fond d'entrelacs en forme d'ogive. Au-devant d'elle, toujours sur une structure en forme de voûte, sont disposées des lumières multicolores sur des socles en forme d'étoile. Lorsqu'on branche le long fil dans une prise électrique, l'objet s'illumine magiquement, comme un sapin de Noël. Je me souviens avec émotion des soirées où je m'agenouillais devant la Sainte Vierge et priais, pleine de foi. Que pouvais-je bien demander ? Je pense que j'ai cru en Dieu pendant quelques années seulement. C'est surtout grâce à ma grand-mère et à la petite Vierge aux lumières.

Au marché aux puces, nous avons mangé des hot-dogs et des poutines au son de la musique country, puis nous sommes partis.

J'ai décidé de passer devant la maison de mon enfance. Maison de beaux souvenirs, mémoires d'enfance heureuse et de famille unie. Lorsque je tourne le coin de la rue, j'ai l'étrange impression de rentrer chez moi.

Les grands érables ont encore grossi tout le long de la rue, la bordant de leurs belles feuilles vertes. Sur la devanture de la maison, les hostas ont bien profité. Une pivoine blanche ploie sous le poids de ses propres pétales. Les pervenches ont envahi la côte à gauche. Dans l'entrée, une voiture est garée. Je reste pensive quelques instants, stationnée devant la maison. Les enfants sont impatients à l'arrière.

La ville n'a pas changé, elle est toujours aussi morne, ordinaire, sans beauté. Mais elle me plaît. Alors que je cherche qui je peux bien encore connaître ici, je pense à ma grand-tante (la sœur de ma grand-mère), chez qui j'ai passé beaucoup d'étés avec ma mère et mon frère, à me baigner dans sa piscine hors terre. Nous y allons. Sonnons sans obtenir de réponse.

Je décide d'aller voir dans la courette, elle y est. Elle semble encore plus vieille et plus petite que dans mon souvenir. Elle arrosait ses plantes. Elle me reconnaît à peine, ne cesse, pendant les dix minutes passées ensemble, de me demander si j'ai une sœur qui habite Montréal. « Non, c'est moi qui habite Montréal, je n'ai pas de sœur. » Elle me parle abondamment du divorce de mes parents. Il y a encore du myosotis qui pousse près de sa remise. Elle aura quatre-vingt-neuf ans dans deux jours. En partant, j'ai caressé son bras. La douceur de sa peau parcheminée m'a étonnée, je n'avais pas touché de peau plus douce depuis que j'avais tenu un nouveau-né dans mes bras.

* * *

13 JUIN ~ **ISABELLE**

Nous subissons un changement brusque de température. Il fait tout à coup très froid, quatorze ou quinze degrés. Dans la maison, le thermomètre descend jusqu'à treize degrés. Nous nous serrons tous les trois sur le sofa pour regarder la télé.

14 JUIN

Nous passons la journée chez la mère de Mauricio. L'arbre rose en face de chez elle perd ses fleurs : Violeta et moi jouons à nous en lancer des poignées. L'hiver approche à grands pas.

15 JUIN

Anniversaire de la mort d'Hugo, père de Mauricio.

Ici, ce n'est pas la fête des Pères, heureusement. Nous allons déjeuner très tôt chez Génial, puis le temps tourne. Il pleut très fort, il fait froid et gris. Mais nous sommes heureux de recevoir cette averse car l'air depuis quelques jours était vraiment très sec. Nous toussons tous les trois.

16 JUIN

Bloomsday.

Il a fait huit degrés cette nuit, pas chaud dans les maisons sans chauffage.

Je n'ai le temps de rien faire, je n'arrive à rien. Je sens que le temps me file entre les doigts.

17 JUIN

Il fait froid, douze degrés.

Le jardinier est venu, il a planté dans un petit pot le pau-brasil que Mauricio a reçu en cadeau. Il s'agit d'un arbre qui a donné son nom au pays ; c'est une espèce rare, en voie de disparition. Nous l'apporterons à la campagne dès que possible.

* * *

15 JUIN ~ **STÉPHANIE**

Fête des Pères.

Il y avait longtemps que je n'avais pas passé la fête des Pères sans mon père. Il est à Amsterdam avec sa blonde. L'an dernier, j'étais à la maison de campagne avec lui et, au matin, je suis allée courir dans le sentier derrière la maison. J'y ai vu plusieurs sabots de la vierge, ces orchidées sauvages très rares et précieuses. C'est un beau souvenir.

Malgré l'absence de mon père, je vais au traditionnel dîner de la fête des Pères chez mes grands-parents paternels, Rose et Yvon. Quand je leur demande quel âge j'avais lors de l'épisode de la bague sciée au chalet, ni un ni l'autre ne s'en souvient. Mon grand-père vieillit beaucoup. Ma grand-mère est en pleine forme, elle a fait de la salade de nouilles chinoises et une tarte à la rhubarbe. Tous envoient leurs salutations à ma mère. Lorsqu'on repart, je remarque que la rue Filion est suivie de la rue au même patronyme que la blonde de mon père. Je m'interroge à savoir si cette histoire n'était pas inscrite depuis le début dans le plan d'urbanisme de cette ville.

On passe souper chez ma mère, qui rentre du lac Papineau. Elle y a passé le week-end avec des copines pour oublier qu'aujourd'hui c'est son anniversaire de mariage. Elle semble de bonne humeur malgré tout. On cherche le petit jonc coupé, sans succès. De sa boîte à bijoux, je sors une bague en or ancienne :

— Qu'est-ce que c'est ?

— Elle appartenait à ma mère, elle me l'a donnée dernièrement.

— Comme elle est belle.

— Elle me rappelle trop mes alliances, prends-la si tu la veux.

Je la mets à mon doigt. Elle est un peu grande, mais elle tient dans mon majeur droit. Elle est montée à l'ancienne, avec deux sertissures en chaton illusion : les griffes d'or blanc forment un motif floral et les minuscules diamants font semblant d'être un gros. Il en manque un à droite. Je l'aime bien, cette bague imparfaite.

— Était-ce un cadeau de mon grand-père ?

— Non, Mado l'avait achetée pour elle-même, elle voulait se faire un cadeau.

De mieux en mieux. Je ne connaissais pas ce côté-là de ma grand-mère. À l'intérieur, des initiales sont gravées : GIR. Personne de connu. Il faudra que je demande à ma grand-mère, avant qu'il soit trop tard et qu'elle ait tout oublié.

16 JUIN

Mon père rentre de Hollande aujourd'hui, il viendra reprendre la voiture. J'en avise Georges :

— Mario va rentrer de voyage ce soir.

— Ah, c'est triste, c'est fini, ses vacances ?

— Mais oui, il doit rentrer d'Amsterdam.

— Est-ce que là-bas, c'est juste pour les dames ?

— Non, mon chaton !
(Insistant)
— Parce que, maman, ça le dit, dans le mot !

En soirée, je termine mes bagages pour demain. Je pars avec Sandra en retraite, nous devons toutes les deux travailler à nos projets. Je dois terminer de retranscrire mes notes de mon carnet de juin et te faire parvenir tout ça à São Paulo le plus vite possible. Sandra doit terminer son mémoire de maîtrise.

Je me fais la réflexion qu'il y a longtemps que je n'ai pas rêvé.

17 JUIN

Île Saint-Bernard, Châteauguay.

Je ressens toujours ce sentiment d'apaisement lorsque je traverse le petit pont et arrive sur l'île Saint-Bernard au manoir d'Youville. Je viens y déposer le superflu, la fierté, les responsabilités et l'inquiétude. Je plonge nue dans la solitude.

Nous posons nos bagages, réglons les formalités de notre séjour, puis partons pour une marche de reconnaissance. Il vente tant, les branches des saules pleureurs volent comme des cheveux fous. Sandra m'annonce au milieu des bourrasques qu'elle est enceinte : elle le dit avec pudeur, sans employer le mot, en tournant ses phrases de façon à ce que je devine ce qu'elle sous-entend. Nous prenons deux minutes pour nous asseoir dans les grandes chaises Adirondack face à l'immense lac Saint-Louis et en discuter.

Je réalise tout à coup que je suis guérie, guérie de l'envie de bébé. Je ne sais pas quand ça s'est passé cette année, mais je constate avec bonheur que mon deuil est fait.

18 JUIN

Pleine lune.

Il fait frais et venteux à la pointe de l'île.

Je m'éveille tard car j'ai écrit jusqu'à minuit hier soir. Vers six heures trente, des portes claquaient, le soleil voulait entrer par la fenêtre, mais je me suis rendormie pour m'éveiller en catastrophe à huit heures quarante-cinq, l'heure du déjeuner presque passée. Sandra et moi descendons en trombe à la cafétéria. Sandra, dont c'est la première visite ici, s'émerveille de la nourriture simple : des œufs durs, des biscuits en feuilles d'érable, du jus en fontaine. Elle met tout sur son plateau.

Nous marchons ensuite dans la réserve, où nous observons quantité d'animaux : des bébés écureuils qui se suivent à la queue leu leu sur un tronc, un grand héron, des aigrettes, des marmottes, un rat musqué au pelage luisant, deux jeunes loutres qui se chamaillent et une biche mince et longue qui mange du trèfle et des feuillages, sans se soucier de nous qui avançons à pas feutrés. Nous nous perdons sur le chemin de la petite digue.

Lorsque nous rentrons enfin au manoir, le repas du midi est déjà servi.

Sandra dort tout l'après-midi, je crois que sa grossesse la fatigue beaucoup. Je m'aperçois qu'il est loin derrière moi, ce temps doux et long de la conception. Je suis heureuse de pouvoir maintenant me consacrer à l'écriture, que j'ai mise de côté pendant si longtemps. Alors que, dans la petite cellule d'à côté, mon amie dort, je suis ici avec toi, dans ce carnet. J'ai cherché pendant un an à tracer le chemin de l'amitié, à fouler les herbes hautes pour qu'un parcours se dessine. Il y a si peu de modèles vers lesquels se tourner, ce n'est pas comme parler de l'amour, du désir. L'amitié n'a pas ses mots propres, ses chemins et ses repères. Je ne sais pas si l'itinéraire que nous avons tracé, petit chemin de pied, parfois tapé à la va-vite, parfois plein de détours, s'en va quelque part.

Mais s'il va de toi à moi, ça me suffira.

19 JUIN

C'est le jour du départ, je resterais bien encore quelques jours, mais des responsabilités m'attendent à Montréal.

Je travaille encore un peu ce matin, profitant de ces derniers instants de calme devant la grande fenêtre double de ma cellule. Je suis postée devant la rivière Châteauguay, mais de grands érables argentés m'en cachent un peu la vue. Posés sur le rebord de la fenêtre, quelques coquillages que j'ai ramassés pour les enfants sur la plage des Grillons, la rose parfumée que j'ai coupée de mon jardin pour l'apporter ici. Elle a la même odeur que la poudre que ma grand-mère étendait sur son corps avec une grosse houppe. « Ça sent l'amour », avais-je l'habitude de dire.

Je ramasse mes choses, remets le pupitre de travail à sa place face au mur, près du lavabo.

Il faut bien retourner à la maison. Ce soir, au parc Lafontaine, c'est le pique-nique du solstice de la garderie de Georges. Je vais acheter des fruits frais, les fraises du Québec sont sorties sur les étals.

20 JUIN

Vingt heures, début de l'été.

Il pleut ce matin. Après deux jours loin de la maison, je suis heureuse de me réveiller dans les bras de Philippe.

C'est la fin des classes aujourd'hui et j'avais oublié de préparer des cadeaux pour les éducatrices du service de garde. Mathilde veut offrir pour l'une un pliage d'origami, pour l'autre une sélection musicale de ses chansons préférées. Nous travaillons là-dessus en déjeunant, un peu en catastrophe. Nous partons en courant vers l'école, en retard bien sûr, moi les cheveux encore détrempés et sans avoir enlevé mon éternel tablier. Les voisins que nous croisons me toisent.

Devant le square Saint-Louis, une Ferrari argentée est stationnée. Je souris en traversant Saint-Denis vers le métro.

Je réussis à me libérer plus tôt du travail pour cueillir Mathilde à quinze heures. Il fait soleil, presque chaud. C'est la fête dans la cour d'école. Pour célébrer, nous allons sur Saint-Laurent manger une glace. Le boulevard est en liesse, fermé à la circulation pour un grand bazar. On s'arrête chez Coupe Bizarre dire bonjour à Mia et à sa maman. Son chum va mieux, il va guérir. Je sors me balader avec les deux filles, nous arrêtons chez Gallimard pour bouquiner. Nous croisons Marilou avec ses parents, elle est très triste de la fin des classes, comme Mathilde l'an dernier. Je la vois qui pleure en baissant la tête.

T'ai-je dit que mon frère quittait l'Alberta pour aller habiter avec sa femme en Ontario ? Il se rapproche de sa famille avant l'arrivée du bébé. Il sera à London dans neuf jours.

La même journée, tu atterriras à Montréal pour y passer l'été.

* * *

18 JUIN ~ **ISABELLE**

Il fait un peu plus chaud, quinze degrés.

Je cherche un livre que Todd m'a demandé. Il s'agit d'un ouvrage qu'on ne peut trouver que dans l'usagé car il est épuisé. Sur le grand site des librairies de seconde main, j'en trouve trois exemplaires, dont un à São Paulo. Je pense donc que l'affaire est dans le sac. Très fière de ma trouvaille, j'envoie un courriel triomphant à Todd. Il est enchanté. Deux jours plus tard, alors que je retourne sur le site Web pour noter le nom de la boutique, il n'apparaît plus, ni les deux autres exemplaires. J'appelle pour m'assurer que c'est une erreur d'informatique et que le livre est encore bien à vendre (qui voudrait subitement, en même temps que moi, d'un livre publié en 1985 et épuisé ?). Non, en effet, il a été vendu la veille et déjà retiré des listes d'Internet. Je suis atterrée.

Nous fêtons en cette date les cent ans de l'immigration japonaise. Il y a un siècle, quelques centaines de Japonais quittaient un Japon au pire de son économie (famine et maladies) pour une terre promise qui avait besoin d'agriculteurs. La communauté japonaise est maintenant la plus importante au monde (à l'extérieur du Japon) avec plus d'un million de descendants.

19 JUIN

Ce matin, avant toute chose, je prends mon eau chaude avec mon citron vert (ordre d'Hélio) sauf que, pour la première fois, le citron provient de mon jardin.

20 JUIN

Il fait très chaud de nouveau (vingt-six degrés), même les moustiques sont revenus, comme si les dieux savaient que c'était l'été ce soir chez toi. Nous avons tous un peu de mal à suivre la température ces jours-ci. J'aime tant ma routine du matin comme aujourd'hui : je monte la côte pour emmener Violeta à l'école, je fais une heure et demie de yoga avec les amis, je vais prendre le petit-déjeuner avec eux, puis je donne une heure de cours de français ou encore j'écris, je prends ma douche, je remonte la côte pour aller chercher Violeta. En chemin, je rencontre toutes sortes de personnes que je connais dans le quartier, un concierge, une maman, un chauffeur de taxi, une nounou, un père, une voisine : j'habite dans une ville de dix-huit millions d'habitants, mais j'ai une vie de quartier beaucoup plus riche qu'à Montréal où, après dix ans, personne ne me reconnaissait nulle part.

Je viens de lire une phrase de Kafka qui me touche. Dans son journal, à la date du 27 décembre, il termine son entrée par ces mots dévastateurs : « [...] j'eus quelques appréhensions quant à savoir si ma vie suffirait pour toute la durée de ma vie ». En terminant notre projet, après avoir examiné notre quotidien de la sorte, pouvons-nous dire que notre vie suffira pour les années qu'il nous reste à vivre ?

Je pars dans une semaine exactement. J'aurais voulu conclure en écrivant que j'étais enceinte, mais ce ne sera pas le cas. Tout n'est pas perdu : mon citronnier, lui, est plus fertile que moi et il a cinq limes à m'offrir. Et puis ce matin aussi, mon jardin me tend un iris blanc au cœur jaune que je t'envoie virtuellement. C'est une journée si triste malgré tout, il pleut, il fait froid, puis chaud, je suis maussade. Comme il y a trois cent soixante-six jours, je dois préparer mes bagages de nouveau pour passer une partie de l'été à Montréal, avec toi. Cela me réconforte de penser que la journée de demain sera plus longue de deux secondes.

*Achevé d'imprimer sur les presses
de Transcontinental Gagné à Louiseville,
Québec, Canada, troisième trimestre 2009.*